DE ONTVOERING

RICHARD

BACHMAN

DE ONTVOERING

Met een woord vooraf van

STEPHEN

KING

UITGEVERIJ LUITINGH

Oorspronkelijke titel: *Blaze*
Vertaling: Hugo Kuipers
Omslagontwerp: Karel van Laar
Omslagillustratie: Mark Dye

ISBN 978 90 245 2315 3
NUR 330

www.boekenwereld.com

Voor Tommy en Lori Spruce
En denkend aan James T. Farrell

Dit zijn de sloppenwijken van het hart.
JOHN D. MACDONALD

VOLLEDIGE BEKENTENIS

Beste trouwe lezer,

Dit is een roman uit een koffer, oké? Dat wil ik je laten weten zolang je je winkelbonnetje nog hebt en voordat je er jus of ijs of zoiets op knoeit en het daardoor moeilijk of onmogelijk maakt om het terug te brengen.[1] Deze roman is herzien en bijgewerkt, maar nog steeds een roman uit een koffer. De naam Bachman staat erop omdat het de laatste roman is uit 1966-1973, de productiefste periode van die meneer.

In die jaren was ik in feite twee personen. Stephen King schreef (en verkocht) horrorverhalen aan ranzige pornoblaadjes als *Cavalier* en *Adam*,[2] maar Bachman schreef een serie romans die niemand wilde kopen. Daartoe behoorden *Razernij*,[3] *De marathon*, *Werk in uitvoering* en *Vlucht naar de top*.[4] Alle vier werden als pocket gepubliceerd.

Blaze was de laatste van die vroege romans... het vijfde kwart,

[1]. Als ik dit zeg, neem ik aan dat je net als ik bent en bijna nooit een maaltijd – of zelfs een eenvoudige snack – eet zonder dat je het boek bij de hand hebt dat je aan het lezen bent.

[2]. Met één uitzondering: Bachman schreef onder het pseudoniem John Swithen een misdaadverhaal: 'The Fifth Quarter.'

[3]. Niet meer in druk, en dat is maar goed ook.

[4]. De Bachman-roman die daarop volgde, was *De vervloeking*, en het was geen wonder dat ik werd ontmaskerd, want dat boek was in werkelijkheid

als je het zo wilt noemen. Of een van de vele romans die een bekende schrijver in een koffer had liggen, als je het precies wilt weten. Hij was eind 1972, begin 1973 geschreven. Ik vond het een geweldig verhaal toen ik het schreef, en toen ik het nog eens doorlas, vond ik het niks. Voor zover ik me herinner, heb ik het nooit aan een uitgever laten zien, zelfs niet aan Doubleday, waar ik een vriend kreeg die William G. Thompson heette. Bill zou later John Grisham ontdekken, en Bill was ook degene die mij een contract gaf voor het boek dat op *Blaze* volgde, een vreemd maar vrij goed leesbaar verhaal over een eindexamenbal in Maine.[5]

Een paar jaar dacht ik helemaal niet aan *Blaze*. Nadat de andere Bachmans waren gepubliceerd, haalde ik de roman tevoorschijn en keek ik hem nog eens door. Na ongeveer de eerste twintig bladzijden kwam ik tot de conclusie dat mijn eerste beoordeling juist was geweest en legde ik het weer in quarantaine. Ik vond het wel goed geschreven, maar het verhaal deed me denken aan iets wat Oscar Wilde eens heeft gezegd. Volgens hem was het onmogelijk om *The Old Curiosity Shop* van Dickens te lezen zonder tranen met tuiten te huilen van het lachen.[6] Ik vergat *Blaze*, maar raakte het manuscript nooit kwijt. Het lag ergens in een hoek van de Fogler Library in de University of Maine, samen met de rest van de Stephen King/Richard Bachman-dingen die ze daar hebben.

geschreven door Stephen King – niemand liet zich misleiden door de nepfoto van de auteur op de achterflap.

[5]. Ik geloof dat ik de enige schrijver in de geschiedenis van de Engelse verhaalkunst ben wiens carrière gebaseerd is op damesverband. Dat deel van mijn literaire nalatenschap kunnen ze me niet meer afnemen.

[6]. Ik heb hetzelfde gevoel bij *Alleman* van Philip Roth, *Jude the Obscure* van Thomas Hardy en *The Memory Keeper's Daughter* van Kim Edwards. Als ik die boeken lees, barst ik op een gegeven moment in lachen uit, zwaai ik wild met mijn handen en roep ik: 'Waar blijft de kanker? Waar blijft de blindheid? Die hebben we nog niet gehad!'

De volgende dertig jaar lag *Blaze* in het donker.[7] En toen publiceerde ik een dunne pocket, *De Colorado Kid*, bij het imprint Hard Case Crime. Deze serie boeken, het geesteskind van een heel intelligente en heel sympathieke man, Charles Ardai, had tot doel oude *noir* en *hardboiled* detectives weer tot leven te wekken en ook nieuwe te publiceren. *De Colorado Kid* was beslist *softboiled*, maar Charles wilde het toch uitgeven, met zo'n geweldig oud pocketomslag.[8] Het hele project werd een groot succes... afgezien van de trage royaltybetalingen.[9]

Ongeveer een jaar later dacht ik erover om weer iets bij Hard Case te publiceren, misschien iets wat een beetje meer *hardboiled* was. Voor het eerst in jaren dacht ik weer aan *Blaze*, maar meteen dacht ik ook weer aan dat verrekte citaat van Oscar Wilde over *The Old Curiosity Shop*. Het *Blaze* dat ik me herinnerde, was niet *hardboiled* of *noir*, maar een smartlap, goed voor zeker drie natte zakdoeken. Evengoed kon het geen kwaad om ernaar te kijken. Dat wil zeggen, als het manuscript nog te vinden was. Ik wist nog in welke doos het zat, en ik herinnerde me zelfs het hoekige lettertype (de schrijfmachine uit de studententijd van mijn vrouw Tabitha, een niet kapot te krijgen portable Olivetti), maar ik wist absoluut niet wat er geworden was van het manuscript dat in die doos zou moeten zitten. Misschien was het *gone, baby, gone*.[10]

Dat was het niet. Marsha, een van mijn twee gewaardeerde

[7]. Overigens niet in een koffer, maar in een kartonnen doos.

[8]. Een dame met moeilijkheden in haar ogen. En vermoedelijk extase in haar broekje.

[9]. Ook dat doet denken aan de slechte oude tijd van de pocketseries, nu ik erover nadenk.

[10]. In mijn carrière heb ik kans gezien niet één maar twee vrij goede romans-in-wording kwijt te raken. *Under the Dome* was nog maar vijftig bladzijden lang toen hij zoekraakte, maar *The Cannibals* telde meer dan tweehonderd bladzijden toen hij spoorloos verdween. Van geen van beide manuscripten had ik een kopie. Dat was in de tijd voor de computers, en ik gebruikte nooit

assistenten, vond het in de Fogler Library. Ze wilde me het originele manuscript niet toevertrouwen (ik, eh, verlies dingen), maar maakte een fotokopie. Ik moet een op sterven na dood schrijfmachinelint hebben gebruikt toen ik *Blaze* schreef, want de kopie was nauwelijks leesbaar en de notities in de marges waren weinig meer dan vlekken. Toch ging ik ervoor zitten en las het, mentaal voorbereid op die heel bijzondere gêne die je alleen kunt voelen als je met een jongere, eigenwijzere versie van jezelf in aanraking komt.

Maar ik vond het vrij goed, zeker beter dan *Werk in uitvoering*, dat ik indertijd tot de hoofdstroom van de Amerikaanse romankunst rekende. Het was niet zomaar een roman *noir*, maar eerder een poging tot het soort naturalisme-met-misdaad dat James M. Cain en Horace McCoy in de jaren dertig beoefenden.[11] Ik vond de flashbacks eigenlijk nog beter dan het hoofdverhaal. Ze deden me denken aan de *Young Lonigan*-trilogie van James T. Farrell en zijn vergeten (maar boeiende) *Gas-House McGinty*. Zeker, het had de drie P's,[12] maar het was geschreven door een jongeman (ik was vijfentwintig) die ervan overtuigd was dat hij VOOR DE EEUWEN schreef.

Ik dacht dat *Blaze* kon worden herschreven en gepubliceerd zonder dat ik me al te veel hoefde te schamen, maar waarschijnlijk was het niet geschikt voor Hard Case Crime. Eigenlijk was het helemaal geen misdaadroman. Ik zag er een kleine tragedie van de onderklasse in, tenminste als ik bij het herschrijven meedogenloos te werk ging. Daarvoor moest ik de doffe, droge toon van de beste romans *noirs* aanslaan. Om mezelf eraan te herinneren wat ik aan het doen was, maakte ik zelfs gebruik van een lettertype dat American Typewriter heet.

carbonpapier voor eerste versies; op de een of andere manier vond ik dat arrogant.

11. En natuurlijk is het ook een eerbewijs aan *Of Mice and Men* – dat zal bijna niemand ontgaan.

12. Purper, pulseren en puffen.

Ik werkte snel, keek nooit vooruit of achterom, wilde ook de onstuimige vaart van die boeken te pakken krijgen (ik denk nu meer aan Jim Thompson en Richard Stark dan aan Cain, McCoy en Farrell). Ik corrigeerde de tekst met potlood en bewerkte hem niet op de computer, zoals tegenwoordig gebruikelijk is. Als het boek op het verleden moest teruggrijpen, wilde ik daarin meegaan en er niet voor terugdeinzen. Ik deed ook mijn best om al het sentiment uit de tekst te halen, want ik wilde dat het uiteindelijke boek zo grimmig was als een leeg huis zonder zelfs tapijt op de vloer. Mijn moeder zou hebben gezegd dat ik een stalen gezicht wilde laten zien. Alleen de lezer kan beoordelen of ik daarin ben geslaagd.

Voor zover het er voor jou iets toe doet (beter van niet – hopelijk wil je een goed verhaal, en hopelijk krijg je dat): alle royalty's en extra inkomsten die uit *Blaze* voortkomen, gaan naar The Haven Foundation, die is opgericht voor hulp aan kunstenaars die aan lager wal zijn geraakt.[13]

Nog één ding, nu ik je toch aan je mouw trek. Ik heb de tijd waarin *Blaze* zich afspeelt zo vaag mogelijk gehouden, opdat het boek niet te gedateerd overkomt.[14] Toch was het onmogelijk om al het gedateerde materiaal eruit te halen; het was voor het verhaal belangrijk dat daar iets van behouden bleef.[15] Als je ervan uitgaat dat dit verhaal zich afspeelt in 'Amerika, Niet Zo Heel Lang Geleden', zul je niet in de problemen komen.

Mag ik de cirkel sluiten door terug te gaan naar waar ik be-

13. Om meer over The Haven Foundation te weten te komen kun je naar mijn website gaan: www.stephenking.com.

14. Ik vond het geen goed idee dat Clay Blaisdell opgroeide in het Amerika van kort na de Tweede Wereldoorlog. Dat lijkt tegenwoordig allemaal zo onmogelijk antiek, al leek het (en was het waarschijnlijk ook) nog oké in 1973, toen ik het uittypte in de stacaravan waar mijn vrouw en ik met onze twee kinderen woonden.

15. Als ik het in deze tijd had geschreven, had ik niet om mobiele telefoons en nummerherkenning heen gekund.

gonnen ben? Dit is een oude roman, maar ik geloof dat ik er indertijd naast zat toen ik het een slechte roman vond. Misschien ben je het daar niet mee eens... maar *The Old Curiosity Shop* is het niet. Zoals altijd, trouwe lezer, wens ik je veel goeds. Ik dank je voor het lezen van dit verhaal en hoop dat je ervan zult genieten. Ik zal niet zeggen dat ik hoop dat je vochtige ogen krijgt, maar...

Ja. Ja. Dat zeg ik wél. Zolang het maar geen tranen van het lachen zijn.

Stephen King
(namens Richard Bachman)
Sarasota, Florida
30 januari 2007

HOOFDSTUK 1

George was ergens in het donker. Blaze kon hem niet zien, maar zijn stem drong luid en duidelijk tot hem door, rauw en een beetje hees. George klonk altijd alsof hij verkouden was. Als kind had hij een ongeluk gehad. Hij zei nooit wat voor ongeluk, maar er zat een knoert van een litteken op zijn adamsappel.

'Niet die, dombo, die zit onder de bumperstickers. Neem een Chevrolet of een Ford. Donkerblauw of groen. Twee jaar oud. Niet meer, niet minder. Die vallen niet op. En geen stickers.'

Blaze liep de kleine auto met de bumperstickers voorbij en ging verder. Zelfs hier helemaal achteraan op het parkeerterrein van de biertent drong het vage stampen van de bas tot hem door. Het was zaterdagavond en de zaak was afgeladen. Het was ook bitter koud. Hij was naar de stad gelift, maar hij was nu al veertig minuten in de openlucht en zijn oren waren verdoofd. Hij was zijn pet vergeten. Hij vergat altijd iets. Hij had zijn handen uit zijn jaszakken gehaald en over zijn oren gedrukt, maar George had dat meteen verboden. George zei dat zijn oren wel mochten bevriezen maar zijn handen niet. Om een auto zonder sleutel aan de praat te krijgen had je geen oren nodig. Het was zestien graden onder nul.

'Daar,' zei George. 'Rechts van je.'

Blaze keek en zag een Saab. Met een sticker. Dat leek hem

helemaal niet het goede soort auto.

'Dat is links van je,' zei George. 'Réchts van je, dombo. De hand waarmee je in je neus peutert.'

'Sorry, George.'

Ja, hij gedroeg zich weer als een dombo. Hij kon met beide handen in zijn neus peuteren, maar hij wist wat rechts was, de hand waar je mee schreef. Hij dacht aan die hand en keek die kant op. Daar stond een donkergroene Ford.

Blaze liep nadrukkelijk nonchalant naar de Ford. Hij keek over zijn schouder. De biertent was een studentenbar die The Bag, de zak, heette. Dat was een stomme naam, een zak was wat je je ballen noemde. Het was in een souterrain. Op vrijdag- en zaterdagavond speelde er een band. Binnen zou het warm en vol zijn, veel jonge meisjes met korte rokjes die wild aan het dansen waren. Het zou leuk zijn om naar binnen te gaan, gewoon wat rond te kijken...

'Wat doe jíj nou?' vroeg George. 'Slenteren door de hoofdstraat? Daar trapt zelfs mijn blinde opoe niet in. Doe het nou maar, ja?'

'Oké, ik wou alleen...'

'Ja, ik weet wat je alleen wou. Denk nou maar aan wat je doen moet.'

'Oké.'

'Wat ben je, Blaze?'

Hij liet zijn hoofd hangen, snoof snot op. 'Ik ben een dombo.'

George zei altijd dat je je daar niet voor hoefde te schamen, maar het was nu eenmaal een feit en dat moest je onder ogen zien. Je kon niemand laten denken dat je slim was. Ze keken naar je en zagen hoe het zat: er brandde licht, maar er was niemand thuis. Als je een dombo was, moest je gewoon doen wat je te doen stond en wegwezen. En als je betrapt werd, bekende je alles, behalve wie er bij je waren geweest, want uiteindelijk kregen ze de rest toch wel uit je los. George zei dat dombo's niks waard waren als het op liegen aankwam.

Blaze haalde zijn handen uit zijn zakken en maakte ze twee keer open en dicht. De knokkels knakten in de koude windstille lucht.

'Ben je klaar, man?' vroeg George.

'Ja.'

'Dan ga ik een biertje pakken. Doe het.'

Blaze voelde de paniek in hem opkomen. Tot in zijn keel. 'Hé, nee. Ik heb dit nooit eerder gedaan. Ik heb alleen naar jou gekeken.'

'Nou, deze keer ga je meer doen dan kijken.'

'Maar...'

Hij zweeg. Het had geen zin om verder te gaan, tenzij hij wilde schreeuwen. Hij hoorde het knerpen van aangestampte sneeuw: George die naar de biertent liep. Straks zouden zijn voetstappen verloren gaan in de hartslag van het basritme.

'Jezus,' zei Blaze. 'O jezus christus.'

En zijn vingers werden koud. Bij deze temperatuur kon hij ze maar vijf minuten gebruiken. Misschien korter. Hij liep naar het portier aan de bestuurderskant. Waarschijnlijk zat dat op slot. Als het portier op slot zat, kon hij niet in de auto komen, want hij had de Slim Jim niet, George had de Slim Jim. Maar het portier zat niet op slot. Hij maakte het open, stak zijn hand naar binnen, vond de hendel van de motorkap en trok eraan. Toen liep hij naar voren, tastte naar de tweede greep, vond hem en tilde de kap omhoog.

Hij had een klein zaklantaarntje bij zich. Hij haalde het tevoorschijn, zette het aan en richtte de straal op de motor.

Vind de bougiekabel.

Maar er was zo veel spaghetti. Accukabels, slangen, de benzineleiding...

Hij stond daar en het zweet liep over de zijkanten van zijn gezicht en bevroor op zijn wangen. Dit werd niks. Dit werd nooit wat. En opeens had hij een idee. Het was niet een erg goed idee, maar hij had er niet veel, en als hij er een had, moest hij er iets mee doen. Hij ging naar het portier aan de bestuurderskant terug en maakte het weer open. Het licht ging aan, maar dat kon hij niet helpen. Als mensen hem zagen klungelen, zouden ze denken dat hij zijn eigen auto niet aan de praat kon krijgen. Op zo'n koude avond was dat toch niet zo bijzonder? Zelfs George zou er niets van kunnen zeggen. Tenminste, niet veel.

Hij trok de zonneklep boven het stuur omlaag. Tegen beter weten in hoopte hij dat er een reservesleutel uit zou vallen, soms hadden mensen daar een sleutel, maar er kwam niets naar beneden, behalve een oude ijskrabber. Dié viel omlaag. Hij keek in het dashboardkastje. Dat zat vol papieren. Hij gooide ze op de vloer, zat met zijn knieën op de zitting om dat te kunnen doen, diep ademhalend. Er lagen papieren in, en een doosje met kleine pepermuntjes, maar geen sleutels.

Zo, lamlendige dombo, hoorde hij George zeggen. *Ben je nou tevreden? Ben je er nou eindelijk aan toe om het met de draadjes onder de motorkap te proberen?*

Blijkbaar was hij daaraan toe. Hij kon op zijn minst een paar draden lostrekken en tegen elkaar houden, zoals George deed. Hij zou wel zien wat er gebeurde. Hij deed het portier dicht en liep weer met gebogen hoofd naar de voorkant van de Ford. Toen bleef hij staan. Hij had weer een idee. Hij ging terug, maakte het portier open, bukte zich, tilde de vloermat op, en daar lag hij. Op de sleutel stond niet FORD, er stond helemaal niets op, want het was een kopie, maar hij was vierkant van boven en zag er verder ook goed uit.

Blaze pakte hem op en kuste het koude metaal.

Auto niet op slot, dacht hij. En toen dacht hij: *auto niet op slot en sleutel onder de mat.* En toen dacht hij: *Ik ben dus toch niet de domste jongen die hier vanavond rondloopt, George.*

Hij ging achter het stuur zitten, trok het portier dicht, stak de sleutel in het contact – hij ging er makkelijk in – en besefte toen dat hij het parkeerterrein niet kon zien omdat de kap nog omhoog stond. Hij keek vlug om, eerst de ene en toen de andere kant op, want hij wilde er zeker van zijn dat George niet was teruggekomen om hem te helpen. George zou er nog dagen over ouwehoeren als hij zag dat de kap omhoog stond. Maar George was er niet. Er was niemand. Het parkeerterrein was een toendra met auto's.

Blaze stapte uit en gooide de kap dicht. Toen stapte hij weer in en wilde hij het portier dichttrekken, maar hij aarzelde. Hoe zat het met George? Moest hij die biertent binnengaan om hem te halen? Blaze dacht diep na, zijn hoofd gebogen. Het binnenlampje wierp een gelig licht over zijn grote handen.

Weet je wat? dacht hij, en hij bracht nu eindelijk zijn hoofd omhoog. *George kan doodvallen.*

'Je kan doodvallen, George,' zei hij. George had hem hierheen laten liften, had hem hier even ontmoet en had hem toen weer alleen gelaten. Alleen gelaten om het vuile werk op te knappen, en het was alleen maar stom geluk dat Blaze een sleutel had gevonden, dus George kon doodvallen. Laat híj maar terugliften bij zestien graden onder nul.

Blaze sloot het portier, zette de pook op DRIVE en reed de parkeerplek af. Eenmaal op een middenpad, trapte hij op het gas. De Ford maakte een sprongetje en het achtereind zwiepte opzij over de aangestampte sneeuw. In paniek trapte hij op de rem. Wat deed hij? Wat stelde hij zich voor? Weggaan zonder George? Hij zou binnen tien kilometer worden opgepakt. Waarschijnlijk al bij het eerste stoplicht. Hij kon niet weggaan zonder George.

Maar George is dood.

Dat was gelul. George was er nog. Hij was naar binnen gegaan voor een biertje.

Hij is dood.

'O, George,' kreunde Blaze. Hij zat over het stuur gebogen. 'O, George, niet dood zijn.'

Hij zat daar een tijdje. De motor van de Ford klonk goed. Hij maakte geen klopgeluiden of zo, al was het koud. Volgens de benzinemeter zat de tank voor driekwart vol. Het uitlaatgas steeg op in zijn spiegeltje, wit en koud.

George kwam niet uit de biertent. Hij kon niet naar buiten komen, want hij was niet naar binnen gegaan. George was dood. Al drie maanden. Blaze beefde.

Na een tijdje vermande hij zich. Hij begon te rijden. Niemand hield hem aan bij het eerste stoplicht, en ook niet bij het tweede. Hij reed helemaal de stad uit en niemand hield hem aan. Toen hij de stad achter zich liet, reed hij tachtig. Soms slipte de auto een beetje over stukken ijzel, maar daar zat hij niet mee. Hij stuurde gewoon een beetje mee. Hij reed al over beijzelde wegen sinds hij een tiener was.

Buiten de stad trapte hij het gaspedaal in van de Ford en ging naar honderd. Zijn koplampen, op groot licht, tastten de weg met felle vingers af en schitterden op de sneeuwwallen aan weerskanten. Jee, wat zou die student raar opkijken als hij met zijn vriendinnetje bij die lege parkeerplek kwam. Ze zou hem aankijken en zeggen: *Jij bent een dombo, ik ga niet meer met je uit, nu niet en nooit niet.*

'Nu niet en nooit,' zei Blaze. 'Als het een studente is, zegt ze geen nooit niet.'

Daar moest hij om glimlachen. Die glimlach veranderde zijn hele gezicht. Hij zette de radio aan. Die stond op een rockstation afgestemd. Blaze draaide aan de knop tot hij country vond. Toen hij thuiskwam, zong hij zo hard als hij kon met de radio mee en dacht hij helemaal niet meer aan George.

HOOFDSTUK 2

Maar de volgende morgen wist hij het weer.

Dat was de vloek als je een dombo was. Je werd altijd verrast door verdriet, want je kon je de belangrijke dingen nooit herinneren. De enige dingen die bleven hangen, waren domme dingen. Zoals dat gedicht dat ze van mevrouw Selig uit hun hoofd moesten leren toen hij in de vijfde klas zat: *Onder de grote kastanjeboom staat de smederij van het dorp.* Wat had je daar nou aan? Wat had je daaraan als je jezelf erop betrapte dat je aardappels schilde voor twee personen en weer een dreun kreeg als je besefte dat je niet voor twee hoefde te schillen omdat die ander nooit meer een pieper zou eten?

Nou, misschien was het geen verdriet. Misschien was dat niet het juiste woord. Niet in de zin dat je huilde en met je kop tegen de muur bonkte. Dat deed je niet voor iemand als George. Maar er was wel eenzaamheid. En er was angst.

George zei bijvoorbeeld: 'Jezus, kun je niet eens een ander hemd aandoen? Dat ding staat zowat uit zichzelf overeind. Het is walgelijk.'

George zei bijvoorbeeld: 'Je hebt er maar één gestrikt, mafkees.'

George zei bijvoorbeeld: 'Ach, tering, draai je maar om, dan stop ík hem in. Je bent net een klein kind.'

Toen hij de ochtend na het stelen van de Ford opstond, zat

George in de andere kamer. Blaze kon hem niet zien, maar hij wist dat George zoals altijd in de kapotte luie stoel zat, zijn hoofd omlaag, zijn kin bijna op zijn borst. Het eerste wat hij zei, was: 'Je hebt het weer verknald, lijpo. Gefelici-flapstaart.'

Blaze siste toen zijn voeten op de koude vloer kwamen. Toen deed hij vlug zijn schoenen aan. Verder naakt, rende hij naar het raam en keek naar buiten. Geen auto. Hij slaakte een zucht van verlichting. Die zucht vormde een wolkje in de lucht.

'Nee hoor. Ik heb hem in de schuur gezet, zoals je zei.'

'Maar je hebt de sporen niet uitgewist, hè? Waarom zet je geen bord neer, Blaze? KOMT DAT ZIEN: GESTOLEN AUTO. Je kunt toegangsgeld vragen. Waarom doe je dat niet?'

'O, George...'

'O, George, o, George.' Vooruit, ga ze uitwissen.'

'Oké.' Hij liep naar de deur.

'Blaze?'

'Wat?'

'Zou je niet eerst je broek aantrekken?'

Blaze voelde dat hij een kleur kreeg.

'Net een klein kind,' zei George met enige berusting. 'Een klein kind dat zich moet scheren.'

Ja, George wist hoe hij het hem moest inpeperen. Alleen had hij het uiteindelijk bij de verkeerde persoon ingepeperd, te vaak en te veel. En dan was je op een dag dood en kon je niets slims meer zeggen. Nu was George dood, en Blaze verzon zijn stem in zijn gedachten, gaf hem de goede woorden. George was al dood sinds dat partijtje dobbelen in het pakhuis.

Ik moet wel gek zijn, dat ik zelfs maar probeer hiermee door te gaan, dacht Blaze. *Een dombo als ik.*

Toch trok hij zijn onderbroek aan (na eerst goed te hebben gekeken of er geen vlekken op zaten), en een thermisch hemd, een flanellen overhemd en een dikke corduroybroek. Zijn werkschoenen stonden onder het bed. Zijn anorak uit de legerdump hing aan de deurknop. Hij zocht naar zijn wanten en vond ze ten slotte op de plank boven de oude houtkachel in de huiskamer/keuken. Hij zette zijn geruite pet met oorflappen op, waarbij hij eraan dacht de klep een rukje naar links te geven, want dat bracht geluk. Toen ging hij naar buiten en pakte de bezem die tegen het deurkozijn stond.

Het was een heldere, koude ochtend. Het vocht uit zijn neus bevroor meteen. Een windvlaag joeg sneeuw zo fijn als poedersuiker in zijn gezicht, hij huiverde ervan. George had makkelijk praten. George zat binnen koffie te drinken bij de kachel. Net als de vorige avond, toen hij een biertje ging drinken en Blaze met die auto liet modderen. En daar zou Blaze nog steeds zijn als hij niet het stomme geluk had gehad dat hij de sleutel ergens had gevonden, onder de mat of in het dashboardkastje, dat wist hij niet meer. Soms dacht hij dat George niet zo'n goede vriend was.

Hij veegde de sporen weg met de bezem, al bleef hij er even naar staan kijken voordat hij begon. Wat stak dat profiel van die banden mooi omhoog, met licht en schaduw. Die kleine, volmaakte dingen. Het was gek dat kleine dingen zo volmaakt konden zijn zonder dat iemand ze zag. Hij keek ernaar tot hij moe was van het kijken (geen George die tegen hem zei dat hij moest opschieten) en veegde toen de sporen weg. Hij werkte het korte pad af naar de straat. De sneeuwruimer was 's nachts langs geweest en had de sneeuwduinen weggeduwd die de wind op de landwegen had gemaakt, met open veld aan weerskanten. Alle andere sporen waren weg.

Blaze liep naar het huisje terug. Hij ging naar binnen. Daar voelde het nu warm aan. Toen hij uit bed kwam, had alles koud aangevoeld, maar nu warm. Dat was ook gek, hoe je opeens een ander gevoel bij de dingen kon hebben. Hij trok zijn jas, zijn schoenen en zijn flanellen overhemd uit en ging in zijn hemd en corduroybroek aan de tafel zitten. Hij zette de radio aan en was verrast toen daar, toen het apparaat was opgewarmd, niet de rockmuziek uitkwam waar George altijd naar luisterde, maar meteen countrymuziek. Loretta Lynn zong dat een braaf meisje ondeugend kan worden. George lachte dan en zei zoiets als: 'Ja, zo is het, schat – je mag ondeugend worden over mijn hele gezicht.' En Blaze lachte dan ook, maar in zijn hart maakte dat nummer hem altijd bedroefd. Dat had hij met veel countrynummers.

Toen de koffie warm was, sprong hij overeind en schonk twee koppen in. Hij deed melk in de ene kop en riep: 'George? Koffie! Laat hem niet koud worden!'

Geen antwoord.

Hij keek naar de koffie met melk. Hij dronk geen koffie met melk, dus hoe zat dat? Ja, hoe zat dat? Er schoot iets in zijn keel en hij gooide die rotkoffie van George bijna door de kamer, maar deed het niet. Hij ging ermee naar het aanrecht en spoelde hem weg. Dat was beheersing. Als je een grote jongen was, moest je dat doen, anders kwam je in de problemen.

Blaze bleef tot na het middageten in het huisje. Toen reed hij de gestolen auto de schuur uit en bleef hij lang genoeg bij de keukentrap staan om sneeuwballen tegen de nummerborden te gooien. Dat was slim. Nu waren ze moeilijk te lezen.

'Wat doe je nou weer?' vroeg George vanuit de schuur.

'Hou maar op,' zei Blaze. 'Jij zit toch alleen maar in mijn hoofd.' Hij stapte in de Ford en reed de weg op.

'Dit is niet erg handig,' zei George. Die zat nu op de achterbank. 'Je rijdt rond in een gestolen auto. Geen nieuwe lak, geen nieuwe nummerplaten, geen niks. Waar ga je heen?'

Blaze zei niets.

'Je gaat toch niet naar Ocoma?'

Blaze zei niets.

'O, verrek, daar ga je wel heen,' zei George. 'Krijg nou wat! Is die ene keer dat je móét gaan niet genoeg?'

Blaze zei niets. Hij hield zich van den domme.

'Luister naar mij, Blaze. Ga terug. Als je nu wordt opgepakt, is het uit. Alles. De hele zaak.'

Blaze wist dat hij gelijk had, maar hij keerde niet. Waarom zou George hem altijd commanderen? Zelfs nu hij dood was, bleef hij bevelen geven. Zeker, het was Georges plan, die ene grote klapper waar elke kleine crimineel van droomt. 'Alleen wij kunnen dat flikken,' zei hij altijd, maar meestal wanneer hij dronken of high was en nooit alsof hij het echt geloofde.

Meestal hadden ze kleine oplichterijtjes uitgehaald, en meestal was George daar blijkbaar wel tevreden mee geweest, ondanks alles wat hij zei als hij dronken was of wiet had gerookt. Misschien was de Ocoma Heights-zaak voor George alleen maar een spelletje, of wat hij soms mentale masturbatie noemde als hij kerels in pakken op de tv over politiek zag praten. Blaze wist dat George slim was. Alleen had hij er altijd aan getwijfeld of George ook lef had.

Maar wat kon hij anders doen nu George dood was? Blaze was in zijn eentje niets waard. De enige keer dat hij na Georges dood had geprobeerd de herenkledingtruc uit te halen, had hij er als de gesmeerde bliksem vandoor moeten gaan om niet te worden opgepakt. Hij had de naam van de vrouw uit de overlijdensberichten gehaald, precies zoals George deed, en hij had Georges babbel gehouden, had de nota laten zien (ze hadden een hele zak met die dingen in de schuur, en van de beste winkels). Hij had haar verteld hoezeer het hem speet dat hij op zo'n droef moment aan de deur kwam, maar zaken waren zaken en daar zou ze vast wel begrip voor hebben. Ze zei dat ze dat had. Ze nodigde hem uit in de hal te wachten terwijl ze haar portefeuille haalde. Hij vermoedde geen moment dat ze de politie belde. Als ze niet terug was gekomen en geen pistool op hem had gericht, zou hij daar waarschijnlijk nog steeds staan wachten tot de politie kwam. Hij had nooit veel besef van tijd gehad.

Maar ze kwam terug met een pistool en richtte dat op hem. Het was een zilverig damespistool met krullen op de zijkanten en een kolf van parelmoer. 'De politie is onderweg,' zei ze, 'maar voordat ze er zijn, wil ik dat je iets over jezelf vertelt. Ik wil weten wat voor uitschot het heeft voorzien op een vrouw wier man nog niet koud in zijn graf ligt.'

Het kon Blaze niet schelen wat ze wilde weten. Hij draaide zich om en rende de deur uit, de veranda over en het trappetje af naar het pad. Hij kon vrij goed rennen als hij eenmaal op gang was, maar hij kwam juist langzaam op gang en de paniek maakte hem die dag nog langzamer. Als ze de trekker had overgehaald, had ze misschien een kogel in zijn grote achterhoofd gepompt, of hem een oor afgeschoten, of hem helemaal gemist. Met zo'n klein pistooltje wist je het nooit. Maar ze schoot niet.

Toen hij in het huisje terug was, kreunde hij bijna van angst en had hij een knoop in zijn maag. Hij was niet bang voor het huis van bewaring of de gevangenis, zelfs niet voor de politie – al wist hij dat ze hem van streek zouden maken met hun vragen, dat gebeurde altijd – maar hij was bang omdat ze hem zo gemakkelijk had doorzien. Alsof het dagelijks werk voor haar was. Ze hadden George bijna nooit doorzien, en als dat gebeurde, had George het altijd meteen gemerkt en konden ze wegkomen.

En nu dit. Het zou hem niet lukken. Dat wist hij, maar hij ging toch door. Misschien wilde hij weer naar de gevangenis. Misschien zou dat niet zo erg zijn, nu George dood was. Dan konden anderen het denkwerk doen en het eten klaarmaken.

Misschien was het op dit moment ook zijn bedoeling om opgepakt te worden, nu hij met deze gestolen auto dwars door Ocoma Heights reed. Langs het huis van de Gerards.

In de ijskast van de New England-winter leek het huis net een bevroren paleis. In Ocoma Heights zat oud geld (dat zei George) en de huizen waren villa's. 's Zomers lagen er grote gazons omheen, maar dat waren nu glazige sneeuwvelden. Het was een strenge winter geweest.

Het huis van de Gerards was het mooiste van allemaal. George noemde die stijl *Early American Hot Shit*, maar Blaze vond het prachtig. George zei dat de Gerards hun geld hadden verdiend in de koopvaardij. De Eerste Wereldoorlog had hen rijk gemaakt en de Tweede Wereldoorlog had hen heilig gemaakt. De sneeuw en de zon sloegen koud vuur van de vele ramen. George zei dat er meer dan dertig kamers waren. Hij was op verkenning uitgegaan als meteropnemer van Central Valley Power. Dat was in september geweest. Blaze had de wagen bestuurd, die niet zozeer gestolen als wel geleend was geweest, al zou de politie daar waarschijnlijk anders over hebben gedacht als ze gepakt waren. Mensen speelden croquet op het gazon aan de zijkant. Er waren meisjes bij, meisjes die op de middelbare school of misschien de universiteit zaten, leuk om te zien. Blaze keek naar hen en werd geil. Toen George weer instapte en tegen hem zei dat hij moest wegrijden, vertelde Blaze hem over die leuke meisjes, die inmiddels naar de achterkant van het huis waren gegaan.

'Ik heb ze gezien,' zei George. 'Ze denken dat ze beter zijn dan anderen. Ze denken dat hun stront niet stinkt.'

'Maar wel mooi.'

'Wie kan dat een moer schelen?' vroeg George chagrijnig, en hij sloeg zijn armen over elkaar.

'Raak jij nooit opgewonden, George?'

'Bij zulke kinderen? Maak het even. En nou je kop houden en rijden.'

Bij de herinnering daaraan glimlachte Blaze. George was net die vos die niet bij de druiven kon komen en tegen iedereen zei dat ze zuur waren. Juf Jolison had dat verhaal in de tweede klas voorgelezen.

Het was een grote familie. Er waren de oude meneer en mevrouw Gerard – hij was tachtig en kon nog een fles whisky per dag op, had George gezegd. Dan waren er de middelste meneer en mevrouw Gerard. En dan waren er de jonge meneer en mevrouw Gerard. De jonge meneer Gerard heette Joseph Gerard III, en hij was echt jong, nog maar vijfentwintig. Zijn vrouw was een Narmeniër. George zei dat ze dus een latino was. Blaze had gedacht dat alleen Italianen latino's konden zijn.

Hij keerde, reed nog eens langs het huis en vroeg zich af hoe het zou zijn om op je tweeëntwintigste getrouwd te zijn. Hij reed door, op weg naar huis. Het was genoeg geweest.

De middelste Gerards hadden nog meer kinderen dan Joseph Gerard III, maar die deden er niet toe. Het ging om de baby. Joseph Gerard IV. Een grote naam voor zo'n kleine baby. Hij was nog maar twee maanden oud geweest toen Blaze en George in september als meteropnemers naar het huis gingen. Dan was hij nu dus – eh, er zaten een-twee-drie-vier maanden tussen september en januari – zes maanden oud. Hij was de enige achterkleinzoon van de eerste Joseph.

'Als je iemand gaat kidnappen, moet je een baby nemen,' zei George. 'Een baby kan je niet identificeren, dus je kunt hem levend teruggeven. Hij kan niet ontsnappen of briefjes sturen of meer van die shit. Het enige wat een baby kan doen, is liggen. Hij weet niet eens dat hij ontvoerd is.'

Ze hadden in het huisje gezeten, met een biertje voor de tv.

'Hoeveel denk je dat ze waard zijn?' vroeg Blaze.

'Wel zoveel dat je nooit meer midden in de winter met nepabonnementen of een collectebus van het Rode Kruis langs de deuren hoeft, vernikkelend van de kou,' zei George. 'Hoe klinkt dat?'

'Maar hoeveel zou je vragen?'

'Twee miljoen,' zei George. 'Een voor jou en een voor mij. Waarom zouden we hebberig zijn?'

'Als je hebberig bent, word je gepakt,' zei Blaze.

'Als je hebberig bent, word je gepakt,' beaamde George. 'Dat heb ik je geleerd. Maar wat is een werkman waard, Blaze-a-rino? Wat heb ik je daarover geleerd?'

'Zijn loon,' zei Blaze.

‘Zo is het,’ zei George, en hij nam een slok bier. ‘De werkman is zijn kloteloon waard.’

Dus hier was hij dan. Hij reed terug naar het verkrotte huisje waarin hij en George hadden gewoond sinds ze uit Boston in het noorden waren gekomen, en hij was echt van plan het door te zetten. Hij dacht dat hij gepakt zou worden, maar... twee miljoen dollar! Dan kon je ergens heen gaan waar je het nooit meer koud had. En als ze je pakten? Het ergste wat ze met je konden doen, was je voor de rest van je leven in de gevangenis stoppen.

En als dat gebeurde, had je het ook nooit koud meer.

Toen de gestolen Ford weer in de schuur stond, dacht hij eraan de sporen uit te wissen. Daar zou George blij om zijn.

Hij maakte twee hamburgers voor het middageten klaar.

‘Ga je er echt mee door?’ vroeg George vanuit de andere kamer.

‘Lig je op bed, George?’

‘Nee, ik sta op mijn kop en ruk me af. Ik vroeg je wat.’

‘Ik ga het proberen. Wil je me helpen?’

George zuchtte. ‘Dat moet dan maar. Ik zit met je opgescheept. Maar Blaze?’

‘Wat, George?’

‘Vraag maar om één miljoen. Als je hebberig bent, word je gepakt.’

‘Oké, één miljoen. Wil je een hamburger?’

Geen antwoord. George was weer dood.

HOOFDSTUK 3

Hij wilde die avond de ontvoering doen. Hoe eerder, hoe beter. George hield hem tegen.

'Wat ben je van plan, zultkop?'

Blaze had net naar de Ford willen lopen. Nu bleef hij zitten. 'Ik ga het straks doen, George.'

'Wat?'

'Het kind ontvoeren.'

George lachte.

'Waar lach je om, George?' *Alsof ik dat niet weet*, dacht hij.

'Om jou.'

'Hoezo?'

'Hoe wou je hem ontvoeren? Vertel me dat eens.'

Blaze fronste zijn wenkbrauwen. Daardoor veranderde zijn toch al lelijke gezicht in dat van een trol. 'Zoals we het van plan waren, denk ik. Uit zijn kamer?'

'Welke kamer?'

'Nou...'

'Hoe wou je binnenkomen?'

Dat herinnerde hij zich. 'Een van de bovenramen. Die hebben sluitingen van niks. Dat heb je gezien, George. Toen we van het lektriciteitsbedrijf waren. Weet je nog wel?'

'Heb je een ladder?'

'Nou...'

'Als je het kind hebt, waar wou je hem dan in leggen?'
'In de auto, George.'
'Godskelere.' George zei dat alleen als iets te erg was voor al zijn andere uitdrukkingen.
'George...'
'Ik wéét dat je hem in die klote-auto gaat leggen. Ik heb nooit gedacht dat je hem op je nek naar huis zou dragen. Ik bedoelde, als je hem hier hebt. Wat ga je dan doen? Waar wil je hem onderbrengen?'
Blaze dacht aan het huisje. Hij keek om zich heen. 'Nou...'
'En luiers? En flesjes? En babyvoeding! Of wou je hem een hamburger en een flesje bier voor zijn avondeten geven?'
'Nou...'
'Hou je kop! Zeg dat nog één keer en ik ga over mijn nek!'
Blaze ging met gebogen hoofd op een keukenstoel zitten. Zijn gezicht was rood aangelopen.
'En zet die pokkenmuziek af! Die vrouw klinkt alsof ze haar eigen kut in gaat vliegen!'
'Oké, George.'
Blaze zette de radio uit. De tv, een oud Japans ding dat George op een rommelmarkt op de kop had getikt, was kapot.
'George?'
Geen antwoord.
'George, kom nou, ga niet weg. Het spijt me.' Hij hoorde hoe bang hij was. Hij snotterde bijna.
'Oké,' zei George, net toen Blaze het wilde opgeven. 'Je moet het volgende doen. Je moet een overvalletje plegen. Geen grote. Een kleintje maar. Dat winkeltje bij Route 1 waar we altijd bier kochten, lijkt me wel geschikt.'
'Ja?'
'Heb je de Colt nog?'
'Onder het bed, in een schoenendoos.'
'Gebruik hem. En doe een nylonkous over je gezicht. Anders kan die kerel die daar 's avonds werkt je herkennen.'

'Ja.'

'Ga op zaterdagavond, tegen sluitingstijd. Laten we zeggen om tien voor één. Ze accepteren geen cheques, dus het moet je twee-, driehonderd dollar opleveren.'

'Ja! Dat is geweldig!'

'Blaze, nog één ding.'

'Wat, George?'

'Haal je de kogels uit die revolver?'

'Ja, George, dat weet ik, zo doen we dat.'

'Precies, zo doen we dat. Sla die kerel als het moet, maar zorg wel dat het niet verder dan pagina drie van het plaatselijk katern komt, als het al in de krant komt.'

'Precies.'

'Je bent een klootzak, Blaze. Dat weet je toch? Dit lukt je nooit. Misschien zou het beter zijn als je voor dat kleine overvalletje wordt opgepakt.'

'Dat gebeurt niet, George.'

Geen antwoord.

'George?'

Geen antwoord. Blaze stond op en zette de radio aan. Bij het avondeten vergat hij het weer en dekte hij voor twee personen.

HOOFDSTUK 4

Clayton Blaisdell junior werd geboren in Freeport, Maine. Drie jaar later kwam zijn moeder onder een vrachtwagen toen ze met een zak boodschappen Main Street overstak. Ze was op slag dood. De chauffeur was dronken en had geen rijbewijs. Op de rechtbank zei hij dat hij er spijt van had. Hij huilde. Hij zei dat hij weer naar de AA zou gaan. De rechter gaf hem een boete en zestig dagen. De kleine Clay kreeg levenslang bij zijn vader, die veel van drinken en niets van de AA wist. Clayton senior werkte bij Superior Mills in Topsham, waar hij de sorteermachine bediende. Er waren collega's die beweerden dat ze hem wel eens nuchter zijn werk hadden zien doen.

Clay kon al lezen toen hij aan de eerste klas begon en de kwestie van twee plus drie appels kostte hem geen enkele moeite. Hij was toen al breed voor zijn lengte, en hoewel Freeport een ruige stad was, had hij geen problemen op het schoolplein, al zagen ze hem zelden zonder een boek in zijn hand of onder zijn arm. Maar zijn vader was groter, en als Clay Blaisdell op maandagmorgen naar school kwam, vonden de andere kinderen het altijd interessant om te zien wat er in het verband zat en waar hij blauwe plekken had.

'Het mag een wonder heten als hij volwassen wordt zonder ernstig gewond te raken of om het leven te komen,' zei Sarah Jolison op een dag in de lerarenkamer.

Dat wonder gebeurde niet. Op een rustige zaterdagmorgen wankelde Clayton senior met een kater uit de slaapkamer in de bovenwoning die hij en zijn zoon bewoonden. Clay junior zat in kleermakerszit in de huiskamer naar tekenfilms te kijken en Apple Jacks te eten. 'Hoe vaak moet ik je nog zeggen dat je die troep hier niet moet eten?' vroeg senior aan junior, en toen pakte hij hem op en gooide hem de trap af. Clay kwam op zijn hoofd neer.

Zijn vader ging naar beneden, pakte hem op, sjouwde hem naar boven en gooide hem opnieuw naar beneden. De eerste keer bleef Clay bij bewustzijn. De tweede keer ging het licht uit. Zijn vader ging naar beneden, pakte hem op, sjouwde hem naar boven en bekeek hem. 'Klotejoch,' zei hij, en hij gooide hem nog een keer naar beneden.

'Zo,' zei hij tegen het slappe hoopje onder aan de trap, zijn comateuze zoon. 'Misschien denk je nou twee keer na voordat je die klotetroep in de huiskamer gaat zitten vreten.'

Jammer genoeg dacht Clay nooit meer twee keer over iets na. Hij lag drie weken bewusteloos in het Portland General-ziekenhuis. De behandelende arts vermoedde dat hij zo zou blijven tot hij doodging, een menselijke plant. Maar de jongen werd wakker. Jammer genoeg was hij zacht in zijn hoofd. De tijd dat hij met boeken onder zijn arm liep, was voorbij.

De autoriteiten geloofden Clays vader niet toen hij zei dat de jongen al die schade zelf had aangericht doordat hij één keer van de trap gevallen was. En ze geloofden hem ook niet toen hij zei dat de vier half geheelde brandwonden van uitgedrukte sigaretten op de borst van de jongen het gevolg waren van 'een soort schilferziekte'.

De jongen kreeg die bovenwoning nooit meer te zien. Hij werd een voogdijkind en ging van het ziekenhuis meteen naar een kindertehuis, waar aan het begin van zijn ouderloze leven zijn krukken op het speelplein onder hem vandaan werden geschopt door twee jongens die grinnikend als trollen wegrenden. Clay krabbelde overeind en zette zijn krukken weer neer. Hij huilde niet.

Zijn vader protesteerde wat op het politiebureau van Freeport, en nog meer in allerlei kroegen in Freeport. Hij dreigde naar de rechter te stappen om zijn zoon terug te krijgen, maar deed dat nooit. Hij beweerde dat hij van Clay hield, en misschien hield hij ook wel van hem, een beetje, maar dan was het wel het soort liefde dat bijt en brandt. Zonder hem was de jongen beter af.

Maar niet veel beter. Hetton House in South Freeport was weinig meer dan een armenhuis voor kinderen, en Clays jeugd daar was ellendig, al werd het minder erg toen zijn lichaam genezen was. Toen kon hij zich tenminste de ergste pestkoppen van het lijf houden, van hemzelf en van de paar jongere kinderen die hem als een beschermer zagen. De pestkoppen noemden hem Hulk, Trol en Aap, maar hij trok zich niets van die namen aan en liet hen met rust als ze hem met rust lieten. Meestal deden ze dat wel, nadat hij de ergsten van hen op hun donder had gegeven. Hij was niet gemeen, maar als hij werd geprovoceerd, kon hij gevaarlijk worden.

De kinderen die niet bang voor hem waren, noemden hem Blaze, en zo ging hij zichzelf ook noemen.

Op een dag kreeg hij een brief van zijn vader. *Lieve Zoon*, stond er. *Nou, hoe gaat het met Jou. Met mij gaat het goed. Ik werk nu in Lincoln op de Houtzagerij. Het zou goed zijn als die kl****n niet al je Overuren inpikten. HA! Ik zoek een huisje en ik laat Je komen als ik het heb. Nou, schrijf me een Briefje en vertel je Pa hoe het gaat. Kun je een Foto sturen.* Het was getekend met *Veel liefs, Clayton Blaisdell.*

Blaze had geen foto die hij zijn vader kon sturen. Hij zou wel hebben geschreven – de muziekleraar die dinsdags kwam zou hem hebben geholpen, dacht hij – maar er stond geen adres van de afzender op de envelop, die vuil was en simpelweg geadresseerd was aan *Clayton Blaisdell junior 'Het Wees-Huis' in* *FREEPORT MAINE*.

Blaze hoorde nooit meer iets van hem.

In zijn Hetton House-tijd werd hij verschillende keren bij een gezin geplaatst, telkens in het najaar. Ze hielden hem zo lang dat hij kon helpen de oogst binnen te halen, het dak te onderhouden en de tuin om te spitten. Als het voorjaar werd, zeiden ze dat ze hem niet geschikt vonden en stuurden hem terug. Soms viel het wel mee. En soms – zoals bij de Bowies en hun verschrikkelijke hondenfokkerij – viel het helemaal niet mee.

Toen hij en Hetton House klaar waren met elkaar, trok Blaze in zijn eentje door New England. Soms voelde hij zich gelukkig, maar niet zoals hij gelukkig wilde zijn, niet zoals hij andere mensen gelukkig zag zijn. Toen hij eindelijk in Boston ging wonen (min of meer; hij schoot nooit echt wortel), koos hij daarvoor omdat hij zich buiten de stad zo eenzaam voelde. Als hij buiten de stad was en in een schuur sliep, werd hij 's nachts soms wakker en ging hij naar buiten en keek naar de sterren, en het waren er zo veel. Hij wist dat ze er voor hem al waren geweest en dat ze er na hem ook zouden zijn. Dat was tegelijk afschuwelijk en geweldig. Als hij aan het liften was en het liep tegen november, dan waaide de wind soms om hem heen en klapperden zijn broekspijpen, en dan had hij verdriet om iets wat verloren was gegaan, zoals die brief waarop geen adres had gestaan. In het voorjaar keek hij wel eens naar de lucht en zag dan een vogel, en dat maakte hem soms gelukkig, maar even vaak kreeg hij het gevoel dat iets in hem klein werd en elk moment kon breken.

Het is erg om je zo te voelen, dacht hij vaak, *en als ik me zo voel, kan ik beter niet naar vogels kijken.* Maar soms keek hij toch naar de lucht.

Boston viel wel mee, maar soms was hij toch bang. Er waren een miljoen mensen in die stad, misschien nog meer, en niet één daarvan gaf ook maar een zier om Clay Blaisdell. Als ze naar hem keken, deden ze dat alleen omdat hij groot was en een deuk in zijn voorhoofd had. Soms had hij een beetje plezier, en soms was hij alleen maar bang. In de tijd dat hij een beetje plezier in Boston probeerde te hebben, kwam hij George Rackley tegen. Nadat hij George had ontmoet, werd het beter.

HOOFDSTUK 5

Het winkeltje was Tim & Janet's Quik-Pik. De meeste planken stonden vol met dozen bier en goedkope wijn. Langs de hele achterwand stond een koelvitrine. Twee van de vier gangpaden waren aan snacks gewijd. Naast de kassa stond een fles eieren in het zuur. Die fles was zo groot als een klein kind. Tim & Janet's had ook benodigdheden als sigaretten, damesverband, hotdogs en pornoboekjes.

De avondverkoper was een puistige jongen die overdag naar de universiteit van Maine in Portland ging. Hij heette Harry Nason en studeerde veehouderij. Toen de grote man met de deuk in zijn voorhoofd om tien voor een binnenkwam, zat Nason een boek uit het pocketrek te lezen. Dat boek heette *Groot en hard*. Laat op de avond was het altijd druk, maar dat was nu voorbij. Als die lobbes zijn fles wijn of zijn sixpack bier had gekocht, dacht Nason, zou hij afsluiten en naar huis gaan. Misschien nam hij het boek mee om zich af te rukken. Hij dacht net dat het gedeelte over de rondtrekkende predikant en de twee hitsige weduwen daar wel geschikt voor zou zijn, toen de grote kerel een revolver onder zijn neus drukte en zei: 'Alles in de kassa.'

Nason liet het boek vallen en dacht geen moment meer aan masturberen. Hij keek met grote ogen naar de revolver. Hij deed zijn mond open om iets intelligents te zeggen, iets wat iemand op de tv zou zeggen, tenminste als degene die werd overvallen de held van de serie was. Wat eruit kwam, was 'Aaaa'.

'Alles in de kassa,' herhaalde de grote kerel. De deuk in zijn voorhoofd was angstaanjagend. Hij leek diep genoeg voor een kikkervijver.

Harry Nason herinnerde zich – op een verstijfde manier – wat zijn baas had gezegd dat hij in het geval van een overval moest doen: de overvaller alles geven zonder hem tegen te spreken. Hij was volledig verzekerd. Nasons lichaam voelde plotseling erg zacht en kwetsbaar aan, vol zakjes en water. Zijn blaas dreigde het te begeven. En opeens stonden zijn darmen op springen.

'Heb je me gehoord, man?'

'Aaaa,' bevestigde Harry Nason, en hij sloeg het kasregister aan.

'Doe het geld in een zak.'

'Oké. Ja. Goed.' Hij zocht tussen de zakken onder de toonbank en liet de meeste op de vloer vallen. Eindelijk had hij er een te pakken. Hij trok de klemmetjes in de kassala omhoog en liet geld in de zak vallen.

De deur ging open en een jongen en een meisje, zo te zien studenten, kwamen binnen. Ze zagen de revolver en bleven staan. 'Wat is dat?' vroeg de jongen. Hij rookte een cigarillo en had een button op met POT & ROCK.

'Het is een overval,' zei Nason. 'Maak meneer niet, eh, kwaad.'

'Te gek,' zei de jongen met de POT & ROCK-button. Hij grijnsde. Hij wees naar Nason. Hij had een vuile nagel. 'Die knakker is een afzetter, man.'

De overvaller keek POT & ROCK aan. 'Portefeuille,' zei hij.

'Man,' zei POT & ROCK, nog steeds met die grijns, 'ik sta aan jóúw kant. De prijzen die ze hier vragen... en iedereen weet dat Tim en Janet Quarles de, eh, meest rechtse klootzakken zijn sinds Adolf...'

'Geef me je portefeuille of ik knal je kop eraf.'

POT & ROCK besefte plotseling dat hij best eens in moeilijkheden zou kunnen verkeren. In elk geval was dit geen film. De grijns verdween en hij hield op met praten. Een aantal puisten stak fel af tegen zijn wangen, die plotseling bleek waren. Hij haalde een zwarte portefeuille uit zijn spijkerbroek.

'Er is nooit politie als je ze nodig hebt,' zei zijn vriendin ijzig. Ze droeg een lange bruine jas en zwarte leren laarzen. Harry Nason dacht later dat hij op dat moment een held had kunnen worden door de overvaller met die gigantische fles met ingelegde eieren op zijn kop te slaan. Alleen zag de overvaller eruit alsof hij een hard hoofd had. Een erg hard hoofd.

De portefeuille viel in de zak.

De overvaller liep langs hen naar de deur. Hij bewoog soepel voor een man van zijn grootte.

'Schoft,' zei het meisje.

De overvaller bleef abrupt staan. Een ogenblik was het meisje er zeker van (dat zei ze later tegen de politie) dat hij zich zou omdraaien om hen alle drie overhoop te schieten. Later, bij de politie, zouden ze van mening verschillen over de haarkleur van de man (bruin, rossig, blond), zijn teint (licht, roodachtig, bleek) en zijn kleren (jopper, jack, wollen houthakkersjasje), maar ze waren het wel eens over zijn postuur – groot – en zijn laatste woorden voordat hij wegging. Die waren blijkbaar gericht tot de lege, donkere deuropening en klonken bijna klaaglijk: 'Jezus, George, ik ben de kous vergeten!'

Toen was hij weg. Ze zagen hem nog even door het koude witte licht van het grote reclamebord voor Schlitz-bier boven de ingang rennen, en toen sloeg er aan de overkant een motor aan. Even later reed hij weg. De auto was een sedan, maar niemand van hen zou het merk of het model kunnen noemen. Het begon te sneeuwen.

'Daar gaat ons bier,' zei POT & ROCK.

'Ga naar de koelvitrine en neem er eentje van het huis,' zei Harry Nason.

'O, ja? Weet je het zeker?'

'Natuurlijk. Je meisje ook. Wat kan het schelen, we zijn verzekerd.' Hij lachte.

Toen de politie hem ondervroeg, zei hij dat hij de overvaller nooit eerder had gezien. Pas later vroeg hij zich af of hij de overvaller niet in de herfst daarvoor had gezien, samen met een mager, klein mannetje met een rattengezicht dat wijn kocht en aan één stuk door praatte.

HOOFDSTUK 6

Toen Blaze de volgende morgen opstond, kwamen de sneeuwduinen tot de dakrand van het huisje en was de kachel uit. Zijn blaas trok zich samen op het moment dat zijn voeten met de vloer in aanraking kwamen. Op de ballen van zijn voeten rende hij naar de wc, huiverend en onder het uitpuffen van wolkjes witte damp. Zijn urine spoot er misschien wel dertig seconden uit, en toen werd de stroom minder hevig. Hij zuchtte, schudde de druppels weg en liet een wind.

Een veel grotere wind gierde en joelde om het huis. De dennen voor zijn keukenraam bogen wild heen en weer. Blaze vond dat het net magere vrouwen op een begrafenis waren.

Hij kleedde zich aan, maakte de achterdeur open en tornde tegen de wind op naar de houtstapel aan de zuidkant van het huisje. Het pad was helemaal verdwenen. Het zicht was beperkt tot anderhalve meter, misschien nog minder. Dat gaf hem een opwindend gevoel, net als de korrelige sneeuw die tegen zijn gezicht stoof.

De stapel bestond uit brokken eikenhout. Hij pakte een grote armvol bij elkaar en bleef alleen even staan om de sneeuw van zijn voeten te stampen voordat hij naar binnen ging. Zonder zijn jas uit te doen maakte hij het vuur aan. Toen vulde hij de koffiepot. Hij ging met twee koppen naar de tafel. Met gefronste wenkbrauwen bleef hij staan. Hij was iets vergeten.

Het geld! Hij had het geld niet geteld.

Hij wilde naar de andere kamer gaan, maar verstijfde toen hij Georges stem hoorde. George was in de badkamer.

'Idioot.'

'George, ik...'

'George, ik ben een idioot. Kun je dat zeggen?'

'Ik...'

'Nee. Zeg: George, ik ben de idioot die vergat de kous om te doen.'

'Ik heb het g...'

'Zég het.'

'George, ik ben de idioot. Ik was het vergeten.'

'Wat vergeten?'

'Vergeten de kous om te doen.'

'Zeg het nu helemaal.'

'George, ik ben de idioot die vergat de kous om te doen.'

'Zeg nu dit. Zeg: George, ik ben de klootzak die gearresteerd wil worden.'

'Nee! Dat is niet waar! Dat is een leugen, George!'

'Het is de waarheid. Dat is het. Je wilt gearresteerd worden en naar de gevangenis gaan en in de wasserij werken. Dat is de waarheid, de hele waarheid en niets dan de waarheid. Dat is de waarheid in een notendop. Jij bent niet goed bij je hoofd.'

'Nee, George. Dat is het niet. Eerlijk niet.'

'Ik ga weg.'

'Nee!' In zijn paniek kreeg hij geen lucht meer. Het was net de mouw van het flanellen overhemd die zijn vader eens in zijn keel had gestopt om hem te laten ophouden met huilen. 'Niet doen, ik was het vergeten, ik ben een dombo, zonder jou weet ik nooit wat ik moet kopen...'

'Veel plezier, Blaze,' zei George, en hoewel zijn stem nog uit de badkamer kwam, leek hij nu in de verte te verdwijnen. 'Veel plezier als je wordt opgepakt. En veel plezier als je in de bak zit en lakens strijkt.'

'Ik doe alles wat je zegt. Ik maak geen fouten meer.'

Er volgde een lange stilte. Blaze dacht dat George weg was. 'Misschien kom ik terug. Maar ik denk van niet.'

'George! George?'

De koffie pruttelde. Hij schonk één kopje in en ging naar de slaapkamer. De bruine zak met het geld lag onder Georges kant van het matras. Hij schudde hem leeg op het laken, dat hij steeds vergat te verschonen. Het lag er al in al die drie maanden dat George dood was.

Er was tweehonderdzestig dollar uit het winkeltje. En tachtig uit de portefeuille van de student. Meer dan genoeg om...

Wat? Wat moest hij kopen?

Luiers. Dat was het. Als je een baby ging kidnappen, moest je luiers hebben. En andere dingen. Maar hij wist niet meer wat voor andere dingen.

'Wat was het nog meer behalve luiers, George?' Hij zei het nonchalant, in de hoop dat George verrast zou zijn en weer iets zou zeggen. Maar George hapte niet toe.

Misschien kom ik terug. Maar ik denk van niet.

Hij deed het geld terug in de bruine zak en verving zijn eigen portefeuille, die versleten en gehavend was, door die van de student. In zijn eigen portefeuille zaten twee vettige dollarbiljetten, een verbleekte foto van zijn vader en moeder met hun armen om elkaar heen en een automaatfoto van hemzelf en zijn enige echte vriend in Hetton House, John Cheltzman. Verder zijn halve Kennedy-dollar, die zijn geluksmunt was, een oude rekening voor een knaldemper (van toen hij en George die grote ruige Pontiac Bonneville nog hadden) en een omgevouwen polaroidfoto.

George keek hem vanaf die polaroidfoto glimlachend aan. Hij kneep zijn ogen een beetje dicht, want hij had de zon in zijn ogen. Hij droeg een spijkerbroek en werkschoenen. Zijn pet stond een beetje naar links, zoals hij hem altijd droeg. Dat bracht geluk, zei George.

Ze deden veel zwendelpraktijken, en de meeste – de beste – waren gemakkelijk uit te voeren. Sommige waren gebaseerd op misleiding, andere op hebzucht, weer andere op angst. Het waren wat George 'korte trucs' noemde. En de trucs die op angst gebaseerd waren, noemde hij 'stuipenjagers'.

'Ik hou van simpele dingen,' zei George. 'Waarom hou ik van simpele dingen, Blaze?'

'Niet veel bewegende onderdelen,' zei Blaze.

'Correctissimo! Niet veel bewegende onderdelen.'

Voor de beste stuipenjager trok George kleren aan die hij 'een beetje meer dan vlot' noemde en ging daarin naar bars in Boston die hij kende. Het waren geen homobars en ook geen heterobars. George noemde ze 'grijze bars'. En het slachtoffer pikte George altijd op. George hoefde nooit het initiatief te nemen. Blaze had zich daar suf over gepeinsd (voor zover hij nog niet suf was), maar hij had het nooit begrepen.

George had een fijne neus voor homo's die nog in de kast zaten en biseksuelen die één of twee keer per maand hun trouwring in hun portefeuille deden en de bars afliepen. De groothandelaren in opkomst, de verzekeringsmannen, de schoolbestuurders, de flitsende jonge bankmanagers; George zei dat hij het kon ruiken. En hij was aardig voor hen. Hij hielp hen een handje als ze verlegen waren en niet op de juiste woorden konden komen. En dan zei hij dat hij in een goed hotel logeerde. Het was niet luxueus, maar het was goed. En veilig.

Het was het Imperial, niet ver van Chinatown. George en Blaze hadden iets geregeld met de receptionist en piccolo van de avondploeg. De kamer die ze gebruikten was niet steeds dezelfde, maar het was altijd aan het eind van de gang en nooit te dicht bij een andere kamer die in gebruik was.

Blaze zat van drie tot elf uur in de hal. Hij droeg dan kleren waarmee hij op straat voor geen goud gezien zou willen worden. Zijn haar glansde van de olie. In afwachting van

George las hij stripalbums. Hij had nooit enig besef van de tijd die voorbijging.

Hoe geniaal George was, zag je als hij en het slachtoffer binnenkwamen. Het slachtoffer keek dan bijna nooit nerveus. Gretig, maar niet nerveus. Blaze wachtte een kwartier en ging dan naar boven.

'Je moet daarbij niet denken dat je de kamer binnengaat,' zei George. 'Je verschijnt op het toneel. De enige die niet weet dat het drama begint, is het slachtoffer.'

Blaze gebruikte altijd zijn sleutel en liep het toneel op met zijn eerste tekstregel: 'Hank, schat, ik ben zo blij dat ik terug ben.' Dan werd hij kwaad, iets wat hij vrij goed kon, al was het waarschijnlijk niet goed genoeg voor Hollywood: 'Jezus, nee! Ik vermoord hem! Ik vermoord hem!'

Op dat moment liet hij zijn honderdveertig kilo op het bed zakken, waarin het slachtoffer beefde van schrik, op dat moment meestal met alleen zijn sokken aan. George wierp zich op het laatste moment tussen het slachtoffer en zijn woedende 'vriendje'. Dat was op zijn best een zwakke barrière, zou het slachtoffer denken. Als hij nog kon denken. En de soapaflevering was nog niet voorbij.

George: 'Dana, luister – dit is niet wat het lijkt.'

Blaze: 'Ik vermoord hem! Ga opzij, dan vermoord ik hem! Ik gooi hem uit het raam!'

(Angstige kreten van de slachtoffers – het waren er acht of tien in totaal geweest.)

George: 'Alsjeblieft, laat me het uitleggen.'

Blaze: 'Ik ruk zijn ballen eraf!'

(Het slachtoffer smeekt om zijn leven en zijn seksuele gereedschap, niet noodzakelijkerwijs in die volgorde.)

George: 'Nee, dat doe je niet. Je gaat rustig naar de hal en wacht daar op me.'

Op dat moment deed Blaze weer een uitval naar het slachtoffer. George hield hem tegen – amper. Vervolgens griste Blaze de portefeuille uit de broek van het slachtoffer.

Blaze: 'Ik heb je naam en adres, kreng! Ik bel je vrouw!'

Op dat moment dachten de meeste slachtoffers niet meer aan hun leven én hun seksuele gereedschap en concentreerden ze zich in plaats daarvan op hun huwelijk en hun reputatie bij de buren. Blaze vond dat vreemd, maar het ging elke keer op. Er was nog meer waarheid te vinden in de portefeuille van het slachtoffer. Het slachtoffer zei tegen George dat hij Bill Smith uit New Rochelle was. Hij was natuurlijk Dan Donahue uit Brookline.

Intussen ging de show verder.

George: 'Ga naar beneden, Dana. Wees nou lief en ga naar beneden.'

Blaze: 'Nee!'

George: 'Ga naar beneden of ik praat nooit meer tegen je. Ik heb genoeg van je driftbuien en je bezitterigheid. Ik meen het!'

Op dat moment ging Blaze weg, de portefeuille tegen zijn borst gedrukt. Hij mompelde bedreigingen en keek het slachtoffer kwaad aan.

Zodra de deur dicht was, praatte het slachtoffer opgewonden op George in. Hij moest zijn portefeuille terug hebben. Hij zou alles doen om zijn portefeuille terug te krijgen. Hij hoefde het geld niet terug, maar de papieren wel. Als Sally erachter kwam... en Junior! O god, die kleine Junior...

George stelde het slachtoffer gerust. Hij was goed in die rol. Misschien, zei hij bijvoorbeeld, viel er wel met Dana te praten. Sterker nog, het stond wel bijna vast dat er met Dana te praten viel. Hij had maar een paar minuten nodig om tot bedaren te komen, en dan moest George even onder vier ogen met hem praten. Hem overhalen. En hem een beetje paaien, de grote lomperik.

Blaze was natuurlijk niet in de hal. Blaze was in een kamer op de eerste verdieping. Daar ging George heen en daar telden ze de buit. Hun slechtste score was drieënveertig dollar. Hun beste, afkomstig van een directeur van een grote voedselketen, was vijfhonderdvijftig dollar.

Ze gaven het slachtoffer genoeg tijd om in de rats te zitten en sombere beloften aan zichzelf te doen. Géórge gaf het slachtoffer genoeg tijd. George wist altijd precies hoeveel tijd. Het was verbazingwekkend. Het leek wel of hij een wekker in zijn hoofd had en alsof die voor elk slachtoffer afzonderlijk was ingesteld. Ten slotte keerde hij met de portefeuille naar de eerste kamer terug en zei hij dat Dana eindelijk voor rede vatbaar was geweest maar het geld niet terug wilde geven. George had al de grootste moeite moeten doen om hem zo ver te krijgen dat hij de creditcards teruggaf. Sorry.

Het slachtoffer gaf geen moer om het geld. Hij keek koortsachtig in zijn portefeuille en vergewiste zich ervan dat het er allemaal nog was: zijn verzekeringskaart, zijn identiteitskaart, foto's. Het was er allemaal nog. Goddank, het was er allemaal nog. Armer maar wijzer kleedde hij zich aan en sloop weg, waarschijnlijk met de wens dat zijn ballen nooit waren ingedaald.

In de vier jaar voordat Blaze de tweede keer voor de bijl ging, namen ze steeds weer hun toevlucht tot deze truc, en hij lukte altijd. Ze kregen ook nooit moeilijkheden met de politie. Blaze was niet intelligent, maar kon wel goed acteren. George was pas de tweede echte vriend die hij ooit had gehad, en hij hoefde zichzelf alleen maar wijs te maken dat het slachtoffer tegen George zei dat Blaze niet deugde. Dat Blaze verspilling van Georges tijd en talenten was. Dat Blaze niet alleen een dombo was, maar ook een sukkel en mislukkeling. Zodra Blaze zich daarvan had overtuigd, werd zijn woede echt. Als George er niet bij was geweest, zou Blaze allebei de armen van het slachtoffer hebben gebroken. En hem misschien zelfs hebben vermoord.

Nu hij de polaroidfoto keer op keer in zijn vingers omdraaide, voelde Blaze zich leeg. Hij voelde zich als toen hij naar de lucht keek en de sterren zag, of een vogel op een telefoondraad of een schoorsteen waar rook uit kwam. George was weg en hij was nog steeds dom. Hij zat in nood en er was geen uitweg.

Tenzij hij George kon laten zien dat hij tenminste slim genoeg was om de zaak in gang te zetten. Tenzij hij George kon laten zien dat hij echt niet gearresteerd wilde worden. En wat betekende dat?

Dat betekende luiers. Luiers en wat nog meer? Jezus, wat nog meer?

Hij zakte in gedachten weg. Hij dacht die hele ochtend door, met buiten het gieren van de sneeuw.

HOOFDSTUK 7

Op de babyafdeling van warenhuis Hager's Mammoth was hij net zo min op zijn plaats als een rots in een huiskamer. Hij droeg zijn spijkerbroek en werkschoenen met veters van ongelooid leer, een flanellen overhemd en een zwarte leren riem met de gesp naar links – de kant die geluk bracht. Hij had deze keer aan zijn pet gedacht, die met de oorflappen, en die had hij in zijn hand. Hij stond midden in een voornamelijk roze ruimte die gevuld was met lucht. Hij keek naar links en zag luiertafels. Hij keek naar rechts en zag kinderwagens. Hij had een gevoel alsof hij op planeet Baby was geland.

Er waren hier veel vrouwen. Sommige hadden een dikke buik en andere hadden een baby. Veel van die baby's huilden en alle vrouwen keken argwanend naar Blaze, alsof hij elk moment amok kon maken en de grootst mogelijke verwoestingen op planeet Baby kon aanrichten, met gescheurde kussens en opengereten teddyberen die door de lucht vlogen. Er kwam een verkoopster naar Blaze toe. Daar was hij blij om. Hij had ertegen opgezien iemand aan te spreken. Hij merkte het wanneer mensen bang waren en wanneer hij ergens niet thuishoorde. Hij was dom, maar niet zo dom. De verkoopster vroeg of ze hem kon helpen. Blaze zei van wel. Hij had niets kunnen bedenken, hoe hij zijn best ook had gedaan, en nam dus zijn toevlucht tot het enige redmiddel dat hij kende: de leugen.

'Ik weet me geen raad,' zei hij, en hij ontblootte zijn tanden voor de verkoopster om een grijns te produceren die zelfs een poema de stuipen op het lijf zou hebben gejaagd. De verkoopster glimlachte dapper terug. De kruin van haar hoofd kwam bijna tot het midden van zijn ribbenkast. 'Ik heb net ontdekt dat mijn schoonzus een kind heeft gekregen... een baby... terwijl ik weg was, weet u, en ik wil spullen voor hem kopen. Alles.'

Ze straalde. 'Ik begrijp het. Wat aardig van u. Wat sympathiek. Zoekt u iets bijzonders?'

'Ik weet het niet. Ik weet niets... helemaal niets... van baby's.'

'Hoe oud is uw neefje?'

'Huh?'

'Het kind van uw schoonzus?'

'O! Ik snap het! Zes maanden.'

'Wat schattig.' Ze knipperde professioneel met haar ogen. 'Hoe heet hij?'

Blaze stond even perplex. Toen zei hij vlug: 'George.'

'Wat een mooie naam! Uit het Grieks. Het betekent "de aarde bewerken".'

'O, ja? Te gek.'

Ze bleef glimlachen. 'Ja, hè? Nou, wat heeft ze al voor hem?'

Daar was Blaze op voorbereid. 'De dingen die ze nu hebben, zijn niks waard. Dat is het nou juist. Ze zijn zo arm als de neten.'

'O. Dus u wilt... van de grond af aan beginnen, als het ware.'

'Ja, u snapt het.'

'Dat is héél aardig van u. Nou, dan kunt u het best beginnen aan het eind van Pooh Avenue, in de Bedjeshoek. We hebben heel mooie hardhouten bedjes...'

Blaze stond er versteld van hoeveel ervoor nodig was om één klein mensenwezentje op gang te helpen. Hij had gedacht dat hij met zijn buit uit de bierwinkel een heel eind zou komen, maar hij verliet planeet Baby met een bijna lege portefeuille.

Hij kocht een Dreamlandbedje, een Seth Harneywieg, een Happy Hippokinderstoel, een E-Z Fold-luiertafel, een plastic badje, acht nachthemdjes, acht Dri-Day plastic broekjes, acht Hageronderhemdjes met sluitingen die hij niet begreep, drie hoeslakentjes die eruitzagen als servetten, drie dekens, bekleding voor het bedje om te voorkomen dat de baby zijn hersens kapot bonkte als hij onrustig werd, een truitje, een muts, slofjes, rode schoenen met belletjes op de bovenkant, twee broeken met bijpassende hemdjes, vier paar sokken die nog niet groot genoeg waren om ze over zijn vingers te schuiven, een stel Playtexbabyflesjes (daar gingen een soort plastic wegwerpzakjes in zodat je de fles niet steeds hoefde te steriliseren, en die leken op de zakjes die George gebruikte om zijn dope in te kopen), een doos met spul dat Similac heette, een doos met Junior Fruits, een doos met Junior Dinners, een doos met Junior Dessert, en een couvert met smurfen erop.

Het babyvoedsel smaakte naar niks. Hij probeerde het toen hij thuis was.

Toen de artikelen zich opstapelden in de hoek van de babyafdeling, keken de verlegen jonge moeders langer en speculatiever naar hem. Het werd een hele gebeurtenis, iets wat ze niet gauw zouden vergeten: die kolossale, slome man in houthakkerskleren die achter dat kleine verkoopstertje aan door de winkel liep, naar haar luisterde en kocht wat ze zei dat hij moest kopen. De verkoopster heette Nancy Moldow. Ze werkte op commissiebasis, en naarmate de middag vorderde, kwam er een bijna bovennatuurlijke glans in haar ogen. Ten slotte sloeg ze het totaal aan, en toen Blaze het geld uittelde, deed Nancy Moldow er vier dozen Pampers bij. 'U maakt mijn hele dag goed,' zei ze. 'Misschien hebt u zelfs mijn hele carrière op de babyafdeling goed gemaakt.'

'Dank u, mevrouw,' zei Blaze. Hij was erg blij met de Pampers. Uiteindelijk was hij de luiers vergeten.

En toen hij twee winkelwagens volgooide (een jongen uit het magazijn had de dozen met de kinderstoel en het bedje), riep Nancy Moldow uit: 'Komt u een keer langs met het jongetje, dan maken we een foto van hem!'

'Ja, mevrouw,' mompelde Blaze. Om de een of andere reden moest hij aan zijn eerste politiefoto denken, en aan een politieman die zei: *Draai je nu opzij en ga weer door de knieën. Godallemachtig, wie heeft je zo verrekte groot laten worden?*

'De foto is op kosten van Hager!'

'Ja, mevrouw.'

'Een hoop spullen, man,' zei de jongen uit het magazijn. Hij was een jaar of twintig en net over zijn puistjes heen. Hij droeg een rood vlinderstrikje. 'Waar staat de auto?'

'Het parkeerterrein aan de achterkant,' zei Blaze.

Hij volgde de jongen, die erop stond een van de wagentjes te duwen en toen klaagde dat het zo lastig sturen was met al die aangestampte sneeuw op de grond. 'Ze strooien hierachter geen zout meer, en daardoor lopen de wielen vast. En dan blijven die verrekte karretjes opeens steken. Als je niet uitkijkt, krijg je een lelijke dreun tegen je enkel. Pijn dat het doet! Ik klaag niet, maar...'

Wat doe je dan, jongen? Blaze kon het George horen vragen. *Kattenvoer eten uit de hondenbak?*

'We zijn er,' zei Blaze. 'Dit is mijn auto.'

'Ja, goed. Wat wilt u in de kofferbak hebben? De kinderstoel, het bedje, of beide?'

Blaze bedacht opeens dat hij geen kofferbaksleutel had.

'Laten we alles achterin leggen.'

De ogen van de jongen gingen wijd open. 'Jezus, man, ik denk niet dat het past. Eigenlijk weet ik wel zeker dat...'

'We kunnen ook wat voorin zetten. Die doos met het bedje kan voor de passagiersstoel. Ik schuif die stoel wel naar achteren.'

'Waarom niet in de kofferbak? Zou dat niet, eh, makkelijker zijn?'

Blaze dacht er vaag over om een of ander verhaal te vertellen over de kofferbak die vol spullen zat, maar het probleem met leugens was dat de ene altijd tot de andere leidde. Algauw was het of je over wegen reed die je niet kende. Je raakte verdwaald. *Als het kan, spreek ik altijd de waarheid*, mocht George graag zeggen. *Dat is net zoiets als door je eigen buurt rijden.*

En dus hield hij de reservesleutel omhoog. 'Ik ben mijn autosleutels kwijt,' zei hij. 'Tot ik ze vind, heb ik alleen dit.'

'O,' zei de jongen. Hij keek Blaze aan alsof hij dom was, maar dat gaf niet; zo was hij wel vaker aangekeken. 'Dat is pech.'

Uiteindelijk kregen ze alles erin. Het duurde even voordat ze alles verstouwd hadden. Het kon maar net, maar het kon. Als Blaze in het spiegeltje keek, kon hij zelfs nog iets van de wereld buiten het achterraam zien. De rest van het zicht werd belemmerd door de doos met de onderdelen van de luiertafel.

'Mooie auto,' zei de jongen uit het magazijn. 'Een ouwe maar een goeie.'

'Ja,' zei Blaze. En omdat George dat soms ook zei, voegde hij eraan toe: 'Verdwenen uit de hitlijsten, maar niet uit ons hart.' Hij vroeg zich af of de jongen op iets wachtte. Blijkbaar was dat inderdaad het geval.

'Wat heeft ze, een 302?'

'342,' zei Blaze automatisch.

De jongen knikte. Hij stond daar maar.

Vanaf de achterbank van de Ford, waar geen ruimte voor hem was maar waar hij op de een of andere manier toch zat, zei George: 'Als je niet wilt dat die klojo daar de rest van de eeuw blijft staan, moet je hem een fooi geven, dan ben je van hem af.'

Een fooi. Ja. Goed.

Blaze haalde zijn portefeuille tevoorschijn, keek naar het beperkte aantal bankbiljetten en haalde er met tegenzin een vijfje uit. Hij gaf het aan de jongen, die het meteen liet verdwijnen. 'Oké, man, een prettige dag verder.'

'Ja,' zei Blaze. Hij stapte in de Ford en startte hem. De jongen uit het magazijn reed de wagentjes naar de winkel terug. Halverwege bleef hij staan en keek hij achterom naar Blaze. Zijn manier van kijken stond Blaze niet aan. Hij keek alsof hij zich iets in zijn geheugen prentte.

'Ik had er eerder aan moeten denken hem een fooi te geven, hè, George?'

George zei niets.

Thuis aangekomen, zette hij de Ford weer in de schuur en sjouwde hij alle babyspullen het huis in. Hij zette het bedje in de slaapkamer in elkaar en zette de luiertafel ernaast. Hij hoefde niet in de handleiding te kijken; hij keek gewoon naar de foto's op de dozen en zijn handen deden de rest. De wieg ging naar de keuken, dicht bij de houtkachel... maar niet te dichtbij. De rest van de dingen legde hij in de slaapkamerkast, uit het zicht.

Toen dat alles was gebeurd, was de hele slaapkamer veranderd. Er was niet alleen meubilair bij gekomen, maar er was nog iets anders toegevoegd. De atmosfeer was veranderd. Het leek wel of in die kamer een geest was vrijgelaten. Niet de geest van iemand die was weggegaan, of van iemand die was doodgegaan, maar de geest van iemand die nog zou komen.

Het gaf Blaze een vreemd gevoel.

HOOFDSTUK 8

De volgende avond bedacht Blaze dat hij nieuwe nummerplaten voor zijn gestolen Ford moest hebben, en dus stal hij ze van een Volkswagen op het parkeerterrein van Jolly Jim's Jiant Groceries in Portland. Hij verving de nummerborden van de Volkswagen door die van de Ford. Het kon weken of maanden duren voordat de eigenaar van de Volkswagen merkte dat hij de verkeerde nummerplaten had, want op het stickertje stond een 7 en dat betekende dat de registratie pas in juli verlopen was. Altijd naar de registratiesticker kijken. Dat had hij van George geleerd.

Met zijn nieuwe kentekenplaten voelde hij zich veilig, maar hij wist dat hij zich nog veiliger zou voelen als de Ford een andere kleur had. Daarom reed hij naar een discountwinkel en kocht daar vier blikken saffierblauwe autolak en een spuitpistool. Blut maar tevreden ging hij naar huis.

Hij at zijn avondeten bij de kachel en tikte met zijn voeten in het ritme van 'Okie from Muskogee' van Merle Haggard op de versleten linoleumvloer. Die goeie ouwe Merle zou die verrekte hippies wel even laten horen hoe het moest!

Na de afwas haalde hij een met plakband opgelapt verlengsnoer uit de schuur en hing een gloeilamp over een balk. Blaze mocht graag verven en lakken. En saffierblauw was een van zijn lievelingskleuren. Je moest die naam wel mooi vinden.

Blauw als een edelsteen. Als een saffier.

Hij ging het huis weer in en pakte een stapel oude kranten. George las elke dag een krant, en niet alleen de strips. Soms las hij Blaze de commentaren voor en ging hij tekeer tegen de republikeinen. Hij zei dat de republikeinen de pest hadden aan arme mensen. Hij noemde de president 'Die Verrekte Lamzak in het Witte Huis'. George was democraat, en twee jaar geleden hadden ze stickers voor democratische kandidaten op drie verschillende gestolen auto's geplakt.

Alle kranten waren heel oud, en normaal gesproken zou Blaze daar bedroefd van zijn geworden, maar vanavond had hij echt zin om die auto te lakken. Hij plakte papier over de ramen en wielen. Hij plakte ook het chroom af.

Om negen uur hing er de heerlijke bananengeur van spuitverf in de schuur, en om elf uur was hij klaar. Blaze haalde de kranten weg en werkte enkele plaatsen bij, en daarna keek hij vol bewondering naar zijn werk. Hij vond dat hij het goed had gedaan.

Hij ging naar bed, een beetje high van de verf, en werd de volgende morgen met hoofdpijn wakker. 'George?' zei hij hoopvol.

Geen antwoord.

'Ik ben blut, George. Ik heb geen cent meer.'

Geen antwoord.

Blaze liep de hele dag door het huis te ijsberen. Wat moest hij doen?

De avondverkoper las een pocket met de titel *Butch Ballerinas* toen er een colt in zijn gezicht werd geduwd. Dezelfde colt. Dezelfde stem die nors zei: 'Alles in de kassa.'

'O nee,' zei Harry Nason. 'O jezus.'

Hij keek op. Tegenover zich zag hij een platgedrukt Chinees gezicht in een nylonkous die als de staart van een skimuts over zijn rug omlaag hing.

‘Niet jij. Niet opnieuw.’

‘Alles in de kassa. Doe het in een zak.’

Deze keer kwam er niemand binnen, en omdat het een doordeweekse avond was, zat er minder in de kassa.

Op weg naar buiten draaide de overvaller zich nog even om. *Nu*, dacht Harry Nason, *word ik doodgeschoten.* Maar in plaats van te schieten zei de overvaller: ‘Deze keer was ik de kous niet vergeten.’

Het leek wel of hij grijnsde, daar achter die kous.

Toen was hij weg.

HOOFDSTUK 9

Toen Clayton Blaisdell junior in Hetton House arriveerde, hadden ze daar een directrice. Hij herinnerde zich haar naam niet, alleen haar grijze haar, haar grote grijze ogen achter haar brillenglazen, en dat ze hun de Bijbel voorlas en elke ochtendbijeenkomst eindigde met de woorden *Wees braaf kinderen en het zal jullie goed gaan*. Op een dag zat ze niet in haar kantoor, want ze had een beroerte gekregen. Eerst dacht Blaze dat ze zeiden dat ze een broertje had gekregen, maar ten slotte wist hij het: *beroerte*. Dat was een soort hoofdpijn die niet wegging. Haar opvolger was Martin Coslaw. Zíjn naam vergat Blaze nooit, en niet alleen omdat de kinderen hem wel eens The Law noemden. Blaze vergat hem nooit omdat Coslaw het vak rekenen gaf.

Rekenen werd gegeven in lokaal 7 op de tweede verdieping, waar het 's winters koud genoeg was om de ballen van een koperen aap te laten bevriezen. Er hingen portretten van George Washington, Abraham Lincoln en zuster Mary Hetton aan de muren. Zuster Hetton had een bleke huid en zwart haar dat van haar gezicht was weggetrokken en achter haar hoofd tot een soort deurknop was samengebald. Ze had donkere ogen die Blaze soms van dingen kwamen beschuldigen als het licht uit was. Vooral van het feit dat hij dom was. Waarschijnlijk te dom voor de middelbare school, zoals Coslaw zei.

Lokaal 7 had oude, gele vloeren en rook naar vloerlak, een geur die Blaze altijd slaperig maakte, ook als hij klaarwakker was wanneer hij binnenkwam. Er waren negen met vliegenpoep bespikkelde bollampen die op regenachtige dagen een ijl, triest licht verspreidden. Er hing een oud schoolbord, en daarboven hingen groene borden waarop het alfabet in de schrijfletters van de Palmer-methode voorbij marcheerde, zowel de hoofdletters als de kleintjes. Na het alfabet kwamen de cijfers 0 tot en met 9, zo mooi en leuk om te zien dat je je dommer en stunteliger dan ooit voelde als je ernaar keek. In de banken waren slogans en initialen over elkaar heen gekerfd; de meeste waren bijna onzichtbaar geworden door veelvuldig schuren en lakken, maar nooit helemaal uitgewist. Onderaan zaten ijzeren platen die aan de vloer waren vastgeschroefd. Elke bank had een inktpot. Die inktpotten zaten vol inkt. Inkt morsen leverde je een pak slaag in het waslokaal op. Zwarte schoensporen op de gele vloer leverden je een pak slaag op. Klieren in de klas leverde je een pak slaag op, alleen heette dat laatste 'Slecht Gedrag'. Er waren nog meer vergrijpen die je op een pak slaag kwamen te staan: Martin Coslaw hield van slaag en de peddel. De peddel van Coslaw werd in Hetton House meer gevreesd dan al het andere, zelfs meer dan de boeman die zich onder de bedden van de kleine kinderen verstopte. De peddel was een berkenhouten spatel, nogal dun. Coslaw had er vier gaten in geboord om de luchtweerstand te verminderen. Hij kegelde in een team dat The Falmouth Rockers heette, en op vrijdag had hij zijn kegelshirt soms op school aan. Het was donkerblauw en zijn naam – Martin – stond in schuine gouden letters op het borstzakje. Blaze vond dat die letters bijna (maar niet helemaal) op de Palmer-methode leken. In het kegelspel, zei Coslaw, moest je eerst leren alle kegels met twee worpen om te gooien, en daarna leerde je vanzelf het met één worp te doen. Zo was het in het leven ook, vond hij, en als hij iemand een pak slaag met de peddel gaf, deed dat veel pijn.

Het gebeurde wel dat Coslaw op zijn tong beet als hij de peddel gebruikte voor een jongen met bijzonder Slecht Gedrag. Soms beet hij er hard genoeg op om hem te laten bloeden, en een tijdlang was er een jongen in Hetton House die hem niet alleen Coslaw maar ook Dracula noemde, maar toen maakte die jongen het en zagen ze hem niet meer terug. 'Het maken' noemden ze het als iemand bij een gezin werd geplaatst en daar bleef, misschien zelfs geadopteerd werd.

Martin Coslaw werd gehaat en gevreesd door alle jongens in Hetton House, maar niemand haatte en vreesde hem meer dan Blaze. Blaze was erg slecht in rekenen. Hij was weer op het niveau van twee plus drie appels gekomen, maar alleen met grote moeite, en een kwart appel plus een halve appel zou altijd boven zijn macht gaan. Voor zover hij wist, bestond een appel uit beten.

Het was onder de rekenles dat Blaze zijn eerste oplichterstruc uithaalde, geholpen door zijn vriend John Cheltzman. John was mager, lelijk, slungelig en vervuld van haat. Die haat kwam een heel enkele keer aan de oppervlakte, maar zat meestal verborgen achter de dikke glazen van zijn met plakband bijeengehouden bril en dat idiote, boerse *juk-juk-juk*-lachje van hem. Voor de oudere, sterkere jongens was hij een vanzelfsprekend mikpunt. Ze gaven hem er flink van langs. Zijn gezicht werd in de modder gewreven (voorjaar en najaar) of in de sneeuw gewassen (winter). Zijn overhemden waren vaak gescheurd. Hij kwam zelden uit de gemeenschappelijke douches zonder met een paar natte handdoeken op zijn reet te zijn geslagen. Hij veegde de modder en de sneeuw weg, stopte het gescheurde pand van zijn overhemd in zijn broek of deed van *juk-juk-juk* terwijl hij over zijn rood aangelopen billen wreef, en de haat kwam bijna nooit aan de oppervlakte. Dat gold trouwens ook voor zijn hersenen. Hij was goed in zijn vakken – heel goed, dat kon hij niet helpen – maar meer dan een 7 had hij bijna nooit. En zelfs daar was hij niet blij mee. In Hetton

House kregen kinderen die een 8 hadden het zwaar te verduren.

Inmiddels begon Blaze zijn postuur te krijgen. Hij had het nog niet, niet toen hij elf of twaalf was, maar hij begon het te krijgen. Hij was net zo groot als sommige grote jongens. En hij deed niet mee aan de mishandelingen op het schoolplein en sloeg ook niet met handdoeken. Op een dag liep John Cheltzman naar Blaze toe, die bij de schutting aan het eind van het speelplein stond. Blaze deed daar niets, keek alleen naar kraaien die in de bomen neerstreken en weer wegvlogen. John bood Blaze een deal aan.

'Het komende semester heb je Coslaw weer voor rekenen,' zei John. 'Dat wordt weer breuken.'

'Ik heb de pest aan breuken,' zei Blaze.

'Ik doe je huiswerk voor je als jij zorgt dat die pestkoppen me niet meer in elkaar slaan. Ik doe het niet goed genoeg om Coslaw achterdochtig te maken – niet zo goed dat hij het door heeft – maar wel goed genoeg om niet in de hoek te staan. In de hoek staan was niet zo erg als met de peddel krijgen, maar het was wel erg. Je moest in de hoek van lokaal 7 staan, met je gezicht naar de muur. Je kon niet op de klok kijken.

Blaze dacht over John Cheltzmans idee na en schudde toen zijn hoofd. 'Hij merkt het. Ik moet voor het bord komen, en dan weet hij het.'

'Dan kijk je gewoon het lokaal in alsof je nadenkt,' zei John. 'Ik help je wel.'

En dat deed John. Hij schreef de antwoorden van het huiswerk op en Blaze schreef ze over met zijn eigen cijfers, die op de cijfers van de Palmer-methode boven het schoolbord probeerden te lijken maar daar nooit in slaagden. Soms moest hij van Coslaw voor het bord komen, en dan stond Blaze daar en keek hij om – in alle richtingen behalve naar Martin Coslaw, en dat was goed, want zo gedroeg iedereen zich die voor het bord moest komen. Als hij dan de klas in keek, richtte hij zijn blik op Johnny Cheltzman, die onderuitgezakt bij de deur van de boekenkast zat, zijn handen op zijn bank. Als het getal dat Coslaw wilde horen niet hoger dan tien was, was het aantal vingers dat John liet zien het antwoord. Als het een breuk was, maakte John vuisten van zijn handen. En dan gingen ze open. Hij was daar heel snel in. De linkerhand was de bovenste helft van de breuk. De rechterhand was de onderste helft. Als de onderste helft meer dan vijf was, maakte Johnny weer vuisten en gebruikte hij beide handen. Blaze had helemaal geen moeite met al die tekens, die veel mensen ingewikkelder zouden vinden dan de breuken zelf.

'Nou, Clayton?' zei Coslaw dan. 'We wachten.'

En dan zei Blaze: 'Eén zesde.'

Het hoefde niet altijd goed te zijn. Toen hij het George vertelde, had George instemmend geknikt. 'Een mooi trucje. Wanneer ging het mis?'

Het ging drie weken na het begin van het semester mis, en als Blaze erover nadacht – hij kón denken, het kostte hem alleen tijd en het was hard werken – besefte hij dat Coslaw de wonderlijke vooruitgang van Blazes rekenkunde al die tijd al moest hebben gewantrouwd. Hij had alleen niets laten blijken. Hij had het touw laten vieren dat Blaze nodig had om zichzelf te verhangen.

Er kwam een onverwachte schriftelijke overhoring. Blaze bracht er niets van terecht en haalde een 1. De overhoring ging namelijk alleen over breuken en had maar één doel gehad: Clayton Blaisdell junior ontmaskeren. Onder de 1 stond met rode letters een opmerking geschreven. Blaze kon het niet ontcijferen en ging ermee naar John.

John las het. Eerst zei hij niets. Toen zei hij tegen Blaze: 'Hier staat: "John Cheltzman wordt voortaan weer in elkaar geslagen."'

'Wat? Huh?'

'Waarvoor?'

'Omdat we niet aan de schriftelijke overhoringen hadden gedacht,' zei John. Toen zei hij: 'Nee, jíj hebt er wel aan gedacht, maar ík niet. Want ik dacht aan niets anders dan dat ik me die grote Bluto's van het lijf moet houden. Nu ga jij me in elkaar slaan en gaat Coslaw me met de peddel geven en dan krijg ik ook weer op mijn donder van de Bluto's. Jezus christus, was ik maar dood.' En hij keek alsof hij dat echt wenste.

'Ik ga je niet in elkaar slaan.'

'Nee?' John keek hem aan met de ogen van iemand die iets graag wil geloven maar daar niet toe in staat is.

'Jij kon die overhoring toch niet voor me doen?'

Martin Coslaws kantoor was een vrij grote kamer met DIRECTEUR op de deur. Er hing een zwart schoolbord tegenover het raam. Dat raam keek uit op het miezerige schoolplein van Hetton House. Het bord zat onder het krijtstof en – de vloek die op Blaze rustte – breuken. Coslaw zat achter zijn bureau toen Blaze binnenkwam. Hij keek met gefronste wenkbrauwen naar niets. Blaze gaf hem een reden om zijn wenkbrauwen te fronsen. 'Kloppen,' zei hij.

'Huh?'

'Ga terug en klop aan,' zei Coslaw.

'O.' Blaze draaide zich om, ging de kamer uit, klopte aan en kwam weer binnen.

'Dank je.'

'Ja.'

Coslaw keek Blaze fronsend aan. Hij pakte een potlood op en tikte daarmee op het bureau. Het was een rood corrigeerpotlood. 'Clayton Blaisdell junior,' zei hij. Hij keek peinzend. 'Wat een grote naam voor zo'n klein intellect.'

'De andere jongens noemen me...'

'Het kan me niet schelen hoe de andere jongens je noemen. Ik ben leraar rekenen en het is mijn taak jonge knapen als jij voor te bereiden op de middelbare school – als dat mogelijk is

– en ook om jullie het verschil tussen goed en kwaad te leren. Als mijn verantwoordelijkheid ophield met het geven van rekenen – en soms zou ik willen dat het zo was, váák zou ik dat willen – zou dat niet het geval zijn, maar ik ben ook directeur, vandaar het onderricht in goed en kwaad, *quod erat demonstrandum*. Weet je wat *quod erat demonstrandum* betekent, meneer Blaisdell?'

'Neu,' zei Blaze. Hij voelde zich moedeloos; de tranen stonden hem bijna in de ogen. Hij was groot voor zijn leeftijd, maar nu voelde hij zich klein. Klein en steeds kleiner. De wetenschap dat het juist Coslaws bedoeling was dat hij zich zo voelde, veranderde daar niets aan.

'Nee, en dat zul je ook nooit weten, want als je het ooit tot de tweede klas van de middelbare school brengt – wat ik betwijfel – zul je nooit dichter bij de meetkunde komen dan het drinkfonteintje aan het eind van de gang.' Coslaw maakte een bruggetje van zijn vingers en schommelde in zijn stoel achterover. Zijn kegelshirt had hij over de rugleuning van zijn stoel gehangen en het schommelde met hem mee. 'Het betekent: "hetgeen bewezen moest worden", meneer Blaisdell, en wat ik met mijn kleine overhoring heb bewezen, is dat jij een bedrieger bent. Een bedrieger is iemand die het verschil tussen goed en kwaad niet kent. QED, *quod erat demonstrandum*. En dus volgt er bestraffing.'

Blaze sloeg zijn ogen neer. Hij hoorde een la opengaan. Er werd iets uit gehaald en de la ging weer dicht. Hij hoefde niet op te kijken om te weten wat Coslaw nu in zijn hand had.

'Ik verafschuw bedriegers,' zei Coslaw, 'maar ik heb begrip voor je geestelijke tekortkomingen, meneer Blaisdell, en begrijp dus ook dat er iemand in dit kleine complot zit die slechter is dan jij. Dat zal degene zijn die het idee in jouw domme hoofd heeft gestopt en je daarna heeft bijgestaan. Kun je me volgen?'

'Nee,' zei Blaze.

Coslaws tong kwam een beetje naar buiten en zijn tanden beten er stevig in. Hij hield de peddel nog even stevig vast, of zelfs nog steviger.

'Wie heeft je huiswerk gemaakt?'

Blaze zei niets. Je klikte niet. Dat zeiden alle stripalbums, tv-series en films. Je klikte niet. Zeker niet als het om je enige vriend ging. En er was nog iets. Iets wat hij niet goed tot uiting kon brengen.

'U zou me niet moeten slaan,' zei hij ten slotte.

'O nee?' Coslaw keek verbaasd. 'Vind je dat? En waarom dan niet, meneer Blaisdell? Verklaar je nader. Ik ben gefascineerd.'

Blaze kende al die woorden niet, maar hij kende die blik. Die had hij zijn hele leven gezien.

'Het kan u niks niet schelen of u mij wat leert. U wilt alleen dat ik me klein voel, en u wilt iemand pijn doen die een tijdje heeft gezorgd dat u dat niet kon doen. Dat is verkeerd. U zou me niet moeten slaan als u het bent die fout is.'

Coslaw keek niet meer verbaasd. Hij keek nu alleen nog kwaad. Zo kwaad dat er midden op zijn voorhoofd een adertje pulseerde. 'Wie heeft je huiswerk gemaakt?'

Blaze zei niets.

'Hoe kon je antwoord geven voor het bord? Hoe werkte dat?'

Blaze zei niets.

'Was het Cheltzman? Ik denk dat het Cheltzman was.'

Blaze zei niets. Zijn handen waren tot trillende vuisten gebald. De tranen liepen uit zijn ogen, maar hij geloofde niet dat hij huilde omdat hij zich klein voelde.

Coslaw haalde uit met de peddel en trof Blaze hoog op zijn arm. Het ding maakte een knalgeluid als een klein vuurwapen. Het was de eerste keer dat Blaze ooit ergens anders door een leraar werd geraakt dan op zijn reet, al was er, toen hij kleiner was, wel eens aan zijn oor gedraaid (en een of twee keer aan zijn neus). *'Geef antwoord, stom rund!'*

'Val dood!' riep Blaze uit. Het naamloze ding sprong nu eindelijk helemaal naar buiten. 'Val dood!'

'Kom hier,' zei Coslaw. Zijn ogen waren kolossaal geworden en puilden uit. De hand met de peddel was wit geworden. 'Kom hier, etterbak.'

En nu het naamloze ding dat woede was uit hem weg was gesprongen, en omdat hij per slot van rekening nog maar een kind was, ging Blaze naar hem toe.

Toen hij twintig minuten later de kamer van Coslaw verliet, de adem fluitend in zijn keel, bloed uit zijn neus – maar met droge ogen en zijn mond nog dicht – werd hij een legende in Hetton House.

Hij hoefde niet meer te rekenen. In oktober en het grootste deel van november ging hij niet naar lokaal 7 maar naar lokaal 19, een studieruimte. Dat vond Blaze prima. Het duurde twee weken voordat hij weer comfortabel op zijn rug kon liggen, en toen was dat ook prima.

Op een dag aan het eind van november werd hij weer in de kamer van directeur Coslaw ontboden. Voor het schoolbord zaten nu een man en een vrouw van middelbare leeftijd. Blaze vond dat ze er droog uitzagen. Alsof ze als bladeren door de herfstwind waren voortgejaagd.

Coslaw zat achter zijn bureau. Zijn kegelshirt was nergens te bekennen. Het was koud in de kamer, want het raam was opengezet om de heldere, ijle novemberzon binnen te laten. Coslaw was niet alleen een kegelfanaat maar ook gek op frisse lucht. De twee bezoekers vonden het blijkbaar niet erg. De droge man droeg een grijs colbertje met schoudervulling en een smal stropdasje. De droge vrouw droeg een geruite jas met een witte blouse eronder. Allebei hadden ze grove handen waarop zich aderen verhieven. Die van hem waren eeltig, die van haar rood en gebarsten.

'Meneer en mevrouw Bowie, dit is de jongen over wie ik

sprak. Zet je pet af, jonge Blaisdell.'

Blaze zette zijn Red Sox-pet af.

Meneer Bowie bekeek hem kritisch. 'Het is een grote. Nog maar elf, zei u?'

'Volgende maand twaalf. Hij zal u goed kunnen helpen.'

'Hij heeft toch niks, hè?' vroeg mevrouw Bowie. Haar stem was hoog en ijl. Het was vreemd dat zo'n geluid kon worden voortgebracht door die reusachtige borst, die zich onder haar geruite jas verhief als een hoge golf op Higgins Beach. 'Geen tbc of niks?'

'Hij is getest,' zei Coslaw. 'Al onze jongens worden regelmatig getest. Dat is voorschrift.'

'Wat ik wil weten: kan hij houthakken?' zei meneer Bowie. Zijn gezicht was smal en ingevallen, het gezicht van een mislukte televisiepredikant.

'Vast wel,' zei Coslaw. 'Hij kan vast wel zwaar werk doen. Zwaar fysíék werk, bedoel ik. Hij is slecht in rekenen.'

Mevrouw Bowie glimlachte: een en al lippen, geen tanden. 'Ik doe het cijferwerk.' Ze keek haar man aan. 'Hubert?'

Bowie dacht even na en knikte. 'Ja.'

'Wil je de kamer uitgaan, jonge Blaisdell?' zei Coslaw. 'Ik spreek later met je.'

En zo werd Blaze, zonder dat er een woord tussen hen was gewisseld, het pleegkind van de Bowies.

'Ik wil niet dat je gaat,' zei John. Hij zat op het bed naast dat van Blaze en keek toe terwijl Blaze enkele persoonlijke bezittingen in een ritstas deed. Het meeste, net als de ritstas zelf, was hem verstrekt door Hetton House.

'Ik vind het ook erg,' zei Blaze, maar dat vond hij niet, of niet helemaal – hij zou alleen willen dat Johnny kon meekomen.

'Jij bent de poort nog niet uit of ze beuken al op me in. Allemaal.' Johns ogen bewogen snel heen en weer in hun kassen, en hij kneep in een verse puist op de zijkant van zijn neus.

'Nee, dat doen ze niet.'
'Dat doen ze wel. Dat weet jij ook.'
Blaze wist het. Hij wist ook dat hij er niets aan kon doen. 'Ik moet gaan. Ik ben minderjarig. En dan ben je nog niet jarig.' Hij glimlachte naar John.
Voor Blaze was dat humor van de bovenste plank, maar John glimlachte niet eens. Hij stak zijn hand uit en greep Blazes arm stevig vast, alsof hij de structuur van Blazes huid voorgoed in zijn geheugen wilde prenten. 'Je komt nooit meer terug.'
Maar Blaze kwam terug.

De Bowies kwamen hem halen in een oude Ford pick-up die een paar jaar eerder grotesk wit was gespoten; je kon zien dat het amateurwerk was. De cabine had drie zitplaatsen, maar Blaze zat in de laadruimte. Hij vond het niet erg. De aanblik van Hetton House dat steeds kleiner werd en toen in de verte verdween, gaf hem een uitbundig gevoel.
Ze woonden in een enorme, vervallen boerderij in Cumberland, tussen Falmouth en Yarmouth in. Het huis stond aan een onverharde weg en was bedekt met duizend lagen stof. Het was ongeverfd. Aan de voorkant stond een bord met BOWIES COLLIES. Links van het huis stond een enorme hondenkennel waar achtentwintig collies in rondrenden en voortdurend blaften en keften. Sommige hadden schurft. Bij een van de honden viel het haar in grote plukken uit, en het roze vel daaronder diende tot voedselbron voor de weinige insecten die er in die tijd van het jaar nog waren. Rechts van het huis lag een veld met veel riet tussen het gras. Daarachter stond een gigantische oude stal waar de Bowies koeien hielden. Het huis stond op vijftien hectare. Het meeste daarvan was hooiland, maar er was ook drie hectare met naald- en loofbomen.
Toen ze aankwamen, sprong Blaze met de ritstas in zijn hand uit de auto. Bowie nam de tas over. 'Die berg ik wel voor je op. Je kunt gaan hakken.'

Blaze knipperde met zijn ogen.

Bowie wees naar de stal. Die werd door een rij schots en scheef staande schuren met het huis verbonden, zodat er een soort erf was ontstaan. Tegen een van de schuren lag een berg houtblokken. Er was esdoorn bij, en dennenhout, waarvan het gestolde hars een soort blaren op de schors vormde. Voor de berg hout stond een oud, gehavend hakblok waarin een bijl was geslagen.

'Je kunt gaan hakken,' herhaalde Hubert Bowie.

'O,' zei Blaze. Dat was het eerste woord dat hij tegen een van hen zei.

De Bowies zagen hem naar het hakblok lopen en de bijl lostrekken. Hij keek ernaar en keek toen in het stof naast het blok. Honden renden keffend heen en weer. De kleinste collies maakten de meeste herrie.

'Nou?' vroeg Bowie.

'Meneer, ik heb nog nooit hout gehakt.'

Bowie liet de ritstas op de grond vallen. Hij liep naar Blaze toe en legde een stuk esdoornhout op het blok. Hij spuwde in zijn ene handpalm, sloeg zijn handen tegen elkaar en pakte de bijl op. Blaze keek aandachtig. Bowie liet de bijl neerdalen. Het hout viel in twee stukken uiteen.

'Zo,' zei hij. 'Nu is het brandhout.' Hij hield hem de bijl voor. 'Jij.'

Blaze zette de bijl tussen zijn benen, spuwde in zijn ene handpalm en sloeg zijn handen tegen elkaar. Toen pakte hij de bijl op en herinnerde zich dat hij geen hout op het blok had gelegd. Hij pakte een stuk hout, bracht de bijl omhoog en liet hem neerdalen. Zijn stuk hout viel in tweeën uiteen, ongeveer net als dat van Bowie. Blaze was opgetogen. Het volgende moment lag hij languit op de grond en galmde zijn rechteroor van de klap die Bowie hem met de rug van zijn droge, harde werkhand had gegeven.

'Waar was dat voor?' vroeg Blaze, terwijl hij opkeek.

'Niet weten hoe je hout moet hakken,' zei Bowie. 'En voor je nou zegt dat het niet jouw schuld was: het is ook niet mijn schuld. En nou ga je hakken.'

Zijn kamer was een klein, achteraf gemaakt hokje op de tweede verdieping van de grote boerderij. Er stonden een bed en een tafel, en verder was er niets. Er was één raam. Als je door de ruit keek, was alles golvend en vervormd. 's Nachts was het koud in de kamer, 's morgens nog kouder. Blaze stoorde zich niet aan de kou, maar wel aan de Bowies. Aan hen stoorde hij zich steeds meer. Die ergernis ging over in afkeer en die afkeer werd uiteindelijk haat. Die haat groeide langzaam. Voor hem was dat de enige manier. De haat groeide in zijn eigen tempo, maar dan ook goed, en er ontsproten rode bloemen aan. Het was het soort haat dat een intelligent mens niet kent. De haat stond op zichzelf, los van alle gedachten.

Dat najaar en die winter hakte hij veel hout. Bowie wilde hem leren melken, maar Blaze kon het niet. Hij had harde handen, zoals Bowie het noemde. De koeien werden onrustig, hoe voorzichtig hij zijn vingers ook om hun uiers legde. Hun nervositeit sloeg op hem over, en dan was het circuit gesloten. De stroom melk zakte af tot gedruppel en hield dan helemaal op. Bowie sloeg hem vanwege dat melken nooit om zijn oren of op zijn achterhoofd. Hij wilde geen melkmachines hebben, geloofde niet in melkmachines, zei dat die DeLavals de koeien in hun beste jaren uitputten, maar hij wilde wel erkennen dat met de hand melken een talent was. En omdat het dat was, moest je iemand niet straffen omdat hij het niet kon, net zo min als je iemand moest straffen omdat hij geen gediggen kon schrijven, zoals hij het noemde.

'Maar je kan houthakken,' zei hij zonder te glimlachen. 'Daar heb je talent voor.'

Blaze hakte hout en droeg het naar het huis. Vier of vijf keer per dag vulde hij de houtbak in de keuken. Er was een oliekachel, maar die wilde Hubert Bowie niet voor februari aansteken, want olie was zo duur. Blaze maakte ook het dertig meter lange pad vrij toen de sneeuw kwam, en hij vorkte hooi, maakte de stal schoon en boende de vloeren van mevrouw Bowie.

Op doordeweekse dagen stond hij om vijf uur op om de koeien te voeren (om vier uur op ochtenden dat er sneeuw was gevallen) en te ontbijten, en daarna kwam de gele SAD 106-bus om hem naar school te brengen. Wat de Bowies betrof, was die school niet nodig geweest, maar ze konden er niet onderuit.

In Hetton House had Blaze zowel positieve als negatieve verhalen over de 'school buiten' gehoord. Meestal negatieve verhalen van de grote jongens, die naar de middelbare school van Freeport gingen. Blaze was daar nog te jong voor en ging in zijn tijd bij de Bowies naar de lagere school van Cumberland. Dat beviel hem goed. Hij mocht zijn onderwijzeres graag. Hij vond het prettig gedichten uit het hoofd te leren, voor de klas te staan en ze op te zeggen: 'De stroom overwelfd door een ruwstenen brug...' Hij declameerde die gedichten in zijn rood-met-zwart geruite jasje (dat hij nooit uitdeed, want dan vergat hij het als er een brandoefening was), en verder droeg hij zijn groene flanellen broek en groene rubberlaarzen. Hij was een meter zevenenzeventig en torende daarmee boven alle andere zesdeklassers uit. Boven op dat grote lijf zat een grijnzend gezicht met een ingedeukt voorhoofd. Niemand lachte Blaze ooit uit als hij gedichten opzei.

Ondanks het feit dat hij een voogdijkind was, had hij veel vrienden, want hij was niet ruzieachtig of pesterig. En hij was ook niet chagrijnig. Op het schoolplein was iedereen gek op hem. Hij droeg soms wel drie eersteklassers tegelijk op zijn schouders. Bij het balspelen maakte hij nooit gebruik van zijn grootte. Hij liet zich tackelen door vijf, zes, zeven spelers tegelijk, wankelde, wankelde, meestal grijnzend, zijn ingedeukte gezicht naar de hemel geheven, en dreunde ten slotte als een huis neer, toegejuicht door iedereen. Mevrouw Waslewski, die katholiek was, zag hem op een dag, toen ze pleindienst had, eersteklassers op zijn schouders dragen en noemde hem de Heilige Franciscus van de Kleine Mensen.

Mevrouw Cheney hielp hem met lezen, schrijven en geschiedenis. Ze begreep algauw dat rekenen een hopeloze zaak was voor Blaze. De ene keer dat ze daarmee bij hem begon, werd hij helemaal bleek en had ze sterk de indruk dat de jongen elk moment kon flauwvallen.

Hij was traag van begrip, maar niet achterlijk. In december was hij van de eersteklasavonturen van Dick en Jane overgegaan op de verhalen in *Wegen naar overal*, het leesboek voor de derde klas. Ze gaf hem een stapel gebonden Classics-stripalbums naar de Bowies mee met een briefje waarin stond dat het huiswerk was. Zijn lievelingsboek was natuurlijk *Oliver Twist*, dat hij keer op keer las tot hij elk woord kende.

Dat alles ging zo door tot in januari en zou misschien tot het voorjaar zo zijn doorgegaan, als er niet twee onfortuinlijke gebeurtenissen hadden plaatsgevonden. Hij maakte een hond dood en hij werd verliefd.

Hij had de pest aan de collies, maar het voeren van die beesten was een van zijn taken. Het waren rashonden, maar doordat ze slecht te eten kregen en nooit uit het hok en de ren mochten, waren ze vals en neurotisch geworden. De meeste waren laf en deinsden terug als je ze aanraakte. Of ze vlogen op je af, keffend en grauwend, om je vervolgens te ontwijken en dan vanaf een andere kant opnieuw op je af te komen. Soms beslopen ze je van achteren. Ze hapten naar je kuiten of billen en renden dan hard weg. De herrie onder voedertijd was afgrijselijk. Hubert Bowie hoefde zich niet bij die honden te vertonen. Mevrouw Bowie was de enige naar wie ze toe wilden komen. Ze paaide ze met haar ijle, trillende stem. Als ze bij de honden was, had ze altijd een rood jasje aan, en dat zat onder de geelbruine haren.

De Bowies verkochten heel weinig volwassen dieren, maar de pups brachten in het voorjaar tweehonderd dollar per stuk op. Mevrouw Bowie drukte Blaze op het hart dat het belangrijk was om de honden goed te eten te geven. Hij moest ze 'een goede mix' geven, zoals ze het noemde. Maar zíj gaf ze nooit te eten, en wat Blaze in hun trog strooide, was discountvoer van een veevoederhandel in Falmouth. Dat voer heette Hondenglorie. Hubert Bowie noemde het soms Goretroep en soms Hondenscheten. Maar nooit in het bijzijn van zijn vrouw.

De honden wisten dat Blaze een hekel aan ze had, dat hij bang voor ze was, en ze werden met de dag agressiever tegen hem. Toen het echt winter werd, kwamen ze met hun aanvallen soms zo dicht bij hem dat ze even naar hem konden happen. 's Nachts schrok hij soms wakker uit dromen waarin ze hem met zijn allen te lijf gingen, hem tegen de grond drukten en hem levend opvraten. Na die dromen lag hij wakker in zijn bed. Hij blies koude damppluimen de donkere lucht in en betastte zichzelf overal om er zeker van te zijn dat hij nog helemaal intact was. Hij wist dat hij dat was, hij wist het verschil tussen droom en werkelijkheid, maar in het donker leek dat verschil vager.

Een aantal keren morste hij voer doordat ze telkens tegen hem aan vlogen en wegrenden. Hij moest het voer dan zo goed als hij kon van de aangestampte, met urine bevlekte sneeuw schrapen, terwijl ze grommend om hem heen renden en er iets van te pakken probeerden te krijgen.

Geleidelijk werd een van die honden de leider van hun oorlog tegen hem. Hij heette Randy. Hij was elf jaar oud. Hij had één melkwit oog. Blaze was doodsbang voor hem. Randy had tanden als oude, gele slagtanden. Er liep een witte streep over het midden van zijn kop omlaag. Hij ging altijd recht op Blaze af, met verwoede bewegingen van zijn schoften onder zijn plukkerige vacht. Het leek wel of Randy's goede oog in brand stond terwijl zijn slechte oog nergens weet van had, een dode lamp. Zijn klauwen sloegen kluitjes geelwitte, samengepakte sneeuw van de vloer van de hondenren. Hij rende steeds harder, tot het bijna onmogelijk leek dat hij iets anders zou doen dan Blaze naar de keel vliegen. De andere honden werden daardoor tot razernij gebracht. Ze renden, sprongen en gromden. Op het allerlaatste moment gingen Randy's poten hard omlaag, zodat er sneeuw over Blazes groene broek stoof, en vervolgens rende hij weg in een grote boog, om de manoeuvre meteen weer te herhalen. Maar hij wachtte steeds langer met zijn uitwijkmanoeuvre, tot hij zo dichtbij kwam dat Blaze zijn lichaamswarmte en zelfs zijn adem kon ruiken.

Op een avond tegen het eind van januari wist hij dat de hond niet meer zou uitwijken. Hij wist niet wat er anders was aan deze aanval, of waarom het zo was, maar er was iets veranderd. Deze keer was het Randy menens. Hij ging springen. En als hij dat deed, zouden de andere honden snel volgen. En dan zou het gaan zoals in zijn dromen.

De hond kwam, sneller en sneller, zonder geluid te geven. Ditmaal stak hij zijn poten niet uit. Hij slipte niet, zwenkte niet opzij. Met samengetrokken schoften zette hij zich af. Even later vloog Randy door de lucht.

Blaze liep met twee stalen emmers vol Hondenglorie. Toen hij zag dat Randy het deze keer meende, was hij opeens niet bang meer. Hij liet zijn emmers vallen op het moment dat Randy sprong. Hij droeg handschoenen van ongelooid leer, met gaten in de vingers. Hij haalde uit met zijn rechtervuist en trof de hond midden in de lucht onder de langgerekte laadschuif van de kaak. De schok plantte zich voort tot in de schouder van het dier. Blazes hand was meteen volslagen verdoofd. Er was een kort, hard kraakgeluid te horen geweest. Randy maakte een perfecte halve draai in de koude lucht en kwam met een plof op zijn rug neer.

Blaze besefte pas dat alle andere honden stil waren geworden toen ze weer blaften. Hij pakte de emmers op, liep naar de trog en strooide het voer erin. Op andere dagen kwamen de honden er altijd meteen op af om het op te schrokken, grommend en naar elkaar happend om de beste plaatsen te krijgen. Dat deden ze al voordat hij er zelfs maar water aan toe kon voegen. Hij kon daar niets aan doen; ze lieten zich niet wegsturen. Toen op die dag een van de kleinere collies naar de trog kwam rennen, zijn stomme ogen glimmend en zijn stomme tong uit de hoek van zijn stomme bek, haalde Blaze er met zijn handen naar uit. Van schrik ging de hond zo snel opzij dat zijn poten onder hem vandaan gleden en hij op zijn zij viel. De anderen deinsden terug.

Blaze deed twee emmers water uit de kraan bij het voer. 'Zo,' zei hij. 'Nu is het helemaal nat. Eten maar.'

Terwijl de andere honden naar de voedertrog renden, ging hij een kijkje nemen bij Randy.

De vliegen vlogen al op van Randy's afkoelende lichaam, dat stervend in de met pis bevlekte sneeuw lag. Het goede oog keek nu bijna even glazig als het slechte. Plotseling had Blaze medelijden met hem en voelde hij zich bedroefd. Misschien had de hond alleen maar wat gespeeld. Misschien had hij hem alleen maar bang willen maken.

En hij wás bang. Dat ook. Hiervoor zou hij op zijn donder krijgen.

Met de lege emmers en met gebogen hoofd liep hij naar het huis terug. Mevrouw Bowie was in de keuken. Ze had een wasbord in de gootsteen staan en waste daar gordijnen op. Onder het werk zong ze met haar ijle stem een psalm.

'Hé, niet met je poten op mijn vloer!' schreeuwde ze zodra ze hem zag. Het was haar vloer, maar hij boende hem. Op zijn knieën. Er kwam een nors gevoel in hem op.

'Randy is dood. Hij sprong op me af. Ik sloeg hem. Toen was hij dood.'

Haar handen vlogen uit het schuimende water en ze schreeuwde: 'Randy? Randy! *Randy!*'

Ze maakte een rondje, griste haar trui van de knop bij de kachel en rende naar de deur.

'Hubert!' riep ze naar haar man. 'Hubert, o Hubert! Wat een slechte jongen!' En toen, alsof ze nog zong: 'Oooooooooooo...'

Ze duwde Blaze opzij en rende naar buiten. Meneer Bowie verscheen in de deuropening van een van de vele schuren, zijn magere gezicht een en al verbazing. Hij liep naar Blaze toe en greep hem bij zijn schouder vast. 'Wat is er gebeurd?'

'Randy is dood,' zei Blaze doodkalm. 'Hij viel me aan en ik sloeg hem neer.'

'Wacht jij maar,' zei Hubert Bowie, en hij ging achter zijn vrouw aan.

Blaze trok zijn rood-met-zwarte jasje uit en ging op de kruk in de hoek zitten. De sneeuw smolt van zijn laarzen af en vormde een plas. Het kon hem niet schelen. Zijn gezicht gloeide van de kachelwarmte. Hij was degene die het hout hakte. Het kon hem niet schelen.

Bowie moest zijn vrouw weer naar binnen helpen, want ze had haar schort over haar gezicht. Ze snikte luidkeels. Doordat ze zo'n schelle stem had, klonk ze als een naaimachine.

'Ga naar de schuur,' zei Bowie tegen hem.

Blaze maakte de deur open. Bowie hielp hem met de punt van zijn laars door de opening. Blaze viel twee traptreden af, het erf op, kwam overeind en ging de schuur in. Er was daar gereedschap – bijlen, hamers, een draaibank, een slijpsteen, een schaaf, een schuurmachine, andere dingen waarvan hij de naam niet wist. Er waren auto-onderdelen en dozen met oude tijdschriften. En er was een sneeuwschep met een breed aluminium blad. Zijn schep. Blaze keek ernaar, en iets aan die sneeuwschep bracht zijn haat jegens de Bowies tot het summum. Ze kregen honderdzestig dollar per maand om hem te onderhouden en hij moest voor hen werken. Hij kreeg slecht te eten. In Hetton House had hij beter te eten gehad. Het was niet eerlijk.

Hubert Bowie maakte de deur van de schuur open en kwam binnen. 'Ik ga je nu afranselen,' zei hij.

'Die hond sprong op me af. Hij wilde me naar de keel vliegen.'

'Zeg niks meer. Je maakt het alleen maar erger voor jezelf.'

Elk voorjaar liet Bowie een van zijn koeien dekken door Freddy, de stier van Franklin Marstellar. Aan de wand van de schuur hing een halster die hij een 'liefdeshalster' noemde, met neusriemen. Bowie pakte hem van de wand en hield hem vast aan de neusriemen. De dikke leren riemen hielden stand.

'Buk je over die werkbank.'

'Randy vloog me naar de keel. Ik zeg je, het was hij of ik.'

'Buk je over die werkbank.'

Blaze aarzelde, maar hij dacht niet na. Denken was een langdurig proces voor hem. In plaats daarvan liet hij zich leiden door zijn instinct.

Het was nog geen tijd.

Hij boog zich over de werkbank. Het was een lange, zware afranseling, maar hij huilde niet. Dat deed hij pas later, in zijn kamer.

Het meisje op wie hij verliefd was geworden, was Marjorie Thurlow, een zevendeklasser van de school in Cumberland. Ze had blond haar, blauwe ogen en geen borsten. Ze had een lieve glimlach waarbij haar ooghoeken omhoog gingen. Op het schoolplein volgde Blaze haar met zijn ogen. Ze gaf hem een leeg gevoel in zijn maag, maar in zekere zin was het ook een goed gevoel. Hij stelde zich voor dat hij haar boeken voor haar droeg en haar tegen pestkoppen beschermde. Bij die gedachten ging zijn gezicht altijd gloeien.

Op een dag, niet lang na Randy's dood en de afranseling,

kwam de wijkverpleegster naar de school om kinderen in te enten. De kinderen hadden een week eerder toestemmingsformulieren meegekregen; de ouders die wilden dat hun kinderen werden ingeënt, hadden getekend. En nu stonden de kinderen met die formulieren nerveus in een rij voor de garderobe. Blaze was een van hen. Bowie had George Henderson gebeld, die in het schoolbestuur zat, en gevraagd of die inentingen geld kostten. Dat kostten ze niet, en dus tekende Bowie.

Margie Thurlow stond ook in de rij. Ze zag erg bleek. Blaze had medelijden met haar. Hij wou dat hij terug kon gaan om haar hand vast te houden. Bij die gedachte gloeide zijn gezicht. Hij boog zijn hoofd en schuifelde met zijn voeten.

Blaze was als eerste aan de beurt. Toen de zuster hem in de garderobe liet komen, trok hij zijn rood-met-zwart geruite jasje uit en maakte hij het knoopje van de mouw van zijn overhemd los. De zuster haalde de naald uit een soort kooktoestel, keek op zijn papier en zei toen: 'Stroop je andere mouw ook maar op, grote knul. Je krijgt ze alle twee.'

'Doet het pijn?' vroeg Blaze terwijl hij het knoopje van zijn andere mouw losmaakte.

'Eventjes maar.'

'Oké,' zei Blaze, en hij liet haar de naald uit het kooktoestel in zijn linkerarm drukken.

'Goed. Nu de andere arm en je bent klaar.'

Blaze draaide zich de andere kant op. Ze spoot spul uit een andere naald in zijn rechterarm. Toen liep hij de garderobe uit, ging in zijn bank zitten en probeerde een verhaal in zijn leesboek te doorgronden.

Toen Margie de klas in kwam, had ze tranen in haar ogen en nog meer op haar gezicht, maar ze snikte niet. Blaze was trots op haar. Toen ze op weg naar de deur langs zijn bank liep (zevendeklassers zaten in een ander lokaal), glimlachte hij naar haar. En ze glimlachte terug. Blaze vouwde die glimlach op, stopte hem weg en bewaarde hem nog jaren.

Toen Blaze in de pauze net het schoolplein opkwam, rende Margie snikkend langs hem naar binnen. Hij keek haar na en liep toen langzaam het plein op, zijn wenkbrauwen gefronst, zijn gezicht nors. Hij zag Peter Lavoie die wanten aan had en tegen een bal stompte die met een touw aan een paal was verbonden. Hij vroeg Peter of hij wist wat er met Margie was gebeurd.

'Glen heeft haar geraakt,' zei Peter Lavoie. Hij demonstreerde het op een voorbijlopende jongen, balde zijn vuist en raakte de jongen drie keer, *wap-wap-wap*. Blaze keek daar met gefronste wenkbrauwen naar. De zuster had gelogen. Zijn beide armen deden nu hevig pijn van de injecties. De grote spieren voelden stijf en gekneusd aan. Hij kon ze zelfs bijna niet bewegen zonder te huiveren. En Margie was een meisje. Hij keek of hij Glen zag.

Glen Hardy was een kolossale achtsteklasser, het soort jongen dat football gaat spelen en later dik wordt. Hij had rood haar dat hij in grote golven van zijn voorhoofd weg kamde. Zijn vader was een boer aan de westkant van de stad, en Glens armen waren spierbundels.

Iemand gooide Blaze de bal toe. Hij liet hem op de grond vallen zonder ernaar te kijken en liep naar Glen Hardy.

'Hé,' riep Peter Lavoie. 'Blaze gaat op Glen af!'

Het nieuwtje verspreidde zich snel. Groepen jongens liepen met ingestudeerde nonchalance naar de plaats waar Glen en een paar oudere jongens een stuntelige, lompe versie van kickball speelden, een soort honkbal waarbij je de bal met je voet moet wegtrappen. Glen was aan het werpen. Hij rolde de bal snel en hard, liet hem stuiteren op de bevroren grond.

Juf Foster, die pleindienst had, was aan de andere kant van het gebouw, waar ze toezicht hield op de kleintjes die daar aan het schommelen waren. Ze zou geen rol spelen, in elk geval niet in het begin.

Glen keek op en zag Blaze aankomen. Hij liet de bal vallen

en plantte zijn handen in zijn zij. Beide teams verlieten hun posities om een halve kring achter hem te vormen. Het waren allemaal zevende- en achtsteklassers. Geen van hen was zo groot als Blaze. Alleen Glen was groter.

De vierde-, vijfde- en zesdeklassers stonden min of meer verspreid achter Blaze. Ze schuifelden met hun voeten, trokken hun riem recht, plukten aandachtig aan hun wanten en mompelden tegen elkaar. De jongens aan beide kanten keken absurd nonchalant. Het gevecht was nog niet begonnen.

'Wat mot je, lijpo?' vroeg Glen Hardy. Aan zijn stem te horen had hij slijm in zijn keel. Het was de stem van een jonge god die verkouden was.

'Waarom heb je Margie Thurlow geslagen?' vroeg Blaze.

'Daar had ik zin in.'

'Oké,' zei Blaze, en hij ging op hem af.

Glen sloeg hem al twee keer in zijn gezicht – *wap-wap* – voordat hij zelfs maar dicht bij hem was, en het bloed liep uit Blazes neus. Toen ging Glen achteruit, want hij wilde het voordeel van zijn langere armen niet prijsgeven. Om hen heen werd geschreeuwd.

Blaze schudde zijn hoofd. De bloeddruppels vlogen in het rond en spatten op de sneeuw om hem heen.

Glen grijnsde. 'Voogdijkind,' zei hij. 'Voogdijkind, achterlijk voogdijkind.' Hij trof Blaze midden op zijn gedeukte voorhoofd. De pijn vloog door zijn arm omhoog en zijn grijns was op slag verdwenen. Blazes voorhoofd was erg hard, gedeukt of niet.

Een ogenblik vergat hij achteruit te gaan, en Blaze liet meteen zijn vuist uitschieten. Hij gebruikte zijn lichaam niet; hij gebruikte alleen zijn arm als zuigerstang. Zijn knokkels troffen Glens mond. Glen haalde zijn lippen open aan zijn tanden en gaf een schreeuw. Hij bloedde en schreeuwde nog harder.

Glen proefde zijn eigen bloed en vergat opnieuw achteruit

te gaan. Hij vergat die lelijke jongen met zijn gedeukte voorhoofd uit te schelden. Hij ging alleen maar op hem af en haalde van links en rechts met zijn vuisten naar hem uit.

Blaze plantte zijn voeten stevig op de grond en hield stand. Zwakjes, van ver weg, drongen de kreten en aansporingen van zijn klasgenoten tot hem door. Ze deden hem denken aan de keffende collies in de hondenren op de dag dat hij besefte dat Randy niet meer zou uitwijken.

Glen trof hem met minstens drie fikse stoten, en Blaze gaf mee met zijn hoofd. Hij haalde diep adem en kreeg bloed binnen. Zijn oren galmden. Zijn eigen vuist schoot weer uit en hij voelde de schok helemaal tot aan zijn schouder. Plotseling had het bloed op Glens mond zich naar zijn kin en wangen verspreid. Glen spuwde een tand uit. Blaze stompte opnieuw, op dezelfde plaats. Glen joelde het uit. Hij klonk als een klein kind dat met zijn vinger tussen de deur was gekomen. Hij haalde niet meer uit met zijn vuisten. Zijn mond was een ravage. Juf Foster rende met wapperende rok op hen af, zo hard als ze kon, blazend op haar zilveren fluitje.

Blazes arm deed enorm pijn op de plaats waar de zuster hem had geprikt, en zijn vuist deed pijn, zijn hoofd deed pijn, maar hij haalde opnieuw uit, met de kracht van de wanhoop, met een hand die verdoofd en dood aanvoelde. Het was dezelfde hand die hij voor Randy had gebruikt, en hij sloeg net zo hard als die dag in de hondenren. De vuist trof Glen precies op de punt van zijn kin. Die maakte een hoorbaar *knap*-geluid en de andere kinderen waren meteen stil. Glen stond te wankelen op zijn benen, zijn ogen weggerold zodat je alleen het wit nog zag. Toen bezweken zijn knieën en zakte hij in elkaar.

Ik heb hem doodgemaakt, dacht Blaze. O jezus, ik heb hem doodgemaakt, net als Randy.

Toen bewoog Glen weer en mompelde ergens achter in zijn keel, als mensen in hun slaap. En juf Foster schreeuwde tegen Blaze dat hij naar binnen moest gaan. Toen hij dat deed, hoorde Blaze haar tegen Peter Lavoie zeggen dat hij naar het kantoor moest gaan om de EHBO-trommel te halen, en snél.

Hij werd van school gestuurd. Geschorst. Ze stelpten zijn bloedneus met ijs, deden een pleister op zijn oor en lieten hem toen de zes kilometer terug naar de hondenboerderij lopen. Hij had een eindje gelopen toen hij zich zijn lunchpakket herinnerde. Mevrouw Bowie stuurde hem altijd met een opgevouwen boterham met pindakaas en een appel naar school. Het was niet veel, maar het was een heel eind lopen, en zoals John Cheltzman zei: iets was altijd beter dan niets.

Ze wilden hem niet binnenlaten toen hij terugkwam, maar Margie Thurlow bracht hem zijn eten. Haar ogen waren nog rood van het huilen. Ze keek alsof ze iets wilde zeggen maar niet wist hoe dat moest. Blaze wist wat voor gevoel dat was en glimlachte naar haar om te laten zien dat hij het begreep. Ze glimlachte terug. Een van zijn ogen was opgezwollen, bijna dicht, en dus keek hij haar met het andere oog aan.

Toen hij bij de rand van het schoolplein kwam, keek hij achterom om haar nog even te zien, maar ze was weg.

'Ga naar de schuur,' zei Bowie.

'Nee.'

Bowies ogen werden groter. Hij schudde zijn hoofd een beetje, alsof hij daar helderheid in wilde brengen. 'Wat zei je?'

'Je kunt me beter niet slaan.'

'Laat dat maar aan mij over. Ga naar die schuur.'

'Nee.'

Bowie kwam op hem af. Blaze ging een halve meter achteruit en balde toen zijn gezwollen vuist. Hij plantte zijn voeten op de grond. Bowie bleef staan. Hij had Randy gezien. Randy's nek was gebroken als een cedertak na een koude vorstnacht.

'Ga naar je kamer, stomme niksnut,' zei hij.

Blaze deed dat. Hij ging op zijn bed zitten. Van daaruit hoorde hij Bowie in de telefoon schreeuwen. Hij meende wel te weten tegen wie Bowie zo schreeuwde.

Het kon hem niet schelen. Het kon hem niet schelen. Maar toen hij aan Margie Thurlow dacht, kon het hem wel iets schelen. Toen hij aan Margie dacht, wilde hij wel huilen, zoals hij soms wilde huilen als hij een vogel helemaal in zijn eentje op een telefoondraad zag zitten. Hij huilde niet. In plaats daarvan las hij *Oliver Twist*. Hij kende het uit zijn hoofd; hij kon zelfs de woorden zeggen die hij niet kende. Buiten keften de honden. Ze hadden honger. Het was hun voedertijd. Niemand riep hem om ze te eten te geven, al zou hij dat hebben gedaan als ze het hem hadden gevraagd.

Hij las *Oliver Twist* tot de stationcar van Hetton House hem kwam halen. Coslaw zat achter het stuur. Zijn ogen waren rood van woede. Zijn mond was niets dan een dunne streep tussen zijn kin en neus. De Bowies stonden naast elkaar in de schaduw van de januari-avond en keken hen na.

Toen ze in Hetton House aankwamen, vond Blaze dat alles afschuwelijk vertrouwd aanvoelde. Het voelde aan als een nat shirt. Hij moest op zijn tong bijten om het niet uit te schreeuwen. Drie maanden en er was niets veranderd. Hetton House was dezelfde stapel rode en eeuwige strontbaksteen. Dezelfde ramen wierpen hetzelfde gelige licht op de grond buiten, alleen lag er nu sneeuw op de grond. In het voorjaar zou de sneeuw weg zijn maar zou het licht hetzelfde zijn.

In zijn kantoor haalde Coslaw de peddel tevoorschijn. Blaze had hem van de man kunnen afpakken, maar hij had er genoeg van om te vechten. En hij vermoedde dat er altijd wel iemand groter was dan hij, met een grotere peddel.

Toen Coslaw klaar was met zijn armoefeningen, werd Blaze naar de gemeenschappelijke slaapzaal in Fuller Hall gestuurd. John Cheltzman stond bij de deur. Een van zijn ogen was een spleet van opzwellend paars vlees.

'Yo, Blaze,' zei hij.

'Yo, Johnny. Waar is je bril?'

'Kapot,' zei hij. Toen riep hij uit: 'Blaze, ze hebben mijn bril kapot gemaakt. Nu kan ik niets meer lezen!'

Blaze dacht daarover na. Hij vond het erg dat hij daar weer was, maar het betekende veel voor hem dat Johnny op hem stond te wachten. 'We repareren hem wel.' Er schoot hem iets te binnen. 'Of als er weer sneeuw ligt, gaan we als sneeuwruimers in de stad werken en sparen we voor een nieuwe.'

'Zou dat kunnen?'

'Ja. Je wilt me wel met mijn huiswerk helpen, hè?'

'Ja, Blaze, ja.'

Ze gingen samen naar binnen.

HOOFDSTUK 10

Het winkelcentrum van de plaats Apex vormde een verbreding van de weg met een kapperszaak, een veteranengebouw, een doe-het-zelfzaak, de Apex-Pinksterkerk, een bierwinkel en een geel knipperlicht. Het was op loopafstand van het huisje en Blaze ging erheen op de ochtend nadat hij Tim & Janet's Quik-Pik voor de tweede keer had overvallen. Zijn doel was de Apex-Doe-het-zelf, een vervallen winkeltje, waar hij voor dertig dollar plus btw een aluminium schuifladder kocht. Er hing een rood label aan met ACTIE!

Hij droeg hem naar de weg en stapte dapper door de van sneeuw vrijgemaakte berm. Hij keek niet naar links en niet naar rechts. Het kwam niet bij hem op dat iemand zich zijn aankoop zou herinneren. George zou daaraan hebben gedacht, maar George was nog steeds weg.

De ladder was te lang voor de kofferbak of de achterbank van de gestolen Ford, maar hij paste precies als hij hem met zijn ene eind achter de bestuurdersplaats en het andere eind voor de passagiersplaats zette. Toen dat eenmaal was geregeld, ging hij het huis binnen en zette de radio op WJAB, het station dat in de lucht was tot de zon onderging.

'George?'

Geen antwoord. Hij zette koffie, dronk een kopje en ging liggen. Hij viel in slaap met de radio aan, de band 'Phantom

409' speelde. Toen hij wakker werd, was het donker en kwam er alleen ruis uit de radio. Het was kwart over zeven.

Blaze stond op en maakte iets te eten klaar: een broodje met worst en een blikje ananasschijfjes. Hij was gek op die ananasschijfjes. Hij kon ze wel drie keer per dag eten en dan had hij er nog niet genoeg van. Hij dronk de siroop in drie lange teugen op en keek toen om zich heen. 'George?'

Geen antwoord.

Hij liep rusteloos te ijsberen. Hij miste de tv. De radio was 's avonds geen gezelschap. Als George er was, konden ze *cribbage* spelen, een bordspel met speelkaarten. George versloeg hem altijd (er kwam nogal wat rekenen bij kijken), maar het was leuk om over het bord heen en weer te gaan. Alsof je in een paardenrace zat. En als George dat niet wilde doen, konden ze altijd vier kaartspellen door elkaar schudden en hoogste bod spelen. George kon de halve nacht hoogste bod spelen, en bier drinken, en over de republikeinen praten en hoe die de armen belazerden. (*'Waarom? Ik zal je vertellen waarom. Om dezelfde reden dat een hond aan zijn ballen likt – omdat ze het kúnnen doen.'*) Maar nu had hij niets te doen. George had hem een patiencespel geleerd, maar Blaze wist niet meer hoe het ging. Het was veel te vroeg om de kidnapping te doen. Hij had er niet aan gedacht stripalbums of pornoblaadjes te stelen toen hij in die winkel was.

Ten slotte ging hij een oud nummer van X-Men zitten lezen. George zei dat de X-Men nichten waren. Blaze begreep dat niet; je kon zien dat het mannen waren.

Om kwart voor acht sukkelde hij in slaap. Toen hij om elf uur wakker werd, voelde hij zich dof in zijn hoofd en maar half op de wereld. Hij kon nu gaan, als hij wilde – als hij in Ocoma Heights was, zou het voorbij middernacht zijn – maar opeens wist hij niet meer of hij wel wilde. Plotseling leek het allemaal erg angstaanjagend. Erg ingewikkeld. Hij moest erover nadenken. Plannen maken. Misschien kon hij een manier bedenken om nog een keer het huis binnen te komen. Het vanbinnen te bekijken. Hij kon doen alsof hij van het waterleidingbedrijf was, of van het lektriciteitsbedrijf. Dan kon hij een plattegrond tekenen.

Het leek of de lege wieg bij de kachel hem bespotte.

Hij viel weer in slaap en had een onbehaaglijke droom waarin hij aan het rennen was. Hij achtervolgde iemand door verlaten straten aan een waterkant, terwijl meeuwen in krijsende zwermen over de pieren en pakhuizen cirkelden. Hij wist niet of hij achter George of achter John Cheltzman aan rende. En toen hij er bijna was en de persoon over een schouder keek om spottend naar hem te grijnzen, zag hij dat het geen van beiden was. Het was Margie Thurlow.

Toen hij wakker werd, zat hij nog in de stoel, nog aangekleed, maar de nacht was voorbij. WJAB was weer begonnen. Henson Cargill zong 'Skip A Rope'.

De tweede nacht was hij opnieuw van plan om te gaan, maar hij ging niet. De dag daarna ging hij naar buiten om sneeuw te ruimen. Hij maakte een lang en nutteloos pad naar het bos. Hij bleef sneeuwruimen tot hij buiten adem was en zijn mond naar bloed smaakte.

Ik ga vannacht, dacht hij, maar die nacht ging hij alleen maar naar de bierwinkel in de buurt om te kijken of de nieuwe stripalbums er al waren. Ze waren er, en Blaze kocht er drie. Na het eten viel hij in slaap bij het eerste, en toen hij wakker werd, was het middernacht geweest. Hij stond op om naar de badkamer te gaan en te pissen – en dan zou hij naar bed gaan – toen George tegen hem sprak.

'George?'

'Ben je bang geworden, Blaze?'

'Nee! Ik ben niet...'

'Je hangt hier rond als een hond met zijn ballen klem tussen de deur van het kippenhok.'

'Nee! Dat is niet waar! Ik heb een heleboel gedaan. Ik heb een goede ladder gekocht...'

'Ja, en stripalbums. Heb je een beetje plezier, met die klotemuziek van je en die stripverhalen met mietjes die voor superman spelen, Blazer?'

Blaze mompelde iets.

'Wat zei je?'

'Niks.'

'Dat wil ik wel geloven, want je hebt niet het lef om het hardop te zeggen.'

'Oké. Ik zei dat niemand jou heeft gevraagd terug te komen.'

'Wat ben je een ondankbare, miezerige klootzak!'

'Hoor eens, George, ik...'

'Ik heb voor je gezorgd, Blaze. Ik geef toe dat het geen liefdadigheid was, je was alleen wat waard als je op de juiste manier gebruikt werd, maar ik wist hoe dat moest. Ben je dat vergeten? We hadden niet altijd drie maaltijden per dag, maar wel altijd minstens één. Ik zorgde ervoor dat je schone kleren aantrok en netjes bleef. Wie zei tegen je dat je je klotetanden moest poetsen?'

'Jij, George.'

'En dat verwaarloos je nu trouwens, en dus heb je weer die dooiemuizensmaak in je bek.'

Blaze glimlachte. Hij kon het niet helpen. George kon de dingen zo mooi zeggen.

'Als je een hoer nodig had, hielp ik je daar ook aan.'

'Ja, en eentje gaf me sief.' Zes weken was hij bij het pissen zowat doodgegaan van de pijn.

'Ik bracht je naar de dokter, nietwaar?'

'Dat is zo,' gaf Blaze toe.

'Je moet dit voor me doen, Blaze.'

'Je wilde niet dat ik het deed!'

'Ja, nou, ik ben van gedachten veranderd. Het was mijn plan, en nu ben je het aan mij verplicht.'

Blaze dacht daarover na. Zoals altijd, was dat een lange, moeizame aangelegenheid. Toen riep hij uit: 'Hoe kan ik iets verplicht zijn aan een dode? Als mensen voorbijlopen, horen ze me tegen mezelf praten en antwoord geven en dan denken ze dat ik gek ben! Waarschijnlijk bén ik ook gek.' Er kwam weer een idee bij hem op. 'Jij kunt niets met je deel van de buit doen! Je bent dood!'

'En leef jij? Hier zitten, naar die stomme cowboyliedjes op de radio luisteren? Stripalbums lezen en je afrukken?'

Blaze kreeg een kleur en sloeg zijn ogen neer.

'Steeds maar dingen vergeten, en om de drie of vier weken diezelfde winkel beroven, tot ze daar een agent laten posten en je te pakken krijgen? En intussen hier in de kamer naar dat stomme kinderbedje en dat achterlijke wiegje zitten kijken?'

'Ik hak dat wiegje in stukken voor aanmaakhout.'

'Moet je jou toch eens zien,' zei George, en in zijn stem klonk iets door wat verder ging dan droefheid. Het klonk als verdriet. 'Twee weken lang elke dag dezelfde broek? Pisvlekken in je onderbroek? Je moet je scheren en je moet verschrikkelijk nodig je haar laten knippen... en je zit hier maar in dit krot midden in het bos. Zo gaat het niet. Snap je dat dan niet?'

'Jij ging weg,' zei Blaze.

'Omdat jij je stom gedroeg. Maar dit is nog stommer. Je moet het erop wagen of je gaat naar de bliksem. Je zit vijf jaar hier, zes jaar daar, en dan is het drie keer mis en zit je de rest van je leven in de bak. De zoveelste sukkel die te stom was om zijn tanden te poetsen of schone sokken aan te trekken. Een van de vele kruimeltjes op de vloer.'

'Zeg me dan wat ik moet doen, George.'

'Verdergaan met het plan. Dat moet je doen.'

'Maar als ik word gepakt, ga ik voor de bijl. Levenslang.' Dat had hem meer beziggehouden dan hij wilde toegeven.

'Die kant gaat het toch op met jou, als je zo doorgaat. Luister je dan niet naar mij? En hé! Je bewijst hem een dienst. Ook als hij het zich niet kan herinneren – en dat kan hij niet – heeft hij iets waarover hij de rest van zijn leven tegen zijn vriendjes van de countryclub kan opscheppen. En de mensen die je geld afhandig gaat maken, hebben het zelf ook gestolen, alleen met een vulpen in plaats van een pistool, zoals Woody Guthrie zegt.'

'En als ik word gepakt?'

'Dat word je niet. Als je in de problemen komt met het geld – als het gemarkeerd is – ga je naar Boston en zoek je Billy O'Shea op. Maar het is vooral belangrijk dat je wakker wordt.'

'Wanneer moet ik het doen, George? Wanneer?'

'Als je wakker wordt. Als je wakker wordt. Word wakker. *Word wakker!*'

Blaze werd wakker. Hij zat in de stoel. Alle stripalbums lagen op de vloer en hij had zijn schoenen aan. *O, George.*

Hij stond op en keek naar de goedkope wekker die op de koelkast stond. Het was kwart over een. Er hing een spiegel met zeepvlekken aan de muur en hij bukte zich om zichzelf erin te bekijken. Zijn gezicht zag er gekweld uit.

Hij trok zijn jas en wanten aan, zette zijn pet op en ging naar de schuur. De ladder lag nog in de auto, maar de auto had in geen drie dagen gereden en pruttelde een hele tijd voordat hij wilde starten.

Hij ging achter het stuur zitten. 'Daar ga ik dan, George. Ik ga het doen.'

Er kwam geen antwoord. Blaze schoof zijn pet naar de kant die geluk bracht en reed achteruit naar buiten en over het pad de straat op. Hij was op weg.

HOOFDSTUK 11

Parkeren was in Ocoma Heights geen probleem, al werd er veel door de politie gepatrouilleerd. George had dat deel van het plan al maanden voor zijn dood uitgewerkt. Daar was het mee begonnen.

Een paar honderd meter bij het huis van de Gerards vandaan, aan de andere kant van de weg, stond een groot appartementengebouw. Oakwood was negen verdiepingen hoog en de appartementen werden bewoond door werkende welgestelden – zéér welgestelden – die hun zakelijke belangen in Portsland, Portsmouth en Boston hadden. Ernaast lag een omheind parkeerterrein voor bezoekers. Toen Blaze naar de poort van het terrein reed, kwam er uit het wachthokje een man die de rits van zijn parka dichttrok.

'Voor wie komt u, meneer?'

'Meneer Joseph Carlton,' zei Blaze.

'Ja, meneer,' zei de bewaker. Hij scheen het helemaal niet bijzonder te vinden dat het bijna twee uur 's nachts was. 'Moet ik voor u op de zoemer drukken?'

Blaze schudde zijn hoofd en liet de bewaker een rood plastic kaartje zien. Dat was van George geweest. Als de bewaker zei dat hij naar boven moest bellen – als hij zelfs maar argwanend kéék – zou Blaze weten dat het kaartje niet meer geldig was, dat ze van kleur waren veranderd of zoiets, en dan zou hij maken dat hij weg kwam.

Maar de bewaker knikte en liep naar zijn hokje terug. Even later ging de slagboom omhoog en reed Blaze het parkeerterrein op.

Er bestond geen Joseph Carlton, tenminste, Blaze dacht van niet. George zei dat het appartement op de achtste verdieping gehuurd was door een stel kerels uit Boston, kerels die hij de Ierse Wijsneuzen noemde. Die kwamen daar van tijd tot tijd bij elkaar. Soms ontmoetten ze daar meisjes die 'allerlei standjes deden', volgens George. Meestal zaten ze fanatiek te pokeren. George was bij een stuk of vijf van die pokerpartijtjes geweest. Hij mocht erbij zijn omdat hij was opgegroeid met een van de Wijsneuzen, een vroegtijdig grijze gangster met kikkerogen en blauwe lippen die Billy O'Shea heette. Billy O'Shea noemde George vaak Raspy, vanwege zijn stem, of soms gewoon Rasp. Soms praatten George en Billy O'Shea over de nonnen en de paters.

Blaze was met George mee geweest naar twee van die pokeravonden en had bijna niet kunnen geloven hoeveel geld er op tafel kwam. Bij een van die gelegenheden had George vijfduizend dollar gewonnen. Op een andere avond had hij er twee verloren. Doordat Oakwood dicht bij het huis van de Gerards lag, was George serieus over het Gerard-geld en de kleine Gerard-erfgenaam gaan denken.

Het parkeerterrein voor bezoekers was donker en verlaten. De weggeploegde sneeuw glinsterde in het licht van een enkele booglamp. Die sneeuw lag hoog tegen het hek van draadgaas tussen het parkeerterrein en het twee hectare grote veld aan de andere kant.

Blaze stapte uit de Ford, liep naar het achterportier en trok zijn ladder eruit. Nu hij in actie was gekomen, voelde hij zich beter. Als hij iets deed, vergat hij zijn twijfels.

Hij gooide de ladder over het draadgazen hek. Het ding kwam geluidloos neer in een wolk van sneeuw. Hij klom erachteraan, scheurde zijn broek aan een losgeraakt stuk draad en viel halsoverkop in sneeuw van een meter diep. Het was schokkend, opwindend. Hij spartelde even in de sneeuw en maakte, toen hij opstond, zonder het te weten een figuur in de sneeuw alsof daar iemand uit de hemel was neergedaald.

Hij stak zijn arm door de ladder en liep naar de weg. Hij wilde tegenover het huis van de Gerards bij de weg uitkomen en concentreerde zich daarop. Hij dacht niet aan het spoor dat hij achterliet – het onmiskenbare wafelpatroon van zijn legerschoenen. George zou daaraan hebben gedacht, maar George was er niet.

Bij de weg bleef hij staan en keek naar weerskanten. Er kwam niets aan. Aan de overkant stond een besneeuwde heg tussen hem en het donkere huis.

Hij rende de weg over, voorovergebogen alsof dat hem onzichtbaar maakte, en hees de ladder over de heg. Hij wilde zich net zelf dwars door de heg heen werken, toen een beetje licht – de dichtstbijzijnde straatlantaarn of misschien alleen maar het schijnsel van sterren – een zilverige glans liet zien tussen de bladerloze takken. Hij keek wat beter en voelde dat zijn hart een sprongetje maakte.

Het was een draad, tussen dunne metalen stijlen gespannen. Op driekwart van de hoogte van elke stijl liep de draad door een porseleinen oogje. Een geëlektrificeerde draad dus, net als om de koeienweide van de Bowies. Iemand die met de draad in contact kwam, zou waarschijnlijk een schok krijgen die net hard genoeg was om hem in zijn broek te laten pissen, en tegelijk zou er een alarm afgaan. De chauffeur of de butler of wie dan ook zou de politie bellen, en dan was het uit. Over en sluiten.

'George?' fluisterde hij.

Ergens – op de weg? – fluisterde een stem: 'Spring eroverheen.'

Hij ging achteruit – er kwam nog steeds niets aan – en rende naar de heg toe. Vlak voordat hij daar was, trok hij zijn benen samen en stuwde hij zich omhoog om een stuntelige, slingerende sprong te maken. Hij vloog rakelings over de heg en belandde languit naast de ladder in de sneeuw. Zijn been, dat geschramd was toen hij over het draadgazen hek klom, liet druppels bloed, AB-negatief, op zowel de sneeuw als takken van de heg achter.

Blaze krabbelde overeind en maakte de balans op. Het huis stond honderd meter bij hem vandaan. Daarachter stond een kleiner gebouw. Misschien een garage of een gastenverblijf. Misschien zelfs een personeelswoning. Daarvoor lag een groot sneeuwveld. Als er iemand wakker was, zou die hem gemakkelijk kunnen zien. Blaze haalde zijn schouders op. Waren ze wakker, dan waren ze wakker. Daar kon hij niets aan doen.

Hij pakte de ladder op en draafde naar het huis. Toen hij veilig in de schaduw was, hurkte hij neer om op adem te komen en te kijken of hij was opgemerkt. Blijkbaar niet. Het huis sliep.

Er waren tientallen bovenramen. Welk raam moest hij nemen? Als hij en George dat hadden uitgedacht – als hij het had geweten – was hij het vergeten. Blaze legde zijn hand tegen de muur alsof hij verwachtte dat die ademhaalde. Hij keek in het dichtstbijzijnde raam en zag een grote, glanzende keuken. Die leek net de commandoruimte van het schip *Enterprise.* Een nachtlampje boven het fornuis wierp een zacht schijnsel over formica en tegels. Blaze streek met de palm van zijn hand over zijn mond. Er kwam besluiteloosheid in hem opzetten, en om daar een stokje voor te steken pakte hij de ladder op. Elke actie was goed, hoe onbeduidend ook. Hij beefde.

Dit is levenslang! schreeuwde een stem in hem. *Hiervoor ga je voorgoed de bak in! Er is nog tijd, je kunt nog...*

'Blaze.'

Hij gaf bijna een schreeuw.

'Elk raam. Als je het niet meer weet, moet je binnen op zoek gaan.'

'Ik kan het niet, George. Ik stoot iets om... Ze horen het en komen en schieten op me... of...'

'Blaze, je moet het doen. Je kunt niet anders.'

'Ik ben bang, George. Ik wil naar huis.'

Geen antwoord. Maar in zekere zin wás dat het antwoord.

Hij haalde adem met snelle, gedempte kreungeluiden die wolkjes damp de lucht in joegen. Nadat hij de sluitingen van de ladder had losgehaakt, schoof hij hem zo ver mogelijk uit. Zijn vingers, onhandig in de wanten, kregen de sluitingen pas bij de tweede poging vast. Hij had nu al een hele tijd in de sneeuw rondgestommeld en was wit van top tot teen – een sneeuwman, een yeti. Er zat zelfs een beetje sneeuw op de klep van zijn pet, die opzij gedraaid was naar de gelukskant. Maar afgezien van het *klik-klunk* van de laddersluitingen en de zachte plofklanken van zijn ademhaling was het stil. De sneeuw dempte alle geluiden.

De aluminium ladder was licht en gemakkelijk tegen de muur aan te zetten. De bovenste sport reikte tot dicht onder het raam boven de keuken. Als hij op de tweede of derde sport van boven stond, kon hij bij de sluiting van dat raam komen.

Hij ging de ladder op en schudde daarbij de sneeuw van zich af. De ladder verschoof een keer, zodat hij met ingehouden adem bleef staan, maar daarna niet meer. Hij ging verder naar boven. Hij keek naar de rijen bakstenen die voor hem afdaalden, en toen naar het raamkozijn. Toen keek hij in een slaapkamerraam.

Er stond een tweepersoonsbed. Daar sliepen twee mensen in. Hun gezichten waren niets dan witte kringen. Vage vlekken.

Blaze keek verbijsterd naar hen. Zijn angst was weg. Zonder te begrijpen waarom – hij voelde zich niet eens opgewonden, tenminste, hij dacht van niet – kreeg hij een stijve. Hij twijfelde er niet aan dat hij naar Joseph Gerard III en zijn vrouw keek. Hij keek naar hen, maar ze wisten het niet. Hij keek recht in hun wereld. Hij zag hun luiertafels, hun nachtkastjes, hun grote tweepersoonsbed. Hij zag een manshoge spiegel met zichzelf erin, zoals hij daar vanuit de kou naar binnen stond te kijken. Hij keek naar hen en ze wisten het niet. Zijn lichaam beefde van opwinding.

Hij verplaatste zijn blik en keek naar de sluiting aan de binnenkant van het raam. Het was een eenvoudig knipje, gemakkelijk open te krijgen met het juiste gereedschap – George zou het een makkie hebben genoemd. Natuurlijk had Blaze niet het juiste gereedschap, maar dat had hij ook niet nodig. Het knipje zat los.

Ze zijn stom, dacht Blaze. Het zijn stomme republikeinen. Ik mag dan stom zijn, maar zij zijn nog stommer.

Om meer kracht te kunnen uitoefenen zette Blaze zijn voeten zo ver uit elkaar als op de ladder mogelijk was. Hij drukte tegen het raam en voerde de druk geleidelijk op. De man in het bed draaide zich om in zijn slaap en Blaze wachtte even tot Gerard weer in dromenland was. Toen drukte hij opnieuw tegen het raam.

Hij kreeg net het gevoel dat het raam misschien op nog een andere manier was vastgezet, dat het knipje daarom loszat, toen het een heel kleine beetje openging. Het hout kreunde zachtjes. Blaze hield meteen op met duwen.

Hij dacht na.

Het zou snel moeten gaan: het raam openmaken, erdoorheen klimmen, het raam dichtdoen. Anders zouden ze wakker worden van de koude januarilucht die naar binnen stroomde. Maar als het schuifraam langs het kozijn gierde, zouden ze ook wakker worden.

'Toe dan,' zei George beneden. 'Doe je best.'

Blaze kreeg zijn vingers in de spleet tussen het kozijn en de onderkant van het raam en duwde het raam omhoog. Het raam ging omhoog zonder geluid te maken. Hij zwaaide een been naar binnen, liet zijn lichaam erop volgen, draaide zich om en sloot het raam. Het kreunde toen het naar beneden kwam en bonkte toen het weer op zijn plaats viel. Hij bleef ineengedoken zitten, bang om zich om te draaien en naar het bed te kijken, zijn oren afgestemd op het minste geluid.

Niets.

Of ja, er waren geluiden genoeg. Ademhaling bijvoorbeeld. Twee mensen die dicht bij elkaar ademhaalden, alsof ze op een tandem fietsten. Licht gekraak van het matras. Het tikken van een klok. Het zachte ruisen van lucht – dat moest de verwarmingsketel zijn. En het huis zelf, dat uitademde, dat leefde, zoals het al vijftig of vijfenzeventig jaar deed. Misschien wel honderd jaar. Het huis dat op zijn botten van baksteen en hout rustte.

Blaze draaide zich om en keek naar hen. De vrouw lag tot aan haar middel onder de dekens vandaan. De bovenkant van haar nachthemd was opzij gegleden en een van haar borsten lag bloot. Blaze keek ernaar, gefascineerd door het rijzen en dalen, door de tepel die omhoog was gekomen in de kortstondige koude luchtstroom...

'Schiet op, Blaze! Jezus!'

Hij liep met hoog opgetrokken knieën door de kamer, als een karikaturale minnaar die zich onder het bed had verstopt. Omdat hij zijn adem inhield, zwol zijn borst op als die van een kolonel in een tekenfilm.

Er glansde goud.

Op een van de bureaus stond een klein drieluik, drie foto's in een gouden lijst en in de vorm van een piramide. Onderaan zag hij Joe Gerard III en zijn Narmenische vrouw met olijfbruine huid. Boven hen zag hij IV, een onbehaarde baby onder een dekentje dat tot zijn kin was opgetrokken. Zijn donkere ogen waren wijd open en keken naar de wereld waarin hij zo kort geleden was terechtgekomen.

Blaze kwam bij de deur, draaide aan de knop en bleef even staan om achterom te kijken. Ze had haar ene arm over haar ontblote borst gelegd en onttrok hem daarmee aan het oog. Haar man sliep met open mond op zijn rug, en een ogenblik, voordat hij een hard snurkgeluid maakte en zijn neus optrok, leek het of hij dood was. Dat deed Blaze aan Randy denken, Randy die op de bevroren grond had gelegen, de vlooien en teken die zijn lichaam alweer verlieten.

Voorbij het bed lag een beetje sneeuw als poedersuiker op de binnenkant van het raamkozijn en op de vloer. Het smolt al.

Blaze maakte voorzichtig de deur open. Hij zou daarmee ophouden bij het eerste lichte piepgeluid, maar dat kwam niet. Zodra de opening breed genoeg was, glipte hij naar de andere kant. Hij kwam in een combinatie van gang en galerij. De vloer was bedekt met dik, weldadig tapijt. Hij deed de slaapkamerdeur achter zich dicht, liep naar de diepere duisternis van de reling langs de galerij en keek naar beneden.

Hij zag een trap die zich met twee gracieuze bochten verhief uit een grote benedenhal die hij niet goed kon zien. De geboende vloer wierp een zwak, glanzend licht omhoog. Aan de andere kant zag hij een beeld van een jonge vrouw. Tegenover haar, aan deze kant van de galerij, stond een beeld van een jonge man.

'Laat die beelden maar, Blaze, en ga dat kind zoeken. Die ladder staat daar buiten...'

Een van de twee trappen ging rechts van hem naar de begane grond, en dus ging Blaze naar links en liep door de gang. Er was hier geen geluid te horen, behalve het zachte ruisen van zijn voeten op de vloerbedekking. Hij kon niet eens de verwarmingsketel horen. Het was bijna spookachtig.

Hij maakte de volgende deur open en keek in een kamer met een bureau in het midden en boeken tegen de muren – planken en planken vol boeken. Op het bureau zag hij een schrijfmachine en een stapel papier die op zijn plaats werd gehouden met een glazig zwart brok gesteente. Er hing een portret aan de muur. Blaze kon een man met wit haar onderscheiden, en het leek wel of die man hem fronsend aankeek en zei: *Jij dief!* Hij deed de deur dicht en ging verder.

De volgende deur kwam uit op een lege slaapkamer met een hemelbed. Het dekbed leek strak genoeg om er munten op te laten stuiteren.

Hij liep door en voelde dat het zweet hem over zijn hele lichaam uitbrak. Hij was zich bijna nooit bewust van het verstrijken van de tijd, maar nu wel. Hoelang was hij nu al in dit dure, slapende huis? Vijftien minuten? Twintig?

In de derde kamer lagen weer een man en een vrouw te slapen. De vrouw kreunde in haar slaap, en Blaze deed die deur vlug dicht.

Hij ging de hoek om. Als hij nu eens naar boven moest, naar de tweede verdieping? Dat idee bezorgde hem het soort angst dat ook bij hem opkwam in de nachtmerries die hij een enkele keer had (meestal speelden die zich af in Hetton House, of bij de Bowies). Wat zou hij zeggen als opeens de lichten aangingen en hij betrapt werd? Wat kon hij dan zeggen? Dat hij was gekomen om het tafelzilver te stelen? Er was geen tafelzilver op de eerste verdieping; zelfs een dombo wist dat.

Er was één deur aan het korte eind van de gang. Hij maakte hem open en keek in de babykamer.

Hij keek een hele tijd, kon bijna niet geloven dat hij zo ver was gekomen. Het was geen luchtkasteel. Hij kon het doen. Bij die gedachte wilde hij bijna hard weglopen.

Het bedje was bijna precies hetzelfde als het bedje dat hij zelf had gekocht. Er hingen Walt Disney-figuren aan de muren. Hij zag een luiertafel, een rek met zalfjes en crèmes en een babykastje in een felle kleur. Misschien rood, misschien blauw, dat kon Blaze in het donker niet zien. Er lag een baby in het bedje.

Dit was zijn laatste kans om te vluchten; dat wist hij. Op dit moment kon hij nog ongemerkt verdwijnen. Ze zouden nooit weten wat er bijna gebeurd was. Maar hij zou het zelf wel weten. Hij kon naar binnen gaan, een van zijn grote handen op het voorhoofdje van de baby leggen en dan weggaan. Hij stelde zich plotseling voor dat het twintig jaar later was en hij de naam van Joseph Gerard IV in de societyrubriek van de krant zag – wat George de pagina van de rijke meiden en de hinnikende paarden noemde. Hij zou een foto zien van een jongeman in smoking die naast een meisje in een witte jurk stond. Het meisje zou een boeket bloemen in haar handen hebben. In het bijbehorende artikel zou staan waar ze getrouwd waren en waar ze naartoe gingen op huwelijksreis. Hij zou naar die foto kijken en denken: *O, jongen, je moest eens weten.*

Maar toen hij naar binnen ging, wist hij dat het menens was.

Zo zitten we in elkaar, George, dacht hij.

De baby lag op zijn buik te slapen, zijn hoofdje opzij gedraaid. Zijn ene handje lag onder zijn wang. Zijn ademhaling liet het dekbed in kleine cycli op en neer gaan. Zijn hoofdje was bedekt met donshaar, niet meer dan dat. Een rode bijtring lag naast hem op het kussen.

Blaze stak zijn hand naar hem uit, maar trok hem terug.

Als hij nu eens ging huilen?

Op datzelfde moment zag hij iets waardoor zijn hart in zijn keel bonkte. Het was een kleine intercom. Die was natuurlijk verbonden met net zo'n ding in de kamer van zijn moeder, of van de oppas. Als de baby ging huilen...

Voorzichtig, heel voorzichtig, stak Blaze zijn hand uit en drukte op de aan/uitknop. Het rode lichtje daarboven ging uit. Toen dat gebeurde, vroeg hij zich af of er een zoemer of zoiets afging wanneer de stroom uitviel. Als waarschuwing.

Attentie, moeder. Attentie, oppas. De intercom knippert, want een grote stomme kidnapper heeft hem uitgezet. Er is een stomme kidnapper in het huis. Kom kijken. Neem een pistool mee.

Vooruit, Blaze. Waag het erop.

Blaze haalde diep adem en liet de lucht ontsnappen. Toen trok hij het dekbed los en sloeg het om de baby heen terwijl hij hem oppakte. Hij wiegde hem zachtjes in zijn armen. De baby jengelde en rekte zich uit. Zijn ogen flikkerden. Hij maakte een *nie-yup*-geluid, als een klein poesje. Toen deed hij zijn ogen weer dicht en ontspande zijn lichaam.

Blaze liet zijn adem weer ontsnappen.

Hij draaide zich om, liep naar de deur terug en ging de gang weer op, in het besef dat hij meer deed dan alleen maar de kinderkamer verlaten. Hij stak een grens over. Nu kon hij niet meer zeggen dat hij een eenvoudige inbreker was. Zijn misdaad lag in zijn armen.

Het was onmogelijk om met een slapende baby de ladder af te gaan. Blaze hoefde daar niet eens over na te denken. Hij ging naar de trap. De gang was bekleed, maar de trap niet. Zijn eerste stap op de eerste geboende houten trede was luid, opvallend, ongedempt. Kaarsrecht van schrik bleef hij staan luisteren, maar het huis sliep door.

Nu kreeg hij het te kwaad met zijn zenuwen. Het leek wel of de baby steeds zwaarder werd. De paniek knabbelde aan zijn wilskracht. Vanuit zijn ooghoeken leek het of hij iets zag bewegen, eerst aan de ene en toen aan de andere kant. Bij elke stap verwachtte hij dat de baby wakker werd en ging huilen. Als dat eenmaal begon, werd het hele huis wakker.

'George...' mompelde hij.

'Lopen,' zei George beneden hem. 'Niet rennen, maar lopen. Naar het geluid van mijn stem, Blazer.'

Blaze liep de trap af. Het was onmogelijk om dat geluidloos te doen, maar zijn stappen waren tenminste niet meer zo hard als die verschrikkelijke eerste stap. De baby bewoog. Blaze kon hem niet goed stil houden, hoe hij zijn best ook deed. Tot nu toe sliep het kind nog, maar elk moment, elke seconde...

Hij telde. Vijf stappen. Zes. Zeven. Acht. Het was een lange trap. Gemaakt, nam hij aan, voor kleurrijke jongedames die op en neer schreden op een groot bal zoals dat in *Gejaagd door de wind* gebeurde. Zeventien. Achttien. Negen...

Het was de laatste trede en zijn onvoorbereide voet kwam weer hard neer: *Klak!* Het hoofdje van de baby maakte een schokbeweging. Hij slaakte een kreetje. In de stilte klonk het erg hard.

Boven ging een licht aan.

Blazes ogen gingen wijd open. De adrenaline schoot zijn borst en buik in, zodat hij verstijfde en de baby tegen zich aan drukte. Hij dwong zichzelf om te ontspannen – een beetje – en ging in de schaduw van de trap staan. Hij stond daar roerloos, zijn hele gezicht verwrongen van angst en ontzetting.

'Mike?' riep een slaperige stem.

Pantoffels schuifelden naar de reling boven hem.

'Mikey-Mike, ben jij dat? Ben jij dat, stout beest?' De stem was recht boven hem, een theatrale fluisterstem van 'de-anderen-slapen'. Het was een oude stem, een beetje verongelijkt. 'Ga naar de keuken, daar heeft mama een lekkere schotel melk voor je klaargezet.' Korte stilte. 'Als je een vaas omgooit, krijg je klappen.'

Als het kind nu ging huilen...

De stem boven Blazes hoofd mompelde iets met zo veel slijm dat hij het niet kon verstaan, en toen schuifelden de pantoffels weg. Er volgde een stilte – die leek wel honderd jaar te duren – en toen ging met een zachte klik een deur dicht en ging het licht uit.

Blaze bleef doodstil staan. Het kostte hem moeite om niet onbedaarlijk te gaan beven. Als hij beefde, werd het kind misschien wakker. Nee, dan werd het zéker wakker. Waar was de keuken? Hoe kon hij het kind én de ladder meenemen? En hoe moest het met de elektrische draad? *Wat... hoe... waar...*

Om niet aan die vragen te denken kwam hij in beweging.

Hij sloop door de hal, over het omzwachtelde kind gebogen als een oud vrouwtje met een zware last. Hij zag twee glazen deuren op een kier staan. Daarachter glansden tegels. Blaze duwde de deuren open en kwam in een eetkamer.

Het was een luxueuze kamer. De mahoniehouten tafel was erop berekend om met Thanksgiving kalkoenen van tien kilo te dragen, en dampende schalen op zondagmiddagen. Porselein glansde achter de glazen deuren van een hoge, fraaie kast. Blaze liep als een spookgedaante door die kamer. Hij bleef geen moment staan, maar evengoed riep de aanblik van die grote tafel en die stoelen met hun hoge ruggen, als soldaten, een smeulende rancune in hem wakker. Ooit had hij op zijn knieën keukenvloeren geboend, en George zei dat er nog veel meer mensen zoals hij waren. En heus niet alleen in Afrika. George zei dat mensen als de Gerards deden alsof mensen als hij niet bestonden. Nou, laat ze maar een pop in dat bedje boven leggen en doen alsof het een echte baby is. Laat ze dat maar doen, als ze zichzelf zo graag iets mochten wijsmaken.

Er was een zwaaideur aan het eind van de eetkamer. Hij ging erdoorheen en kwam in de keuken. Toen hij door het met ijs beparelde raam naast het fornuis keek, zag hij de stijlen van zijn ladder.

Hij keek of hij de baby ergens kon neerleggen, dan kon hij het raam openmaken. De aanrechten waren breed, maar misschien niet breed genoeg. En hij vond het geen prettig idee om een kind op het fornuis te leggen, zelfs wanneer het fornuis uit was.

Zijn blik viel op een ouderwetse boodschappenmand die aan een haak op de deur van de bijkeuken hing. Die leek hem groot genoeg en had bovendien een handgreep. En hoge zijkanten. Hij pakte hem van de deur en zette hem op een serveerwagentje dat tegen een van de muren stond. Hij legde de baby erin. De baby bewoog nauwelijks.

Nu het raam. Blaze trok het omhoog en constateerde dat er

nog een voorzetraam achter zat. Boven was er geen voorzetraam geweest, maar dit raam was in het kozijn vastgeschroefd.

Hij maakte kastjes open. In die onder het aanrecht vond hij een stapel vaatdoeken. Hij pakte er een. Er stond een Amerikaanse adelaar op. Blaze sloeg de vaatdoek om zijn hand, waaraan hij ook al een want droeg, en sloeg de onderste ruit van het raam in. Het glas bezweek met relatief weinig geluid en er ontstond een groot, puntig gat. Stukken glas wezen als grote glazen pijlen naar het midden; Blaze sloeg ze weg.

'Mike?' Diezelfde stem. Zacht roepend. Blaze verstijfde.

Dat kwam niet van boven. Dat kwam...

'Mikey, wat heb je omgegooid?'

... uit de hal en het kwam dichterbij...

'Straks maak je het hele huis wakker, stout beest.'

... en dichterbij...

'Ik sluit je in de kelder op, voordat je het voor jezelf bederft.'

De deur zwaaide open en achter een batterijlamp in de vorm van een kaars verscheen het silhouet van een vrouw. Blaze kreeg een vage indruk van een oudere vrouw die langzaam liep en haar best deed de stilte te bewaren, als iemand die met een ei op een lepel liep. Ze had krulspelden in haar haar. Het silhouet van haar hoofd leek op iets uit een sciencefictionfilm. Toen zag ze hem.

'Wie...' Dat ene woord. Toen besefte het deel van haar hersenen dat met noodsituaties afrekende, een oud maar niet dood deel, dat praten in deze situatie niet de oplossing was. Ze haalde diep adem om te gillen.

Blaze sloeg haar. Hij sloeg haar zo hard als hij Randy had geslagen, zo hard als hij Glen Hardy had geslagen. Hij dacht er niet bij na; hij deed het automatisch. De oude dame zakte op de vloer, haar nachtlamp onder haar. Met een gedempt getinkel sprong de gloeilamp kapot. Haar lichaam lag in een vreemde houding, half binnen half buiten de zwaaideur.

Er was een laag en klaaglijk *miauw* te horen. Blaze kreunde en keek op. Groene ogen keken hem vanaf de bovenkant van de koelkast aan.

Blaze draaide zich om naar het raam en sloeg de rest van de glasscherven weg. Toen ze weg waren, stapte hij door het gat dat hij in de benedenruit van het voorzetraam had gemaakt en luisterde.

Niets.

Nog niet.

De glasscherven glinsterden op de sneeuw als in een inbrekersdroom.

Blaze trok de ladder van het huis weg, maakte de sluitingen los, liet de delen in elkaar schuiven. De ladder maakte een verschrikkelijk ratelend geluid; van schrik gaf Blaze bijna een schreeuw. Zodra de sluitingen weer vast zaten, pakte hij de ladder op en zette het op een lopen. Hij verliet de schaduw van het huis en was al halverwege het gazon toen hij besefte dat hij de baby vergeten was. Die lag nog op het serveerwagentje. Hij liet de ladder in de sneeuw vallen; alle gevoel was verdwenen uit de arm waarmee hij hem had gedragen. Hij draaide zich om en keek naar het huis.

Boven brandde licht.

Een ogenblik was Blaze twee mensen. Een van hen rende naar de weg – *vol gas*, zou George hebben gezegd – en de ander ging naar het huis terug. Een ogenblik kon hij geen besluit nemen. Toen ging hij terug. Hij liep snel. Zijn schoenen schopten wolkjes sneeuw op.

Hij sneed zijn want en ook zijn handpalm aan een scherf glas die nog uit het raamkozijn stak. Hij voelde het nauwelijks. Toen was hij weer binnen. Hij greep de mand en zwaaide hem gevaarlijk rond; de baby viel er bijna uit.

Boven werd als rommelende donder een toilet doorgespoeld.

Hij liet de mand in de sneeuw zakken en ging erachteraan zonder een blik te werpen op de figuur die achter hem op de vloer lag. Hij pakte de mand op en zette het op een lopen.

Hij bleef lang genoeg staan om de ladder onder zijn arm te nemen. Toen rende hij naar de heg. Daar bleef hij even staan om naar de baby te kijken. De baby lag nog rustig te slapen. Joe IV wist niet dat hij uit zijn vertrouwde omgeving was weggehaald. Blaze keek achterom naar het huis. Boven was het licht weer uitgegaan.

Hij zette de mand in de sneeuw en gooide de ladder over de heg. Even later waren er ineens lichten op de weg.

Als het nu eens politie was? Jezus!

Hij ging in de schaduw van de heg liggen, al wist hij heel goed hoe duidelijk zijn voetstappen heen en terug over het gazon te zien moesten zijn. Het waren daar de enige sporen.

De koplampen werden nog groter, schenen nog feller, en verdwenen toen in de verte zonder te vertragen.

Blaze kwam overeind, pakte zijn mand op – het was nu zíjn mand – en liep naar de heg. Door met zijn arm een opening in de bovenkant te maken kon hij de mand eroverheen tillen en aan de andere kant laten zakken. Hij kon hem niet helemaal op de grond zetten. De laatste halve meter moest hij hem laten vallen. De mand plofte zachtjes in de sneeuw. De baby vond zijn duim en zoog erop. In het licht van de dichtstbijzijnde straatlantaarn zag Blaze dat de mond van de baby zich samentrok en ontspande. Zich samentrok en ontspande. Bijna als een vissenmond. De ijzige kou van de nacht was nog niet tot de baby doorgedrongen. Alleen het hoofd en dat ene kleine handje kwamen onder het dekbed vandaan.

Blaze sprong over de heg en pakte zijn ladder en de mand weer op. Voorovergebogen rende hij naar de overkant van de weg. Daarna liep hij weer schuin door het veld. Bij het draadgazen hek rond het parkeerterrein van Oakwood zette hij de ladder weer rechtop (hij hoefde hem nu niet uit te schuiven) en droeg hij zijn mand naar boven.

Hij klemde de bovenkant van het hek tussen zijn benen en liet de mand balanceren. Hij besefte dat als zijn schaarhouding verslapte zijn ballen de verrassing van hun leven kregen. Hij trok de ladder met één soepele beweging omhoog en schrok van de extra druk die daardoor op zijn benen werd uitgeoefend. De ladder wankelde even, kantelde en zakte aan de kant van het parkeerterrein omlaag. Blaze vroeg zich af of er iemand naar hem keek, maar dat was een domme gedachte. Als er iemand keek, kon hij daar toch niets aan doen. De snee in zijn hand kon hij nu ook goed voelen. Het was een pulserende pijn.

Hij zette de ladder recht en liet de mand op de bovenste sport balanceren. Terwijl hij hem met zijn ene hand in evenwicht hield, liet hij zichzelf voorzichtig op een lagere sport zakken. De ladder verschoof een beetje, en hij verstijfde. Toen stond de ladder weer stil.

Hij ging met de mand de ladder af. Beneden nam hij de ladder weer onder zijn arm en liep naar zijn Ford.

Hij zette de mand met de baby op de passagiersstoel, maakte het achterportier open en werkte de ladder naar binnen. Toen ging hij achter het stuur zitten.

Maar hij kon de sleutel niet vinden. Die zat niet in een van zijn broekzakken. En ook niet in de zakken van zijn jas. Hij was bang dat hij hem ergens was kwijtgeraakt en weer over het hek zou moeten klimmen om hem te gaan zoeken, maar toen zag hij hem in het contact zitten. Hij was vergeten hem mee te nemen. Hij hoopte dat George dat niet had gezien. Als George het niet had gezien, zou Blaze het hem niet vertellen. Nog niet in een miljoen jaar.

Hij startte de auto en zette de mand op de vloer. Toen reed hij naar het wachthokjc terug. De bewaker kwam naar buiten. 'U gaat vroeg weg, meneer?'

'Slechte kaarten,' zei Blaze.

'Dat kan de beste overkomen. Goedenacht, meneer. Volgende keer meer geluk.'

'Dank u,' zei Blaze.

Hij stopte bij de weg, keek in beide richtingen en reed toen in de richting van Apex. Hij hield zich zorgvuldig aan alle maximumsnelheden, maar zag nergens een politiewagen.

Net toen hij zijn eigen pad opreed, werd baby Joe wakker en huilde hij.

HOOFDSTUK 12

Eenmaal in Hetton House terug, hield Blaze zich aan de regels. Hij gedroeg zich onopvallend en hield zijn mond. De jongens die tot de groten hadden behoord toen hij en John kleintjes waren, hadden een pleeggezin gevonden, of een baan, of waren naar een beroepsopleiding vertrokken dan wel in het leger gegaan. Blaze groeide nog zeven centimeter. Hij kreeg haar op zijn borst en ook een heleboel haar in zijn kruis. Daardoor waren de andere jongens jaloers op hem. Hij ging naar de middelbare school in Freeport. Dat viel wel mee, want hij hoefde daar niet te rekenen.

Martin Coslaws contract werd verlengd, en als hij Blaze zag, keek hij altijd strak en waakzaam. Hij liet Blaze niet meer in zijn kantoor komen, al wist Blaze dat hij dat kon doen. En als Coslaw tegen hem zou zeggen dat hij zich moest bukken om er met de peddel van langs te krijgen, zou hij dat doen. Het alternatief was het opvoedingstehuis North Windham. Hij had gehoord dat jongens daar echt met de zweep werden afgeranseld – als op schepen – en soms in een klein metalen kastje werden gezet, dat ze het Blik noemden. Blaze wist niet of die dingen waar waren, maar had er geen behoefte aan om het te ontdekken. Hij wist wel dat hij bang was voor dat opvoedingstehuis.

Maar Coslaw sloeg hem nooit meer met de peddel, en Blaze

gaf hem daar ook nooit aanleiding toe. Hij ging vijf dagen per week naar school en zijn contact met de directeur beperkte zich nagenoeg tot Coslaws stem die 's morgens vroeg en 's avonds voordat het licht uitging door de intercom schalde. De dag begon in Hetton House altijd met wat Martin Coslaw een ochtendspeech noemde (ochtendpies, zei John soms als hij in een grappige bui was) en eindigde met een Bijbelvers.

Het leven ging door. Als Blaze had gewild, had hij de baas over de jongens kunnen spelen, maar dat wilde hij niet. Hij was geen leider. Hij was het tegenovergestelde van een leider. Wel deed hij zijn best om aardig voor mensen te zijn. Hij deed zelfs zijn best om aardig voor hen te zijn als hij ze waarschuwde dat hij hun schedel zou splijten als ze zijn vriend Johnny niet met rust lieten. Vrij kort na Blazes terugkomst lieten ze John met rust.

Maar toen, op een zomeravond toen Blaze veertien was (en in het juiste licht zes jaar ouder leek), gebeurde er iets.

De jongens werden elke vrijdag in een oude gele bus naar de stad gereden, tenminste als ze met zijn allen niet te veel SA's hadden – Slechte Aantekeningen. Sommigen liepen dan doelloos door Main Street, of zaten ergens op het plein, of gingen een steegje in om sigaretten te roken. Er was een biljartlokaal, maar daar mochten ze niet komen. Er was ook een tweederangs bioscoop, de Nordica, en jongens die geld voor een kaartje hadden gingen daar kijken hoe Jack Nicholson, Warren Beatty en Clint Eastwood eruitzagen toen ze veel jonger waren. Sommige jongens verdienden geld met het bezorgen van kranten. Anderen maaiden 's zomers gazons en ruimden 's winters sneeuw. Weer anderen hadden een baantje in Hetton House zelf.

Blaze behoorde tot die laatste groep. Hij was zo groot als een man – een grote man – en de huisbewaarder nam hem in dienst voor allerlei karweitjes. Martin Coslaw had daar misschien bezwaar tegen, maar Frank Therriault moest niets van die blaaskaak hebben. Hij hield van Blazes brede schouders. Therriault, zelf een stille man, vond het ook prettig dat Blaze ja en nee zei en verder niet veel. De jongen vond het ook niet erg om zwaar werk te doen. Hij sjouwde rustig een hele middag pakken shingles of zakken cement van vijftig kilo een ladder op. Zonder mopperen droeg hij schoolmeubilair en archiefkasten trappen op en neer. Hij wist van geen ophouden. En wat nog het mooiste was: hij was volkomen tevreden met één dollar zestig per uur, zodat Therriault zestig dollar per week in zijn eigen zak kon steken. Uiteindelijk kocht hij een dure kasjmieren trui voor zijn vrouw. Met een boothals. Ze was er heel blij mee.

Blaze was ook blij. Hij verdiende maar liefst dertig dollar per week, en dat was meer dan genoeg voor de bioscoop en alle popcorn, snoep en frisdrank die hij kon verstouwen. Hij vond het geen enkel probleem om ook een kaartje voor John te kopen. Hij zou hem ook op de gebruikelijke snacks hebben getrakteerd, maar John had meestal genoeg aan de film. Hij keek er gretig naar, met open mond.

In Hetton House begon John verhalen te schrijven. Het waren stuntelige dingen, afgekeken van de films die hij met Blaze zag, maar ze leverden hem wel een zekere populariteit bij de andere jongens op. De jongens hielden er niet van als je intelligent was, maar ze hadden wel bewondering voor een bepaald soort slimheid. En ze hielden van verhalen. Ze hunkerden naar verhalen.

In de bioscoop zagen ze een keer een vampierfilm, *Second Coming*. John Cheltzmans versie van die klassieker eindigde ermee dat graaf Igor Yorga het hoofd afrukte van een half ontklede jonge schone met 'trillende borsten ter grootte van watermeloenen' en met het hoofd onder zijn arm in de rivier de Yorba sprong. De merkwaardig patriottische naam van deze ondergrondse klassieker was *De ogen van Yorga zijn op je gericht*.

Maar deze avond wilde John niet naar de bioscoop, al draaide er weer een horrorfilm. Hij had diarree. Hij was die ochtend en middag al vijf keer geweest, ondanks een halve fles Pepto uit de ziekenzaal (een veredelde kast op de eerste verdieping). En hij dacht dat het nog niet was afgelopen.

'Kom op,' drong Blaze aan. 'De Nordica heeft beneden een fantastische plee. Ik ben daar zelf ook eens wezen schijten. We gaan dicht in de buurt zitten.'

Aldus overgehaald ging John ondanks de onheilspellende bewegingen in zijn darmen met Blaze mee. Ze stapten in de bus en gingen voorin zitten, achter de chauffeur. Per slot van rekening hoorden ze nu bijna bij de groten.

Onder de voorfilms was er niets met John aan de hand, maar net toen het Warner Bros-logo op het scherm verscheen, stond hij op, glipte langs Blaze en liep, zich voortbewegend als een soort krab, over het middenpad omhoog. Blaze leefde met hem mee, maar zo was het leven nu eenmaal. Hij richtte zijn aandacht weer op het scherm, waar een zandstorm was opgestoken in een landschap dat waarschijnlijk de woestijn van Maine was, maar dan met piramiden. Algauw werd hij helemaal meegesleept door het verhaal, zijn wenkbrauwen gefronst van pure concentratie.

Toen John weer naast hem ging zitten, was hij zich nauwelijks van hem bewust, tot John aan zijn mouw trok en fluisterde: 'Blaze! Blaze! In godsnaam, Blaze!'

Blaze kwam uit de film als een diepe slaper uit een dutje. 'Wat is er? Ben je ziek? Heb je in je broek gescheten?'

'Nee... nee. Kijk hier eens!'

Blaze keek naar het voorwerp dat John net iets lager dan de zitting hield. Het was een portefeuille.

'Hé! Waar heb je...'

'Ssst!' siste iemand voor hen.

'... dát vandaan?' maakte Blaze fluisterend af.

'In de herentoiletten!' fluisterde John terug. Hij beefde van opwinding. 'Hij moet uit iemands zak zijn gevallen toen hij ging schijten! Er zit geld in! Veel geld!'

Blaze nam de portefeuille over en hield hem uit het zicht. Hij maakte het vakje met bankbiljetten open en het was meteen of er een steen in zijn maag lag. Die maag stuiterde meteen omhoog en kwam tot halverwege zijn keel. Het bankbiljettenvakje zat vol geld. Een, twee, drie briefjes van vijftig. Vier twintigjes. Een paar vijfjes. Een paar biljetten van één dollar.

'Ik kan het niet optellen,' fluisterde hij. 'Hoeveel is het?'

Johns stem ging enigszins omhoog van triomf, maar dat bleef onopgemerkt. Het monster zat achter een meisje in bruine shorts aan en het publiek slaakte vrolijke kreten. 'Tweehonderd achtenveertig dollar!'

'Jezus,' zei Blaze. 'Heb je die scheur nog in de voering van je jas?'

'Ja.'

'Stop hem daarin. Misschien fouilleren ze ons bij de uitgang.'

Maar dat gebeurde niet. En Johns diarree was genezen. De vondst van zoveel geld had zijn darmen op slag in het gareel gebracht.

Op maandagochtend kocht John een *Portland Press Herald* van Stevie Ross, die een krantenwijk had. Blaze en hij gingen achter de schuur zitten en sloegen de advertenties op. John zei dat ze daar moesten kijken. De verloren en gevonden voorwerpen stonden op bladzijde 38. En daar, tussen een VERLOREN Franse poedel en een GEVONDEN paar dameshandschoenen, stond het volgende:

VERLOREN zwartlederen herenportefeuille met initialen RKF naast fotovak. Indien gevonden, bel 555-0928 of schrijf onder nummer 595 naar deze krant. BELONING UITGELOOFD.

'Beloning!' riep Blaze uit, en hij stompte John tegen zijn schouder.

'Ja,' zei John. Hij wreef op de plek waar Blaze had gestompt. 'We bellen die kerel en hij geeft ons tien dollar plus een schouderklopje. Mooi niet.'

'O.' In Blazes gedachten had het woord BELONING daar in gouden letters van een meter hoog gestaan. Nu zakten ze in elkaar tot een hoopje schroot. 'Wat moeten we er dan mee doen?'

Het was de eerste keer dat hij leiding van Johnny verwachtte. Die tweehonderd achtenveertig dollar vormde een groot probleem. Als je een kwartje had, kocht je een cola. Voor twee dollar kon je naar de bioscoop. Nu hij erover nadacht, met moeite uiteraard, veronderstelde Blaze dat je helemaal met de bus naar de bioscoop in Portland kon gaan. Maar als het om zo veel geld ging, schoot zijn fantasie tekort. Hij kon alleen maar aan kleren denken. Blaze gaf niets om kleren.

'Laten we weglopen,' zei John. Zijn smalle gezicht straalde van opwinding.

Blaze dacht na. 'Je bedoelt... voorgoed?'

'Nee, tot het geld op is. We gaan naar Boston... eten in grote restaurants in plaats van de Mickey D... nemen een hotelkamer... gaan naar een wedstrijd van de Red Sox... en... en...'

Maar hij kwam niet verder. Zijn blijdschap was te groot. Lachend sprong hij op Blaze en sloeg hem op zijn rug. Zijn lichaam was mager onder zijn kleren, licht en hard. Zijn gezicht brandde als de zijkant van een kachel tegen Blazes wang.

'Oké,' zei Blaze. 'Dat zou leuk zijn.' Hij dacht erover na. 'Jezus, Johnny, Boston? Boston!'

'Wat een kolossale giller!'

Ze lachten. Blaze droeg John helemaal om de schuur heen, en ze lachten allebei en klopten op elkaars rug. Ten slotte liet John hem ophouden.

'Straks hoort iemand het, Blaze. Of ze zien ons. Zet me neer.'

Blaze pakte de krant op, die over de grond fladderde. Hij vouwde hem op en stopte hem in zijn broekzak. 'Gaan we nu meteen, Johnny?'

'Nee, niet meteen. Misschien pas over drie dagen. We moeten een plan maken en we moeten voorzichtig zijn. Anders hebben ze ons te pakken voor we hier tien kilometer vandaan zijn. En dan brengen ze ons terug. Weet je wat ik bedoel?'

'Ja, maar ik ben niet zo goed in plannen maken, Johnny.'

'Dat geeft niet, want ik heb het meeste al uitgedacht. Waar het om gaat, is dat ze denken dat we er gewoon vandoor zijn gegaan, want dat doen jongens als ze ergens anders dan in dit klotehuis terecht kunnen, hè?'

'Ja.'

'Alleen hebben wij geld, niet?'

'Ja!'

Blaze kon zijn geluk weer niet op. Hij sloeg Johnny op zijn rug tot de jongen bijna ondersteboven viel.

Ze wachtten tot woensdagavond. Intussen belde John naar het Greyhound-busstation in Portland en hoorde dat er elke morgen om zeven uur een bus naar Boston vertrok. Ze verlieten Hetton House kort na middernacht, want het leek John het veiligst om de vijfentwintig kilometer naar de stad lopend af te leggen. Als ze gingen liften, zouden ze onnodig de aandacht trekken. Twee jongens die 's nachts onderweg waren, waren weglopers. Punt uit.

Ze gingen de brandtrap af, hun hart bonkend bij elk gerammel van het roestige metaal, en sprongen vanaf de laagste trede omlaag. Ze renden over het speelplein waar Blaze vele jaren geleden voor het eerst als nieuwkomer in elkaar was geslagen. Blaze hielp John over de draadgazen omheining aan de andere kant te klimmen. Onder de warme augustusmaan staken ze de weg over en volgden hem. Die enkele keer dat er koplampen van een auto aan de horizon voor of achter hen verschenen, doken ze de greppel in.

Om zes uur waren ze in Congress Street, Blaze nog fris en opgewonden, John met wallen onder zijn ogen. Blaze droeg het pakje bankbiljetten in zijn spijkerbroek. De portefeuille hadden ze in de bosjes gegooid.

Toen ze bij het busstation kwamen, plofte John op een bank neer en ging Blaze naast hem zitten. Johns wangen waren weer rood, maar niet van opwinding. Blijkbaar had hij moeite met ademhalen.

'Ga naar het loket en neem twee retourtjes voor de bus van zeven uur,' zei hij tegen Blaze. 'Geef haar een vijftigje. Ik denk niet dat het meer is, maar zorg voor alle zekerheid dat je ook nog een twintigje hebt. Hou dat in je hand. Laat haar de rest van het geld niet zien.'

Een politieman kwam naar hen toe; hij tikte met zijn wapenstok tegen zijn hand. Blaze had het gevoel dat zijn darmen in water veranderden. Hier hield het op, al voordat het begonnen was. Het geld zou hun worden afgepakt. De politieman zou het inleveren of voor zichzelf houden. Hij zou hen naar Hetton House terugrijden, misschien met handboeien om. Duistere visioenen van het opvoedingstehuis North Windham doken voor hem op. En het Blik.

'Goeiemorgen, jongens. Jullie zijn hier al vroeg, hè?' De klok op de muur van het busstation gaf 6.22 aan.

'Ja, dat is zo,' zei John. Hij knikte naar het kaartjesloket. 'Moet je daar je kaartje kopen?'

'Jazeker.' De agent glimlachte een beetje. 'Waar gaan jullie heen?'

'Boston,' zei John.

'O, ja? Waar wonen jullie ouders?'

'O, hij en ik zijn geen familie van elkaar,' zei John. 'Hij is achterlijk. Hij heet Martin Griffin. En hij is ook nog doofstom.'

'O, ja?' De agent ging zitten en keek naar Blaze. Hij zag er niet achterdochtig uit, eerder als iemand die nooit eerder iemand met de driedubbele score had gezien: doof, stom en achterlijk.

'Zijn moeder is vorige week gestorven,' zei John. 'Hij woont bij ons. Mijn ouders werken, maar omdat het zomervakantie is, zeiden ze tegen mij, breng jij hem maar, en ik zei dat ik dat wel zou doen.'

'Een grote taak voor een kind,' zei de agent.

'Ik ben een beetje bang,' zei John, en Blaze durfde te wedden dat hij nu de waarheid sprak. Hij was ook bang. Heel bang.

De agent knikte tegen Blaze en zei: 'Begrijpt hij...?'

'Wat er met haar is gebeurd? Niet zo goed.'

De agent keek bedroefd.

'Ik breng hem naar zijn tante. Daar blijft hij een paar dagen.' John straalde. 'Ik mag misschien naar een wedstrijd van de Red Sox. Als beloning voor... u weet wel...'

'Nou, ik hoop het, jongen. Het is een slechte wind als er niet ook iets goeds voor iemand komt aanwaaien.'

Ze zwegen allebei, dachten daarover na. Blaze, sinds kort doofstom, zweeg ook.

Toen zei de agent: 'Hij is groot. Denk je dat je hem aankunt?'

'Hij is groot, maar hij luistert wel. Wilt u het zien?'

'Nou...'

'Ik zal hem laten opstaan. Kijk.' John maakte een aantal betekenisloze vingergebaren voor Blazes ogen. Toen hij daarmee ophield, stond Blaze op.

'Hé, dat is goed!' zei de agent. 'Luistert hij altijd naar je? Want zo'n grote jongen in een bus vol mensen...'

'Nee, hij luistert altijd. Er zit niet meer kwaad in hem dan in een papieren zak.'

'Oké. Ik geloof je.' De agent stond op. Hij hees de riem met zijn pistool op en duwde tegen Blazes schouders. Blaze zakte terug op de bank. 'Pas goed op, jonge kerel. Weet je het telefoonnummer van zijn tante, voor het geval je in de problemen komt?'

'Ja, agent, dat weet ik,' zei John.

'Oké, hou je haaks.' Hij salueerde even voor John en liep het busstation uit.

Toen hij weg was, keken ze elkaar aan en barstten bijna in giechelen uit. Maar de lokettiste keek nu naar hen, en dus sloegen ze hun ogen neer. Blaze beet op de binnenkant van zijn lippen.

'Zijn er hier toiletten?' riep John naar de lokettiste.

'Daar.' Ze wees.

'Kom, Marty,' zei John, en Blaze proestte het bijna uit. Toen ze in de plee waren, vielen ze stikkend van het lachen in elkaars armen.

'Dat was heel goed,' zei Blaze toen hij weer kon praten zonder te lachen. 'Waar had je die naam vandaan?'

'Toen ik hem zag, kon ik aan niets anders denken dan Coslaw die ons terugkreeg. En Griffin, griffioen, is de naam van een mythische vogel. Je weet wel, ik heb je geholpen met dat verhaal voor Engels...'

'Ja,' zei Blaze opgetogen, al kon hij zich die griffioen helemaal niet herinneren. 'Ja, dat is zo.'

'Maar ze zullen weten dat wij het waren als ze ontdekken dat we uit Hell House verdwenen zijn,' zei John. Hij was ernstig geworden. 'Dan denkt die agent meteen aan ons. Reken maar dat hij dan kwaad is. Nou en of!'

'We worden gepakt, hè?'

'Nee.' John keek nog steeds vermoeid, maar de woordenwisseling met de politie had weer wat licht in zijn ogen gebracht. 'Als we in Boston zijn, duiken we meteen onder. En zo hard zullen ze niet zoeken naar een paar jongens.'

'O. Goed.'

'Laat mij de kaartjes maar kopen. Jij kunt beter doofstom blijven tot we in Boston zijn. Dat is veiliger.'

'Ja.'

Johnny kocht de kaartjes en ze stapten in de bus, waarin vooral militairen en jonge vrouwen met kleine kinderen zaten. De chauffeur had een dikke buik en een dikke kont, maar zijn grijze uniform had vouwen in de pijpen en Blaze was onder de indruk. Hij dacht dat hij ook wel Greyhound-chauffeur wilde worden als hij groot was.

De portieren gingen sissend dicht. Het geluid van de zware motor zwol aan tot geronk. De bus reed achteruit de halte af en draaide Congress Street in. Ze reden. Ze gingen ergens heen. Blaze keek zijn ogen uit.

Ze reden over een brug en kwamen op Route 1. Nu gingen ze harder. Ze reden langs olietanks en reclameborden van motels en PROUTY'S, HET BESTE KREEFTRESTAURANT VAN MAINE. Ze reden langs huizen en Blaze zag een man zijn gazon sproeien. De man droeg bermudashorts en ging nergens heen. Blaze had medelijden met hem. Ze reden langs vlakten die droog lagen bij eb, met meeuwen die over hen heen vlogen. Hell House, zoals John het noemde, lag achter hen. Het was zomer en de zon scheen.

Ten slotte keek hij John aan. Als hij niet aan iemand vertelde hoe goed hij zich voelde, zou hij uit elkaar springen. Maar John was in slaap gevallen, met zijn hoofd op zijn schouder. In zijn slaap zag hij er oud en moe uit.

Blaze dacht daar even over na – het zat hem dwars – en keek toen weer uit het grote raam. Dat trok hem aan als een magneet. Hij genoot van de dingen die hij zag en dacht een tijdje niet aan John, gefascineerd door de opzichtige Seacoast Strip die tussen Portland en Kittery voorbijgleed. Niet lang daarna reden ze over een grote brug. Hij nam aan dat ze in Boston waren.

Er volgden kilometers van neon, duizenden auto's en bussen, en gebouwen in alle richtingen. Toch reed de bus maar door. Ze kwamen langs een oranje dinosaurus die een parkeerterrein bewaakte. Ze kwamen langs een reusachtig zeilschip. Ze kwamen langs een kudde plastic koeien voor een restaurant. Hij zag overal mensen. Dat maakte hem bang. Tegelijk hield hij van die mensen, omdat hij ze niet kende. John sliep door. Hij snurkte een beetje achter in zijn keel.

Toen waren ze over het hoogste punt van een helling heen en zag Blaze een nóg grotere brug met nog grotere gebouwen daarachter, wolkenkrabbers die als zilveren en gouden pijlen in de blauwe hemel omhoogschoten. Blaze kon met moeite zijn ogen ervan afhouden, alsof het een explosie van een atoombom was.

'Johnny' zei hij, bijna klaaglijk. 'Johnny, word wakker. Dit moet je zien.'

'Huh? Waaa...?' John werd langzaam wakker en wreef met zijn knokkels over zijn ogen. Toen zag hij wat Blaze door de grote ruit van de bus had gezien, en zijn ogen gingen wijd open. 'Godallemachtig.'

'Weet je waar we heen moeten?' fluisterde Blaze.

'Ja, ik geloof van wel. God, gaan we over die brug? Dat moet wel, hè?'

Het was de Mystic, en ze gingen eroverheen. Hij voerde hen eerst naar de hemel en toen onder de grond, als een gigantische versie van het muizenkasteel op de kermis. En toen ze eindelijk weer in het daglicht kwamen, scheen de zon langs gebouwen zo hoog dat je de bovenkant niet door de ramen van de bus kon zien.

Toen Blaze en Johnny eindelijk op het busstation Tremont Street uitstapten, keken ze eerst of er politie was. Ze hadden zich die moeite kunnen besparen. Het busstation was enorm groot. Aankondigingen schalden vanuit de hoogte als de stem van God. Reizigers bewogen zich als scholen vissen. Blaze en Johnny bleven dicht bij elkaar, schouder aan schouder, bang als ze waren dat tegengestelde reizigersstromen hen voorgoed bij elkaar vandaan zouden trekken.

'Daar,' zei Johnny. 'Kom.'

Ze liepen naar een rij telefoons. Die waren allemaal in gebruik. Ze wachtten bij die aan het eind, tot de zwarte man die er gebruik van maakte klaar was en wegliep.

'Wat had hij om zijn hoofd?' vroeg Blaze, die de zwarte man gefascineerd nakeek.

'O, dat is om zijn haar recht te houden. Als een tulband. Ik geloof dat ze het een *doo-rag* noemen. Staar niet zo naar hem, je lijkt wel een boerenkinkel. Kom dicht tegen me aan staan.'

Blaze deed het.

'Geef me nou een dub... verrek, hier moet een kwártje in.' John schudde zijn hoofd. 'Ik snap niet hoe mensen hier leven. Geef me een kwartje, Blaze.'

Blaze deed het.

Op de plank bij de telefoons lag een telefoonboek met een hardplastic omslag. John keek erin, liet zijn kwartje in de gleuf vallen en draaide het nummer. Hij sprak met een diepere stem en toen hij ophing, grijnsde hij.

'We verblijven twee nachten in de YMCA aan Hunington Avenue. Twintig dollar voor twee nachten! Godskolere!' Hij hief zijn hand.

Blaze sloeg ertegen en zei toen: 'Maar in twee dagen kunnen we toch niet bijna tweehonderd dollar uitgeven?'

'In een stad waar een telefoongesprek een kwartje kost? Meen je dat nou?' John keek met een schittering in zijn ogen om zich heen. Het leek wel of hij de eigenaar was van het busstation en van alles wat daar was. Blaze zou een hele tijd niemand tegenkomen die exact diezelfde blik in zijn ogen had – niet tot hij George ontmoette.

'Hoor eens, Blaze, laten we nu naar het stadion gaan. Wat zeg je daarvan?'

Blaze krabde op zijn hoofd. Het ging hem allemaal te snel. 'Hoe? We weten niet eens hoe we daar kunnen komen.'

'Elke taxichauffeur in Boston weet de weg naar het Fenwaystadion.'

'Taxi's kosten geld. Wij hebben geen...'

Hij zag Johnny glimlachen en deed dat vervolgens zelf ook. De fantastische waarheid drong tot hem door. Ze hádden geld. En daar was geld voor: dingen doen die anders niet konden.

'Maar... als er vandaag nou geen dagwedstrijd is?'

'Blaze, waarom denk je dat ik juist voor vandaag heb gekozen?'

Blaze lachte. Toen vielen ze elkaar weer in de armen, net als in Portland. Ze sloegen elkaar op de rug en lachten elkaar toe. Blaze zou dat nooit vergeten. Hij pakte John op en draaide hem twee keer in de lucht rond. Mensen keken naar hen en de meesten glimlachten om die grote lobbes en zijn magere vriendje.

Ze gingen naar buiten en namen hun taxi, en toen de chauffeur hen in Lansdowne Street afzette, gaf John hem een dollar fooi. Het was kwart voor één en het kleinere doordeweekse publiek van de dagwedstrijd begon net binnen te druppelen. De wedstrijd was sensationeel. Boston versloeg de Birds met 3-2. Boston had dat jaar een slecht team in het veld staan, maar op die augustusmiddag speelden ze als kampioenen.

Na de wedstrijd liepen de jongens de binnenstad in, waar ze hun ogen uitkeken en politieagenten uit de weg gingen. De schaduwen werden lang en Blazes maag knorde. John had onder de wedstrijd een paar hotdogs gegeten, maar Blaze was zo gefascineerd geweest door het schouwspel van de spelers in het veld – echte mensen met zweet in hun nek – dat hij niet had kunnen eten. Hij was ook diep onder de indruk geweest van de menigte, duizenden mensen allemaal op dezelfde plaats. Maar nu had hij honger.

Ze gingen een schemerig, smal eethuis binnen, Lindy's Steak House. Het rook er naar bier en aangebrand rundvlees. Stelletjes zaten in nissen die bekleed waren met rood leer. Aan de linkerkant was een langgerekte bar, met krassen en blutsen, maar nog glanzend alsof er licht in het hout zat. Telkens een meter van elkaar vandaan stonden er schaaltjes met gezouten noten en pretzels. Achter de bar hingen foto's van honkballers, sommige gesigneerd, en ook een schilderij van een spiernaakte vrouw. De man die achter de bar stond, was erg groot. Hij boog zich naar hen toe.

'Wat zal het zijn, jongens?'

'Eh,' zei John. Voor het eerst die dag wist hij niet wat hij moest zeggen.

'Steak!' zei Blaze. 'Twee grote steaks, met melk erbij.'

De grote man grijnsde met zijn enorme tanden. Hij zag eruit alsof hij een telefoonboek aan flarden kon scheuren. 'Hebben jullie geld?'

Blaze legde meteen een twintigje neer.

De grote man pakte het op en hield het tegen het licht. Hij knipte met de vingers waartussen hij het bankbiljet had. Toen stopte hij het weg. 'Oké,' zei hij.

'Geen wisselgeld?' vroeg John.

De grote man zei: 'Nee, en je zult er geen spijt van hebben.'

Hij draaide zich om, maakte een koelkast open en haalde er de twee grootste, roodste steaks uit die Blaze in zijn hele leven had gezien. Er was een grote grill aan het eind van de bar, en toen de grote man de steaks met een bijna minachtend gebaar op het rooster gooide, sprongen de vlammen omhoog.

'Tweemaal boerenkinkel speciaal. Ze komen eraan,' zei hij.

Hij tapte een paar biertjes, zette nieuwe schaaltjes met noten neer, maakte salades en zette ze op ijs. Toen hij daarmee klaar was, keerde hij de steaks om en liep naar John en Blaze terug. Hij plantte zijn grote handen, rood van het afwaswater, op de bar en zei: 'Zien jullie die man daar helemaal aan het eind van de bar, die man die daar helemaal in zijn eentje zit?'

Blaze en John keken. De man aan het eind van de bar droeg

een mooi blauw pak en zat met een chagrijnig gezicht een biertje te drinken.

'Dat is Daniel J. Monahan. Rechercheur Daniel J. Monahan van de politie van Boston. Jullie willen zeker geen praatje met hem maken over twee boerenkinkels zoals jullie die twintig dollar hebben voor eersteklas steaks, hè?'

John Cheltzman zag er plotseling ziek uit. Hij wankelde een beetje op zijn barkruk. Blaze stak zijn hand uit om hem in evenwicht te houden. In gedachten zette hij zijn voeten neer. 'We zijn eerlijk aan het geld gekomen,' zei hij.

'O, ja? Wie hebben jullie eerlijk bestolen? Of was het eerlijke tasjesroof?'

'We zijn eerlijk aan dat geld gekomen. We hebben het gevonden. En als je het voor Johnny en mij bederft, geef ik je een dreun.'

De man achter de bar keek Blaze met een mengeling van verbazing, bewondering en minachting aan. 'Je bent groot, maar je bent een stommeling, jongen. Als je ook maar één vuist balt, sla ik je buiten westen.'

'Als jij onze vakantie bederft, geef ik je een dreun,' zei Blaze.

'Waar komen jullie vandaan? Het tuchthuis New Hampshire? North Windham? Niet uit Boston, dat staat vast. Jullie hebben hooi in jullie haar.'

'We komen uit Hetton House,' zei Blaze. 'We zijn geen boeven.'

De rechercheur aan het eind van de bar had zijn bier op. Hij gaf met zijn lege glas te kennen dat hij er nog een wilde. De grote man zag het en glimlachte. 'Rustig blijven zitten, jullie twee. Nergens voor nodig dat jullie ervandoor gaan.'

De grote man bracht Monahan nog een glas bier en zei iets waarom Monahan moest lachen. Het was een hard geluid waar niet veel humor in zat.

De barkeeper/kok kwam terug. 'Waar is dat Hetton House?' Hij keek nu John aan.

'Het is in Cumberland, Maine,' zei John. 'Op vrijdagavond mogen we naar de bioscoop in Freeport. Ik vond een portefeuille in de herentoiletten. Er zat geld in. En dus zijn we weggelopen om een paar dagen vakantie te vieren, precies zoals Blaze zei.'

'Je vond toevallig een portefeuille, hè?'

'Ja, meneer.'

'En hoeveel zat er in die zogenaamde portefeuille?'

'Ongeveer tweehonderdvijftig dollar.'

'Jezus christus, en dat hebben jullie zeker allemaal in jullie zak?'

'Waar anders?' John keek hem verbaasd aan.

'Jézus,' zei de grote man weer. Hij keek naar het geschulpte metalen plafond. Hij rolde met zijn ogen. 'En dat vertel je aan een vreemde. Alsof je het wilt weggeven.'

De grote man boog zich naar voren, zijn handen gespreid op de bar. Zijn gezicht was wreed behandeld door de jaren, maar het was op zichzelf niet wreed.

'Ik geloof jullie,' zei hij. 'Jullie hebben te veel hooi in jullie haar om leugenaars te zijn. Maar die rechercheur daar... Jongens, ik zou hem op jullie af kunnen sturen als een hond op een rat. Dan gingen jullie de cel in terwijl hij en ik dat geld deelden.'

'Ik zou je een dreun geven,' zei Blaze. 'Het is ons geld. Ik en Johnny hebben het gevonden. Luister. We zaten in dat tehuis, en daar moet je niet zitten. Iemand als jij, misschien denk je dat je dingen weet, maar... ach, laat maar! We hebben het verdíénd!'

'Als jij helemaal bent uitgegroeid, word je een zware jongen,' zei de grote man, bijna tegen zichzelf. Toen keek hij John aan. 'Je vriend hier heeft ze niet allemaal op een rijtje. Dat weet je, hè?'

John had zich hersteld. Hij zei niets, keek de grote man alleen rustig aan.

'Pas goed op hem,' zei de grote man, en plotseling glimlachte hij. 'Kom nog eens met hem hierheen als hij helemaal is uitgegroeid. Ik wil weten hoe hij er dan uitziet.'

John glimlachte niet terug – hij keek zelfs ernstiger dan ooit – maar Blaze wel. Hij begreep dat het goed zat.

De grote man haalde het twintigje tevoorschijn – het leek uit het niets te komen – en schoof het John toe. 'Die steaks zijn van het huis, jongens. Neem dat geld terug en ga morgen naar een wedstrijd. Als jullie zakken dan nog niet zijn gerold.'

'We zijn vandaag geweest,' zei John.

'Was het goed?' vroeg de grote man.

En nu glimlachte John. 'Het was het mooiste wat ik ooit heb gezien.'

'Ja,' zei de grote man. 'Dat zal zeker. Pas goed op je maat.'

'Doe ik.'

'Want maten moeten elkaar helpen.'

'Dat weet ik.'

De grote man bracht de steaks, en salade, en doperwten en grote hoeveelheden friet, met enorme glazen melk. Als toetje kregen ze stukken kersentaart met smeltend vanille-ijs erbovenop. Eerst aten ze langzaam. Toen ging rechercheur Monahan weg (zonder niets te betalen, voor zover Blaze kon zien) en toen vielen ze echt aan. Blaze nam twee stukken taart en drie glazen melk, en toen de grote man Blazes glas voor de derde keer vulde, lachte hij hardop.

Toen ze vertrokken, gingen de neonborden op straat al aan.

'Ga naar de YMCA,' zei de grote man eerst nog. 'Ga daar meteen naartoe. De stad is geen plek waar jullie in het donker moeten rondlopen.'

'Ja, meneer,' zei John. 'Ik heb al gebeld en het geregeld.'

De grote man glimlachte. 'Jij redt je wel, jongen. Je hebt een goed verstand. Hou die beer dicht bij je en loop achter hem als iemand jullie wil aanklampen. Vooral jongens die kleuren dragen. Je weet wel, bendejasjes.'

'Ja, meneer.'

'Pas goed op elkaar.'

Daarmee nam hij afscheid van hen.

De volgende dag reden ze met de metro tot het nieuwtje eraf was, en daarna gingen ze naar de film en nog een keer naar het stadion. Het was laat toen ze buiten kwamen, bijna elf uur, en Blaze werd gerold, maar Blaze had zijn deel van hun geld in zijn ondergoed gestopt, zoals Johnny hem had gezegd, en de zakkenroller kreeg een grote handvol niets. Blaze zag niet hoe hij eruitzag. Hij zag alleen een smalle rug die zich een weg baande door de menigte die via poort A naar buiten kwam.

Ze bleven nog twee dagen in de stad en zagen nog meer films en een toneelstuk dat Blaze niet begreep, al vond Johnny het mooi. Ze zaten in iets wat de loge werd genoemd en vijf keer zo hoog was als het balkon van de Nordica. Ze gingen naar een fotoautomaat in een warenhuis en maakten portretten van zichzelf: sommige van Blaze, sommige van Johnny, sommige van hen samen. Op die gezamenlijke foto's lachten ze. Ze reden nog wat met de metro, tot Johnny wagenziek werd en over zijn sportschoenen kotste. Toen kwam er een neger naar hen toe die over het einde van de wereld schreeuwde. Blijkbaar zei hij dat het hun schuld was, maar dat wist Blaze niet zeker. Johnny zei dat de man gek was. Johnny zei dat er veel gekken in de stad waren. 'Ze planten zich hier voort als konijnen,' zei Johnny.

Ze hadden nog wat geld over en Johnny kwam met een voorstel om hun uitstapje compleet te maken. Ze namen een Greyhound-bus naar Portland terug en besteedden de rest van hun geld aan een taxi. John liet de overgebleven bankbiljetten uitwaaieren voor de ogen van de geschrokken chauffeur – voor bijna vijftig dollar aan verkreukelde vijfjes en eentjes, waarvan sommige duidelijk naar Clayton Blaisdell juniors onderbroek roken – en zei tegen hem dat ze naar Hetton House in Cumberland wilden.

De taxichauffeur gaf zich gewonnen. En om vijf over twee op een zonnige nazomermiddag stopten ze voor de poort. John Cheltzman deed zes stappen over het pad naar het naargeestige bakstenen gebouw en zakte in elkaar. Hij had acute reuma. Twee jaar later was hij dood.

HOOFDSTUK 13

Tegen de tijd dat Blaze de baby in het huisje had, schreeuwde de kleine Joe zich de longen uit zijn lijf. Blaze keek verbaasd naar hem. Dat kind was woedend! Zijn gezicht was knalrood; zijn voorhoofd, zijn wangen, zelfs de rug van zijn kleine neusje. Zijn ogen waren stijf dichtgeknepen. Zijn vuisten bewogen in kleine cirkels van woede door de lucht.

Blaze raakte in paniek. Als dat kind nu eens ziek was? Als het nu eens griep had of zoiets? Kinderen kregen zo vaak griep. Sommigen gingen eraan dood. En hij kon moeilijk met die baby naar de dokter gaan. Wat wist hij eigenlijk van kinderen? Hij was maar een dombo. Hij kon amper voor zichzelf zorgen.

Plotseling voelde hij een hevige aandrang om de baby weer in de auto te zetten. Hem naar Portland te rijden en bij iemand op de stoep achter te laten.

'George!' riep hij. 'George, wat moet ik doen?'

Hij was bang dat George weer weg was gegaan, maar George antwoordde vanuit de badkamer. 'Geef hem te eten. Geef hem iets uit een van die potjes.'

Blaze rende de slaapkamer in. Hij greep een van de dozen onder het bed vandaan, maakte hem open en nam er een willekeurig potje uit. Hij ging ermee naar de keuken terug en pakte een lepel. Hij zette het potje naast de rieten mand op de tafel en maakte het open. Wat erin zat, zag er afschuwelijk uit, als kots. Misschien was het bedorven. Hij rook eraan. Het rook goed. Naar doperwten. Dat was dus in orde.

Toch aarzelde hij. Het idee dat hij voedsel in die open, krijsende mond zou stoppen, leek hem op de een of andere manier... onherroepelijk. Als dat rotzakje er nou eens in stikte? Als hij het nou gewoon niet wilde hebben? Als het nou eens het verkeerde spul voor hem was en... en...

Zijn geest bracht het woord VERGIF naar voren. Hij stopte een halve lepel koude erwten in de mond van de baby.

Er kwam meteen een eind aan het huilen. De ogen van de baby sprongen open en Blaze zag dat ze blauw waren. Joe spuwde wat van de erwten uit en Blaze duwde de drab met het eind van de lepel weer naar binnen. Hij dacht daar niet bij na, deed het gewoon. De baby slikte tevreden.

Blaze voerde hem nog een lepel. Die werd geaccepteerd. En nog een. In zeven minuten was het hele potje doperwten leeg. Blaze had een stijve rug van het vooroverbuigen naar de mand. Joe boerde een stroompje groen schuim uit. Blaze veegde het met zijn eigen overhemd van het wangetje weg.

'Breng het nog eens naar voren, dan stemmen we erover,' zei hij. Dat was een van Georges gevatheden.

Joe knipperde met zijn ogen toen hij Blazes stem hoorde. Blaze keek gefascineerd terug. De huid van de baby was glad en smetteloos. Hij had een verrassende bos blond haar. Toch waren het zijn ogen die Blaze fascineerden. Hij vond dat het oude ogen waren, wijze ogen. Ze hadden het pastelblauw van de woestijnhemel in een westernfilm. De hoeken gingen een beetje omhoog, als de ogen van Chinese mensen. Daardoor keek hij een beetje woest. Als een krijger.

'Ben jij een vechter?' vroeg Blaze. 'Ben jij een vechter, kleine man?'

Een van Joe's duimen ging in zijn mond en hij zoog erop. Eerst dacht Blaze dat hij een flesje wilde (en hij wist nog niet hoe de Playtex-spullen werkten), maar voorlopig was het jongetje blijkbaar tevreden met zijn duim. Zijn wangen waren nog rood, nu niet van het huilen maar van zijn reis door de nacht.

Zijn oogleden zakten en de hoeken van zijn ogen stonden niet meer omhoog. Toch tuurde hij nog naar die man, die reus van meer dan een meter negentig met zijn gekke bruine vogelverschrikkershaar die over hem heen gebogen stond. Toen gingen de ogen dicht. Zijn duim viel uit zijn mond. Hij sliep.

Blaze richtte zich op en zijn rug knakte. Hij wendde zich van de mand af en liep naar de slaapkamer.

'Hé, zaagselkop,' zei George vanuit de badkamer. 'Waar denk je dat je heen gaat?'

'Naar bed.'

'Geen sprake van. Je gaat uitzoeken hoe die flesjes werken en dan maak je er vier of vijf voor dat kind klaar, voor als hij wakker wordt.'

'Dan wordt de melk misschien zuur.'

'Niet als je die flesjes in de koelkast zet. Je warmt ze op als je ze nodig hebt.'

'O.'

Blaze pakte de Playtex-flesjes en las de gebruiksaanwijzing. Die las hij twee keer door. Het kostte hem een half uur. De eerste keer begreep hij er bijna niets van en de tweede keer nog minder.

'Ik kan het niet, George,' zei hij ten slotte.

'Natuurlijk wel. Gooi die gebruiksaanwijzing weg en ga gewoon aan het werk.'

Blaze gooide de gebruiksaanwijzing in de kachel en klungelde wat met de spullen, zoals je met een carburateur deed die niet helemaal goed was afgesteld. Uiteindelijk ontdekte hij dat je de plastic zak aan de speen bevestigde en dan in de fles liet zakken. Bingo. Handig. Hij maakte vier flesjes klaar, vulde ze met melk uit blik en zette ze in de koelkast.

'Mag ik nu naar bed, George?' vroeg hij.
Geen antwoord.
Blaze ging naar bed.

Bij het eerste grijze ochtendlicht maakte Joe hem wakker. Blaze strompelde uit zijn bed en ging naar de keuken. Hij had de baby in de mand laten liggen, en die mand schommelde nu met de kracht van Joe's woede op de tafel heen en weer.

Blaze pakte hem op en legde hem tegen zijn schouder. Hij zag meteen een deel van het probleem. Het kind was drijfnat.

Blaze ging met hem naar de slaapkamer en legde hem op zijn bed. Hij leek ontzettend klein, daar in de kuil van Blazes lichaam. Hij droeg een blauwe pyjama en trappelde verontwaardigd met zijn voetjes.

Blaze deed zijn pyjama uit, en ook het plastic broekje dat eronder zat. Hij legde zijn hand op Joe's buik om hem stil te houden. Toen boog hij zich dicht naar de luier toe om te kijken hoe die was vastgespeld. Hij deed hem uit en gooide hem in de hoek.

Hij keek naar Joe's penis en voelde zich meteen blij. Het ding was niet veel langer dan zijn duimnagel, maar stond recht overeind. Heel leuk.

'Je hebt daar een hele staaf, jochie,' zei hij.

Joe hield op met huilen en keek Blaze met grote, verraste ogen aan.

'Ik zei, je hebt daar een hele staaf.'

Joe glimlachte.

'Goe-goe,' zei Blaze. Onwillekeurig trok er een idiote grijns aan zijn mondhoeken.

Joe gorgelde.

'Goe-goe-baby,' zei Blaze.

Joe lachte hardop.

'Goe-goe-ba-by,' zei Blaze opgetogen.

Joe piste in zijn gezicht.

De Pampers waren een strijd op zich. Er kwamen tenminste geen veiligheidsspelden aan te pas, alleen tape, en ze bleken hun eigen ingebouwde plastic broekje te hebben, maar hij verprutste er twee voordat hij het eindelijk zo goed voor elkaar had als op de foto op de doos. Toen dat was gebeurd, was Joe klaarwakker en kauwde op zijn vingertoppen. Blaze nam aan dat hij honger had. Een flesje leek hem het beste.

Hij verwarmde het onder de warmwaterkraan in de keuken, draaide het om en om, totdat George zei: 'Heb je het aangelengd zoals die meid in de winkel zei?'

Blaze keek naar het flesje. 'Huh?'

'Dat is pure melk uit blik, hè?'

'Ja, zo uit het blikje. Is het bedorven, George?'

'Nee, het is niet bedorven. Maar als je de dop er niet afhaalt en er geen water bij doet, gaat hij kotsen.'

'O.'

Blaze gebruikte zijn nagels om de dop van het Playtex-flesje af te halen en spoelde ongeveer een kwart van de inhoud door de gootsteen. Hij deed er genoeg water bij om het flesje weer vol te krijgen, roerde er met een lepel in en zette de speen er weer op.

'Blaze.' George klonk niet kwaad, maar wel verschrikkelijk moe.

'Wat?'

'Je moet een babyboek kopen. Iets wat je vertelt hoe je voor hem moet zorgen. Zoals de gebruiksaanwijzing van een auto. Want je vergeet steeds dingen.'

'Oké, George.'

'Je kunt beter ook een krant kopen. Alleen niet te dicht in de buurt. Ergens in een grotere plaats.'

'George?'

'Wat?'

'Wie past er op het kind als ik weg ben?'

Er volgde een lange stilte, zo lang dat Blaze dacht dat George weer was weggegaan. Toen zei George: 'Ik.'

Blaze fronste zijn wenkbrauwen. 'Dat kun je niet, George. Je bent...'

'Ik zei dat ik het zou doen. Ga nou vlug naar hem toe en geef hem zijn melk!'

'Maar... als hij in de problemen komt... stikt, of zoiets, en ik ben er niet...'

'*Geef hem zijn melk, verdomme!*'

'Oké, George, goed.'

Hij ging naar de andere kamer. Joe lag te spartelen en trappelen op het bed en kauwde nog steeds op zijn vingers. Blaze liet lucht uit de fles ontsnappen zoals de verkoopster hem had laten zien, en kneep in de plastic fles tot er een druppel melk op de speen kwam. Hij ging bij de baby zitten en haalde voorzichtig Joe's vingers uit zijn mond. Joe huilde, maar toen Blaze de rubberen speen op de plaats stopte waar zijn vingers hadden gezeten, sloten de lippen zich eromheen en zoog hij. De kleine wangen gingen naar binnen en naar buiten.

'Zo is het goed,' zei Blaze. 'Zo is het goed, kleine rakker.'

Joe dronk het helemaal op. Blaze pakte hem op om hem te laten boeren en hij spuwde een beetje uit over Blazes hemd. Blaze vond het niet erg. Hij wilde de baby de nieuwe kleertjes aantrekken die hij had gekocht. Hij zei tegen zichzelf dat hij alleen maar wilde kijken of ze pasten.

Ze pasten. Toen Blaze daarmee klaar was, trok hij zijn eigen hemd uit en rook de uitgespuwde melk van de baby. Het rook een beetje naar kaas. Misschien, dacht hij, was de melk nog een beetje te dik geweest. Of misschien had hij de baby ook even moeten laten boeren toen hij op de helft van het flesje was. George had gelijk. Hij had een boek nodig.

Hij keek naar Joe. De baby had een stukje dekbed in zijn handen gepakt en keek ernaar. Het was een grappig klein ding. Ze zouden zich zorgen over hem maken, Joe Gerard III en zijn vrouw. Waarschijnlijk dachten ze dat de baby in een bureaula was opgeborgen, krijsend en hongerig, met luiers van niks. Of erger nog: dat hij in een ondiepe kuil lag die in de bevroren aarde was uitgehakt, een klein stukje mensheid waaruit de laatste paar ademtochten als dampwolkjes opstegen. En dan in een groene plastic vuilniszak...

Hoe was hij op dat idee gekomen?

George. George had dat gezegd. Hij had over de kidnapping van het kind van Lindbergh gepraat. Die kidnapper had Hopeman, Hoppman of zoiets geheten.

'George? George, doe hem geen kwaad als ik weg ben.'

Geen antwoord.

Hij hoorde het eerste onderwerp van het nieuws toen hij zijn ontbijt aan het klaarmaken was. Joe lag op de vloer, op een deken die Blaze voor hem had uitgespreid. Hij speelde met een van Georges kranten. Hij had er een tent van gemaakt, over zijn hoofd heen, en trappelde van opwinding.

De nieuwslezer had net over een republikeinse senator verteld die zich had laten omkopen. Blaze hoopte dat George het hoorde. George hield van zulke dingen.

'Het belangrijkste regionale nieuws is een vermoedelijke kidnapping in Ocoma Heights,' zei de nieuwslezer. Blaze hield op met roeren in de koekenpan met aardappelen en luisterde aandachtig. 'Joseph Gerard IV, baby en erfgenaam van het scheepvaartfortuin van de Gerards, is vannacht uit het huis van de Gerards in Ocoma Heights meegenomen. Een zuster van Joseph Gerard, de overgrootvader van de jongen – ooit "het wonderkind van de Amerikaanse scheepvaart" genoemd – werd vanmorgen vroeg door de kokkin van de familie bewusteloos aangetroffen op de keukenvloer. Norma Gerard, midden zeventig, is naar het Medisch Centrum Maine gebracht. Haar conditie is kritiek. Gevraagd of hij assistentie van de FBI kreeg, zei John D. Kellahar, sheriff van district Castle, dat hij op dit moment geen commentaar gaf. Hij wilde ook geen commentaar geven op de mogelijkheid van een losgeldbriefje...'

O, ja, dacht Blaze. Dat moet ik ook nog sturen.

'... maar hij zei wel dat de politie over sporen beschikte die actief werden onderzocht.'

Wat dan? vroeg Blaze zich af, en hij glimlachte een beetje. Zulke dingen zeiden ze altijd. Welke sporen konden ze hebben, als de oude dame *el zonko* was? Hij had zelfs de ladder mee teruggenomen. Zulke dingen zeiden ze altijd. Dat was alles.

Hij at zijn ontbijt op de vloer en speelde met de baby.

Toen hij die middag klaar was om weg te gaan, was de baby gevoerd en verschoond en lag hij te slapen in zijn wieg. Blaze had nog wat met de melk geëxperimenteerd en hem deze keer halverwege laten boeren. Dat werkte heel goed. Het werkte als een toverformule. Hij had ook de luiers verschoond. In het begin had al die groene poep hem bang gemaakt, maar toen wist hij het weer. Doperwten.

'George? Ik ga nu.'

'Oké,' zei George vanuit de slaapkamer.

'Kom maar hierheen om op hem te passen. Voor het geval hij wakker wordt.'

'Doe ik. Maak je geen zorgen.'

'Ja,' zei Blaze zonder overtuiging. George was dood. Hij praatte tegen een dode. Hij vroeg een dode om te babysitten. 'Hé, George. Misschien moet ik...'

'Moet ik. Zou ik. Kon ik. Wou ik. Hup, wegwezen.'

'George...'

'Vooruit, zei ik! Naar buiten!'

Blaze ging.

Het was een heldere, stralende dag, een beetje minder koud. Na een week van temperaturen beneden de min tien graden, voelde min zes aan als een hittegolf. Maar hij beleefde geen plezier aan de zon, geen plezier aan de rit over achterweggetjes naar Portland. Hij vertrouwde George niet met de baby. Hij wist niet waarom, maar hij vertrouwde hem gewoon niet. Want, ja, kijk, George was nu een deel van hemzelf, en waarschijnlijk nam hij alle delen mee als hij ergens heen ging, zelfs het George-deel. Dat was toch logisch?

Blaze vond van wel.

Toen dacht hij aan de kachel. Als het huis nu eens afbrandde?

Dat morbide beeld kwam zijn hoofd binnen en liet zich niet verdrijven. Een schoorsteenbrand van de kachel die hij extra hard had laten branden opdat Joe het niet koud zou krijgen als hij zijn dekbed wegtrapte. Vonken die uit de schoorsteen op het dak sputterden. Meest stervende vonken, maar één vonkje dat een droge shingle vond, opgloeide en tot de kurkdroge planken eronder doordrong. De vlammen die over de balken renden. De baby die huilde toen de eerste slierten rook dikker en dikker werden...

Plotseling besefte hij dat hij honderdtwintig kilometer per uur reed met de gestolen Ford. Hij liet het gaspedaal opkomen. Zo ging het van kwaad tot erger.

Hij parkeerde op het terrein bij Casco Street, gaf de beheerder een paar dollar en liep naar Walgreens. Hij kocht een *Evening Express* en ging toen naar de pockets bij de frisdrankautomaat. Veel westerns. Horror. Detectives. Sciencefiction. En daar, op de onderste plank, een dik boek met een lachende, onbehaarde baby op het omslag. Hij kon de titel redelijk lezen, al stond er een lang woord in. *Baby- en kinderverzorging*. Op de achterkant stond een foto van een oude kerel met kinderen om hem heen. Die man zou het boek wel hebben geschreven.

Hij betaalde voor zijn artikelen en schudde de krant open terwijl hij de deur uitliep. Plotseling bleef hij met open mond op het trottoir staan.

Er stond een foto van hem op de voorpagina.

Geen foto, zag hij tot zijn opluchting, maar zo'n politietekening die ze met behulp van een getuige maakten. Het was niet eens zo'n goed portret. De deuk in het voorhoofd ontbrak. De ogen hadden de verkeerde vorm. Zijn lippen waren lang niet zo dik. Toch was hij herkenbaar.

De oude dame moest dus wakker zijn geworden. Maar nee, de onderkop sprak dat tegen, en snel ook.

FBI ZOEKT NAAR KIDNAPPERS

Norma Gerard aan hoofdletsel bezweken

Exclusief voor de *Evening Express*

James T. Mears

De man die na de ontvoering van baby Gerard – mogelijkerwijs de enige kidnapper – in de vluchtauto wegreed, staat afgebeeld op deze pagina, exclusief voor de *Evening Express*. De tekening is door politietekenaar John Black uit Portland gemaakt op grond van een signalement dat gegeven werd door Morton Walsh, nachtwaker bij Oakwood, een nieuw appartementengebouw op vierhonderd meter afstand van het huis van de Gerards.

Walsh vertelde de politie van Portland en de sheriffs van district Castle eerder vandaag dat de verdachte zei dat hij een bezoek bracht aan Joseph Carlton, een naam die blijkbaar verzonnen is. De vermoedelijke kidnapper reed in een blauwe Ford sedan, en Walsh zei dat er een ladder achterin lag. Walsh wordt vastgehouden als hoofdgetuige, en er wordt gespeculeerd over het feit dat hij op dat late uur (ongeveer twee uur 's nachts) de automobilist niet nader naar zijn bedoelingen heeft gevraagd.

Een bron die dicht bij het onderzoek staat, zegt dat het 'mysterieuze appartement' van Joseph Carlton misschien in verband staat met georganiseerde misdaad. Deze bron sprak de mogelijkheid uit dat de kidnapping heel goed het werk van een goed georganiseerde misdaadbende zou kunnen zijn. Noch de FBI (die nu ter plaatse is) noch de politie wil commentaar geven op deze mogelijkheid.

Er zijn momenteel nog andere sporen, hoewel er geen sprake is van een brief of telefoontje waarin om losgeld wordt gevraagd. Een van de kidnappers heeft wellicht bloed op de plaats van het misdrijf achtergelaten, mogelijk van een verwonding die hij opliep toen hij over de draadgazen omheining van het parkeerterrein van Oakwood klom. Sheriff John D. Kellahar noemde dit 'een van de strengen in het touw waarmee deze man of bende uiteindelijk zal worden opgeknoopt'.

Norma Gerard, de oud-oudtante van de gekidnapte jongen, is bezweken tijdens een operatie die in het medisch centrum Maine werd verricht om de druk op haar (ga naar pagina 2, kolom 5)

Blaze ging naar pagina 2, maar daar stond niet veel. Als de politie meer sporen had, wilden ze daar niets over zeggen. Er stond een foto van het 'Kidnaphuis' en ook een van 'Waar de kidnappers naar binnen gingen'. Er was een kader met de titel *Smeekbede van vader aan kidnappers, pagina 6*. Blaze ging niet naar pagina 6. De tijd ging altijd met hem aan de haal als hij aan het lezen was, en dat kon hij zich nu niet veroorloven. Hij was al te lang weg geweest, hij zou er nog eens minstens drie kwartier over doen om thuis te komen, en bovendien...

Bovendien was de auto gestolen.

Walsh, de rotschoft. Blaze hoopte bijna dat de organisatie die rotschoft koud zou maken omdat hij over hun appartement had geklikt. Maar intussen...

Intussen zou hij het erop moeten wagen. Misschien kon hij veilig terugkomen. Als hij de auto gewoon achterliet, zou hij in nog veel grotere problemen komen. Op die auto zaten overal vingerafdrukken van hem. Maar misschien hadden ze het kenteken; misschien had Walsh dat genoteerd. Hij dacht daar langzaam en zorgvuldig over na en kwam tot de conclusie dat Walsh het niet zou hebben genoteerd. Waarschijnlijk niet. Aan de andere kant wisten ze dat het een Ford was, en een blauwe... maar natuurlijk was hij oorspronkelijk groen geweest, voordat hij hem had overgespoten. Misschien zou dat verschil maken. Misschien was er nog niets aan de hand. Misschien niet. Dat was moeilijk te zeggen.

Hij ging voorzichtig naar het parkeerterrein, sloop er als het ware heen, maar zag geen politie, en de beheerder zat een tijdschrift te lezen. Dat was gunstig. Blaze stapte in de Ford, startte de motor en wachtte tot er politie uit honderd schuilplaatsen tevoorschijn zou komen. Dat gebeurde niet. Toen hij wegreed, haalde de beheerder bijna zonder hem aan te kijken het gele bonnetje onder zijn ruitenwisser vandaan.

Het leek een eeuwigheid te duren voor hij eerst Portland en toen Westbrook uit was. Het was zoiets als rijden met een open mandfles vol wijn tussen je benen, maar dan erger. Hij was ervan overtuigd dat elke auto die dicht achter hem kwam rijden een burgerwagen van de politie was. In werkelijkheid zag hij, toen hij de stad uitreed, maar één politiewagen, die het kruispunt van de Routes 1 en 25 overstak en de weg vrijmaakte voor een ambulance met zwaailicht en gillende sirene. Dat vond hij een geruststellend gezicht. Als je zo'n politiewagen zag, dan wist je dat er wat aan de hand was.

Toen hij Westbrook achter zich had gelaten, reed hij een kleinere weg op, en toen een nog kleinere asfaltweg die in bevroren zand overging en door de bossen naar Apex slingerde. Zelfs daar voelde hij zich niet helemaal veilig, en toen hij het lange pad naar het huisje insloeg, had hij een gevoel alsof er een grote last van zijn lichaam was gevallen.

Hij reed de Ford de schuur in en zei tegen zichzelf dat die auto daar kon blijven staan tot de hel een ijsbaan was. Hij had geweten dat kidnapping link was, en dat de grond hem heet onder de voeten kon worden, maar dit was gloeiend heet. Die tekening, het bloed dat hij had achtergelaten, de snelle en moeiteloze manier waarop die veredelde portier het privéspeelhol van de organisatie had prijsgegeven...

Maar al die gedachten verdwenen zodra hij uit de auto stapte. Joe krijste. Blaze kon hem zelfs buiten horen. Hij rende over het erf en stormde het huis in. George had iets gedaan, George had...

Maar George had niets gedaan. George was er niet. George was dood en hij, Blaze, had de baby alleen gelaten.

De wieg schommelde van de woede van de baby, en toen Blaze bij Joe kwam, zag hij waarom. Het kind had het grootste deel van zijn melk er weer uitgegooid, en de ranzige, stinkende melk, half droog, zat op zijn gezicht gesmeerd en had zijn pyjamatruitje doorweekt. Zijn gezicht had een afschuwelijke pruimenkleur. Het zweet stond er in druppeltjes op.

In een soort flashback zag Blaze zijn eigen vader, een reus van een kerel met rode ogen en grote handen die veel pijn konden doen. Dat beeld liet een gevoel van schuld en afgrijzen bij hem achter; hij had in geen jaren aan zijn vader gedacht.

Hij griste de baby zo abrupt uit de wieg dat Joe's hoofdje achterover klapte. Hij hield op met huilen, meer van verbazing dan om een andere reden.

'Stil maar,' zei Blaze sussend, en hij liep met de baby op zijn schouder door de kamer. 'Stil maar. Ik ben terug. Ja, dat ben ik. Stil maar. Niet meer huilen. Ik ben er. Ik ben er.'

De baby viel in slaap voordat Blaze drie keer helemaal door de kamer was gelopen. Blaze verschoonde hem, deed de luiers vlugger om dan de vorige keer, maakte de knoopjes dicht en legde hem terug in de wieg.

Toen ging hij zitten om na te denken. Deze keer dacht hij echt na. Wat nu? Een losgeldbriefje toch zeker?

'Ja,' zei hij.

Maak het van letters uit tijdschriften; dat deden ze altijd in films. Hij pakte een stapel kranten, pornoblaadjes en stripalbums. Vervolgens knipte hij letters uit.

IK HEB DE BABY.

Zo. Dat was een goed begin. Hij ging naar het raam, zette de radio aan en hoorde Ferlin Husky 'Wings of a Dove' zingen. Dat was een goeie. Een ouwe maar een goeie. Hij zocht hier en daar tot hij een schrijfblok had gevonden dat George bij Renny had gekocht, en maakte lijm van bloem en water. Onder het werk neuriede hij met de muziek mee. Het was een roestig, knarsend geluid, als een oud hek dat op slechte scharnieren zwaait.

Hij ging naar de tafel terug en plakte de letters op die hij tot nu toe had verzameld. Er schoot hem iets te binnen: kon je vingerafdrukken achterlaten op papier? Hij wist het niet, maar het leek hem niet waarschijnlijk. Toch kon hij beter geen risico's nemen. Hij verkreukelde het papier met de opgeplakte letters en vond Georges leren handschoenen. Ze waren hem te klein, maar hij rekte ze uit. Toen zocht hij opnieuw naar dezelfde letters en plakte ze op:

IK HEB DE BABY.

Het nieuws begon. Hij luisterde aandachtig en hoorde dat iemand naar het huis van de Gerards had gebeld om een losgeld van tweeduizend dollar te eisen. Blaze fronste zijn wenkbrauwen. Toen zei de nieuwslezer dat een tienerjongen vanuit een telefooncel in Wyndham had gebeld. De politie had de herkomst van het telefoontje nagetrokken. Toen ze de jongen te pakken kregen, zei hij dat hij een grap wilde uithalen.

Ook al zeg je de hele nacht dat het een grap was, ze zetten je evengoed achter de tralies, jongen, dacht Blaze. Kidnappen is link.

Hij fronste zijn wenkbrauwen, dacht na en knipte nog meer letters uit. Het weerbericht begon. Helder en een beetje kouder. Sneeuw op komst.

IK HEB DE BABY. ALS U HEM LEVEND WILT TE-RUGZIEN

Als u hem levend wilt terugzien, wat dan? Ja, wát? Blaze verkeerde in verwarring. Bel dan dit gratis nummer? Ga dan op uw hoofd staan en fluit een liedje? Stuur twee wikkels en vijftig cent in munten? Hoe regelde je het dat je de poen kreeg zonder gepakt te worden?

'George? Ik kan me dit gedeelte niet meer herinneren.'

Geen antwoord.

Hij steunde met zijn kin op zijn hand en zette nu echt zijn denkpetje op. Hij moest heel slim te werk gaan. Zo slim als George. Zo slim als John Cheltzman was geweest, die dag in het busstation toen ze naar Boston wegliepen. Je moest je hersenen gebruiken. Je moest je kersenpit gebruiken.

Hij zou moeten doen alsof hij deel uitmaakte van een bende; dat stond vast. Dan konden ze hem niet grijpen als hij het geld ophaalde. Deden ze dat toch, dan zou hij tegen hen zeggen dat ze hem moesten laten gaan, anders zouden zijn medekidnappers het kind vermoorden. Een kwestie van bluf.

'Zo doen we dat,' fluisterde hij. 'Nietwaar, George?'

Hij verkreukelde zijn tweede poging, zocht weer letters op en knipte keurige vierkantjes uit.

ONZE BENDE HEEFT DE BABY. ALS U HEM LE-VEND TERUG WILT ZIEN

Dat was goed. Dat was de spijker op de kop. Blaze keek er een tijdje vol bewondering naar en ging toen weer bij de baby kijken. De baby sliep. Hij lag op zijn zij, met een van zijn handjes onder zijn wang. Zijn ooghaartjes waren erg lang en donkerder dan zijn haar. Blaze mocht hem graag. Hij had nooit kunnen denken dat zo'n klein mormel er zo leuk kon uitzien.

'Je bent een kanjer, Joey,' zei hij, en hij streek door het haar van de baby. Zijn hand was groter dan het hele hoofd van de baby.

Blaze liep terug naar de verspreid liggende kranten en tijdschriften op de tafel. Hij dacht even na en at daarbij iets van de lijm die hij van bloem en water had gemaakt. Toen ging hij weer aan het werk.

ONZE BENDE HEEFT DE BABY. ALS U HEM LEVEND TERUG WILT ZIEN HAAL DAN $$ 1 MILJOEN $$ IN ONGEMERKTE BILJETTEN. STOP GELD IN KOFERTJE. STA KLAAR OM METEEN TE VETREKKEN. MET HOOGAGTING,
DE KIDNAPERS VAN JOE GERARD 4.

Zo. Dit vertelde hun iets, maar niet veel. En nu zou hij tijd hebben om een plan uit te denken.

Hij vond een vuile oude envelop, stopte zijn brief daarin en knipte toen letters uit om ze op de voorkant te plakken:

DE GERARDS
OCOMA
BELANGRIJK!

Hij wist niet precies hoe hij die brief zou versturen. Hij wilde de baby niet opnieuw bij George achterlaten, en hij durfde de gestolen Ford niet te gebruiken, maar hij wilde de brief ook niet in Apex op de bus doen. Met George erbij zou alles zo veel gemakkelijker zijn geweest. Hij had gewoon thuis kunnen blijven om op de baby te passen terwijl George de moeilijke dingen deed. Hij zou het niet erg hebben gevonden om Joe te voeren en te verschonen en al dat soort dingen. Hij zou dat helemaal niet erg hebben gevonden. Eigenlijk vond hij het wel prettig.

Nou ja, het maakte niet uit. De brievenbussen zouden toch pas de volgende ochtend worden gelicht. Hij had tijd om een plan te maken. Of zich Georges plan te herinneren.

Hij stond op en keek nog eens bij de baby. Hij wou dat de tv niet kapot was. Je kreeg soms goede ideeën van de tv. Joe sliep nog. Blaze wou dat hij hem wakker kon maken, dan kon hij met hem spelen. Hem aan het lachen maken. Het kind leek een echte jongen als hij lachte. En hij had nu kleertjes aan, zodat Blaze met hem kon stoeien zonder bang te hoeven zijn bepist te worden.

Maar hij sliep en daar was niets aan te doen. Blaze zette de radio uit en ging naar de slaapkamer om plannen te maken, maar viel toen zelf ook in slaap.

Voordat hij in slaap viel, besefte hij dat hij zich eigenlijk wel goed voelde. Voor het eerst sinds George was gestorven, voelde hij zich eigenlijk wel goed.

HOOFDSTUK 14

Hij was op een kermis – misschien de kermis van Topsham, waar de jongens van Hetton House elk jaar een keer met de gammele, oude blauwe bus naar toe werden gebracht – en Joe zat op zijn schouder. Hij voelde een mistige angst toen hij daar over het middenpad liep, want straks zouden zíj hem zien en dan was het allemaal voorbij. Joe was wakker. Toen ze langs een lachspiegel kwamen die je heel dun maakte, zag Blaze het kind met grote ogen naar alles kijken. Blaze liep door. Hij zette Joe van zijn ene op zijn andere schouder als hij zwaar werd en keek tegelijk of hij politie zag.

Overal om hem heen voltrok zich de kermis in een majesteitelijkheid van ongezond neon. Van rechts kwam de versterkte stem van een kermisbaas: *'Komt dat zien, komt allen hierheen, zes mooie meisjes, een half dozijn schatjes, allemaal regelrecht uit Club Diablo in Boston, deze meisjes zullen je amuseren je fascineren je laten denken dat je in het wufte Parijs bent!'*

Dit is geen plaats voor een klein kind, dacht Blaze. Dit is de laatste plaats ter wereld voor een klein kind.

Links was het Lachpaleis met aan de voorkant een mechanische clown die onder golven van hilariteit op klokveren heen en weer ging. Zijn mond was omhooggedraaid, een uiting van zoveel plezier dat het wel een grimas van pijn leek. Zijn krankzinnige lach werd keer op keer ten gehore gebracht door het bandje dat diep in zijn binnenste werd afgespeeld. Een reus van een man met de tatoeage van een blauw anker op een van zijn biceps gooide harde rubberen ballen naar een piramide van houten melkflessen. In het veelkleurige licht glansde zijn strak naar achteren gekamde haar als de huid van een otter. De karretjes van de Wilde Muis gingen omhoog en stortten zich dan weer kletterend omlaag, vol gillende dorpsmeisjes in strakke topjes en korte rokjes. De Maanraket vloog omhoog, omlaag en in het rond, en door de snelheid van het ding werden de gezichten van de inzittenden uitgerekt tot kaboutermaskers. Er steeg een Babel van geuren op: friet, azijn, taco's, popcorn, chocolade, gebakken mosselen, pizza, pepers, bier. Het middenpad was een platte bruine tong, bezaaid met duizend weggegooide verpakkingen en een miljoen uitgedrukte sigarettenpeuken. In het felle schijnsel van de lichten waren alle gezichten plat en grotesk. Een oude man met een groene snotpegel uit zijn neus liep voorbij en at een met karamel overgoten appel op een stokje. Een jongen met een pruimkleurige moedervlek die zijn ene wang bijna helemaal in beslag nam. Een oude zwarte vrouw onder een blonde suikerbroodpruik. Een dikke man in bermudashorts met spataderen. Hij droeg een T-shirt met EIGENDOM VAN DE BRUNSWICK DRAGONS.

'Joe,' riep iemand. 'Joe... Jóé!'

Blaze draaide zich om en probeerde de stem in de menigte te vinden. En toen zag hij haar. Ze droeg datzelfde nachthemd en haar tieten vielen zo ongeveer uit het kanten decolleté. Joe's mooie jonge moeder.

Hij werd bevangen door angst. Ze zou hem zien. Het kon niet anders of ze zou hem zien. En als ze hem zag, zou ze zijn baby afpakken. Hij hield Joe dichter tegen zich aan, alsof hij daarmee zijn bezit veilig kon stellen. Het kleine lichaam was warm en geruststellend. Het hart van de baby klopte tegen zijn borst.

'Daar!' riep mevrouw Gerard. 'Daar is hij, de man die mijn

baby heeft gestolen! Houd de dief! Grijp hem! Geef me mijn baby terug!'

Mensen draaiden zich om. Blaze was nu bij de draaimolen, en de muziek van het stoomorgel was oorverdovend. De muziek daverde en galmde.

'Hou hem tegen! Hou die man tegen! Hou de babydief tegen!'

De man met de tatoeage en het naar achteren gekamde haar liep naar hem toe, en nu kon Blaze eindelijk hard weglopen. Maar het middenpad was langer geworden. Het strekte zich over kilometers uit, een eindeloze Weg van Plezier. En ze zaten allemaal achter hem aan: de jongen met de grote moedervlek, de zwarte vrouw met de blonde pruik, de dikke man in de bermudashorts. De mechanische clown lachte en lachte.

Blaze rende langs een andere kermisbaas, die naast een kolossale man in een soort dierenvel stond. Het bord boven zijn hoofd liet weten dat het de Luipaardman was. De kermisbaas hield de microfoon bij zijn mond en sprak. Zijn versterkte stem rolde als de donder over het middenpad.

'Maak voort, maak voort! U bent net op tijd om Clayton Blaisdell junior te zien, de beruchte babyontvoerder! Leg dat kind neer, jongen! Daar is hij, mensen, rechtstreeks uit Apex, waar hij aan de Parker Road woont, en de gestolen auto staat daar in de schuur! Maak voort, maak voort, aanschouw de kidnapper met eigen ogen, hier is hij...'

Hij rende harder, ademhalend met snikken, maar ze liepen op hem in. Hij keek achterom en zag dat Joe's moeder voorop liep. Haar gezicht veranderde. Het werd bleker, met uitzondering van haar lippen. Die werden roder. Haar tanden groeiden eroverheen. Haar vingers veranderden in rood gepunte klauwen. Ze werd de Bruid van Yorga.

'Grijp hem! Pak hem! Dood hem! De babyontvoerder!'

Toen siste George vanuit de schaduw naar hem. 'Hierheen, Blaze! Vlug! Schiet óp, verdomme!'

Hij ging meteen in de richting van de stem en kwam tussen de lachspiegels terecht. Het middenpad viel plotseling in duizend vervormde stukken uiteen. Hij denderde en stommelde door de smalle gang, hijgend als een hond. Toen stond George voor hem (en achter hem, en aan weerskanten van hem), en George zei: 'Je moet ze vragen het uit een vliegtuig te laten vallen, Blaze. Uit een vliegtuig. Ze moeten het uit een vliegtuig laten vallen.'

'Ik kan er niet uit,' kreunde Blaze. 'George, help me eruit te komen.'

'Dat probeer ik nou juist, klojo! *Ze moeten het uit een vliegtuig laten vallen!*'

Ze waren nu allemaal buiten, en keken naar binnen, maar door de spiegels leek het of ze overal om hem heen stonden. *'Grijp de babyontvoerder!'* gilde Gerards vrouw. Haar tanden waren nu kolossaal.

'Help me, George.'

Toen glimlachte George, en Blaze zag dat zijn tanden ook lang waren. Te lang. 'Ik help je,' zei hij. 'Geef mij de baby.'

Maar dat deed Blaze niet. Blaze deinsde terug. Een miljoen Georges kwamen op hem af, staken hun handen uit om de baby te pakken. Blaze draaide zich om en stoof door weer een glinsterend spiegelpad, stuiterend als een balletje in een flipperkast, en al die tijd hield hij Joe beschermend in zijn armen. Dit was geen plaats voor een kind.

HOOFDSTUK 15

Blaze werd wakker in het vage licht van de dageraad en wist eerst niet waar hij was. Toen kwam alles terug en hij rolde zich diep ademhalend op zijn zij. Zijn bed was nat van het zweet. God, wat een verschrikkelijke droom.

Hij stond op en liep naar de keuken om bij de baby te kijken. Joe was in diepe slaap verzonken, zijn lippen op elkaar gedrukt alsof hij diep nadacht. Blaze keek naar hem tot hij het langzame, gestage rijzen en dalen van Joe's borst zag. Joe's lippen bewogen, en Blaze vroeg zich af of Joe van het flesje droomde, of van de borst van zijn moeder.

Toen zette hij koffie en ging in zijn lange onderbroek aan de tafel zitten. De krant die hij de vorige dag had gekocht, lag daar nog tussen de fragmenten van zijn losgeldbriefje. Hij las het verhaal over de kidnapping nog eens door en zijn blik viel weer op het kadertje onder aan pagina 2: *Smeekbede van vader aan kidnappers, pagina 6.* Blaze ging naar pagina 6 en vond daar een aankondiging van een halve pagina, in een groot zwart kader. Hij las:

AAN DE MENSEN DIE ONS KIND HEBBEN!

WIJ ZULLEN AAN UW EISEN VOLDOEN, OP VOORWAARDE DAT U ONS KUNT BEWIJZEN DAT JOE NOG IN LEVEN IS. WIJ HEBBEN DE

GARANTIE VAN DE FBI GEKREGEN DAT ZIJ ZICH NIET MET UW ONTVANGST VAN HET LOSGELD ZULLEN BEMOEIEN, MAAR WE *MOETEN BEWIJS HEBBEN DAT JOE IN LEVEN IS!*

HIJ EET DRIE KEER PER DAG, BABYVOEDING EN GROENTE UIT BLIK, GEVOLGD DOOR EEN HALVE FLES. HIJ IS GEWEND AAN MELK UIT BLIK EN GEKOOKT, GESTERILISEERD WATER IN EEN VERHOUDING VAN 1:1.

ALSTUBLIEFT DOE HEM GEEN KWAAD, WANT WIJ HOUDEN ZO VEEL VAN HEM.

JOSEPH GERARD III

Blaze sloot de krant. Toen hij het las, voelde hij zich ongelukkig, zoals wanneer Lorretta Lynn 'Your Good Girl's Gonna Go Bad' zong.

'Boe!' zei George zo plotseling vanuit de slaapkamer dat Blaze een sprongetje maakte.

'Ssst, straks maak je hem wakker.'

'Lul niet,' zei George. 'Hij kan me niet horen.'

'O,' zei Blaze. Dat was natuurlijk waar ook. 'Wat is gestereleseerd water, George? Hier staat dat ik gestereleseerd water door zijn melk moet doen.'

'Laat maar,' zei George. 'Ze maken zich grote zorgen om hem, hè? "Hij eet drie keer per dag, gevolgd door een halve fles... Doe hem geen kwaad, want wij houden zo heel veel van hem." Man, wat ligt het er dik op!'

'Luister nou...' begon Blaze.

'Nee, ik luister niet! Zeg niet tegen me dat ik moet luisteren! Hij is alles wat ze hebben, ja? En verder nog veertig miljoen pietermannen! Je moet het geld innen en de jongen dan in stukjes terugsturen. Eerst een vinger, dan een teen, dan zijn kleine...'

'George, hou je bék!'

Hij sloeg geschokt zijn hand voor zijn mond. Zojuist had hij tegen George gezegd dat hij zijn bek moest houden. Wat stelde hij zich daarbij voor? Wat was er met hem aan de hand?

'George?'

Geen antwoord.

'George, het spijt me. Alleen, je moet zulke dingen niet zeggen, weet je.' Hij glimlachte moeizaam. 'We moeten het kind levend teruggeven, ja? Dat is het plan. Ja?'

Geen antwoord, en nu voelde Blaze zich doodongelukkig.

'George? George, wat is er?'

Een hele tijd geen antwoord. Toen zei George, zo zachtjes dat Blaze het misschien niet echt had gehoord, zo zachtjes dat het misschien alleen maar een gedachte in zijn eigen hoofd was: 'Je zult hem bij me moeten achterlaten, Blaze. Vroeg of laat.'

Blaze streek met de palm van zijn hand over zijn mond. 'Doe hem niets aan, George. Doe dat niet. Ik waarschuw je.'

Geen antwoord.

Om negen uur was Joe uit bed. Hij was verschoond en gevoed en speelde op de keukenvloer. Blaze zat aan de tafel en luisterde naar de radio. Hij had de stukjes papier opgeruimd en de hard geworden bloemlijm weggegooid, en nu lag alleen de brief aan de Gerards nog op tafel. Hij vroeg zich af hoe hij hem kon verzenden.

Hij had het nieuws drie keer gehoord. De politie had een zekere Charles Victor Pritchett opgepakt, een forsgebouwde zwerver uit het district Aroostook, die een maand geleden door een houtzagerij was ontslagen. Daarna hadden ze hem vrijgelaten. Dat schriele bewakertje van een Walsh kon hem natuurlijk niet als dader aanwijzen, dacht Blaze. Jammer. Een goede verdachte zou de politie een tijdje hebben afgeleid.

Hij bewoog onrustig op zijn stoel. Hij moest deze kidnapping van de grond krijgen. Hij moest een plan maken om de brief te versturen. Ze hadden die tekening van hem, en ze wisten van de auto. Ze wisten zelfs de kleur – die verrekte Walsh weer.

Zijn geest draaide langzaam en moeizaam. Hij stond op, zette opnieuw koffie en pakte de krant weer. Hij fronste zijn wenkbrauwen toen hij de politietekening van hemzelf zag. Groot gezicht met vierkante kin. Brede, platte neus. Een dikke bos haar, een hele tijd niet geknipt (George had het de laatste keer gedaan, lukraak met een keukenschaar). Ogen diep in hun kassen. Zijn dikke nek was maar vaag aangegeven, en waarschijnlijk wisten ze niet hoe groot hij werkelijk was. Dat konden mensen nooit zien als hij zat, want zijn benen waren het langste deel van hem.

Joe huilde, en Blaze verwarmde een flesje. De baby duwde hem weg en Blaze liet hem gedachteloos op zijn knie rijden. Joe kwam meteen tot bedaren en keek vanuit deze nieuwe hoogte naar dingen: de drie pin-upfoto's aan het eind van de kamer, de vettige asbestplaat die achter de kachel op de muur was geschroefd, de ramen, vuil vanbinnen en met ijs bedekt aan de buitenkant.

'Heel anders dan waar jij vandaan komt, hè?' vroeg Blaze.

Joe glimlachte en probeerde toen dat vreemde, ongeoefende lachje van hem. Blaze moest erom grijnzen. Het kleine kereltje had twee tanden, die net door het tandvlees heen kwamen. Blaze vroeg zich af of er nog meer op komst waren en of hij daar last van had. Joe kauwde veel op zijn handen, en soms jengelde hij in zijn slaap. Hij kwijlde nu, en Blaze veegde zijn mond af met een oud papieren zakdoekje dat opgepropt had gezeten in zijn zak.

Hij kon de baby niet opnieuw bij George achterlaten. Het leek wel of George jaloers was of zoiets. Bijna alsof George wilde...

Misschien zat hij er verstijfd bij, want Joe keek met een grappig, vragend gezicht naar hem om, zo van *Wat heb jij nou?* Blaze merkte het nauwelijks. Want... nu was híj George. En dat betekende dat een deel van hem wilde...

Opnieuw deinsde hij ervoor terug, en toen hij dat deed, vond zijn zwaarbelaste geest iets anders om zich mee bezig te houden.

Als *hij* ergens heen ging, ging George ook ergens heen. Dat kon niet anders, als hij nu George was. A leidt tot B, zo simpel als het maar kan, zou Johnny Cheltzman hebben gezegd.

Waar hij ging, ging George ook.

Dat betekende dat George niet in staat was Joe iets aan te doen, hoe graag hij dat misschien ook zou willen.

Er kwam iets in hem los. Hij vond het nog steeds geen prettig idee de baby alleen te laten, maar hij liet hem liever alleen dan bij iemand die hem misschien kwaad zou doen. Trouwens, hij moest het wel doen. Er was niemand anders.

Maar nu ze die tekening van hem hadden, moest hij een vermomming gebruiken. Zoiets als een nylonkous, maar dan iets natuurlijks. Maar wat?

Hij kwam op een idee. Het kwam niet ineens bij hem op, maar langzaam. Het steeg in zijn hoofd op als een luchtbel die naar het oppervlak stijgt, van water zo dik dat het bijna modder is.

Hij legde Joe weer op de vloer en ging naar de badkamer. Hij pakte een schaar en een handdoek. Toen pakte hij Georges scheerapparaat uit het medicijnkastje, waar het al die maanden had gelegen, met het snoer eromheen.

Hij knipte zijn haar met grote plukken tegelijk af, net zo lang tot er alleen nog wat stoppelige plekken over waren. Toen stak hij de stekker van het scheerapparaat in het contact en schoor die laatste plekken ook weg. Hij ging heen en weer tot het apparaat heet in zijn hand lag en zijn nieuwe kale schedel roze van irritatie was.

Verwonderd keek hij naar zichzelf in de spiegel. De deuk in zijn voorhoofd was opvallender dan ooit, voor het eerst sinds jaren helemaal onbedekt, en die deuk was inderdaad afschuwelijk om te zien – hij leek bijna diep genoeg om er een kop koffie in leeg te gieten, als Blaze op zijn rug ging liggen – maar verder geloofde Blaze niet dat hij nog veel op de gekke kidnapper van de politietekening leek. Hij leek meer op een buitenlander uit Duitsland of Berlijn of zoiets. Aan de andere kant waren zijn ogen nog hetzelfde. Als zijn ogen hem nu eens zouden verraden?

'George heeft een zonnebril,' zei hij. 'Dat is de oplossing... nietwaar?'

Hij besefte vaag dat hij op die manier juist meer zou opvallen, maar misschien was dat niet erg. En wat kon hij anders doen? Hij kon er niets aan doen dat hij ruim een meter negentig was. Hij kon alleen maar iets aan zijn uiterlijk doen.

In elk geval besefte hij niet dat hij zich beter had vermomd dan George ooit had kunnen doen, net zomin als hij besefte dat George nu de creatie van een geest was die koortsachtig en verdwaasd aan het werk was onder het platgebrande oppervlak van de domheid. Jarenlang had hij zichzelf als een dombo beschouwd, had hij aanvaard dat de domheid een deel van zijn leven was, net als die deuk in zijn voorhoofd. Toch was er al die tijd ook iets onder het platgebrande oppervlak aan het werk geweest. Het werkte met het dodelijke instinct van levende dingen – mollen, wormen, microben – onder het oppervlak van een platgebrand veld. Dat was het deel van hem dat zich alles herinnerde. Alles wat hem was aangedaan, alle wreedheid, elke rotstreek die de wereld hem had geleverd.

Hij liep in een pittig tempo over een achterafweggetje toen een oude vrachtwagen, beladen met te veel pulphout, piepend naast hem tot stilstand kwam. De man die erin zat had grijzend haar en droeg een hemd onder een geruite wollen jas.

'Stap in!' riep hij.

Blaze stapte op de treeplank en klom de cabine in. Bedankte hem. De chauffeur knikte en zei: 'Ik ga naar Westbrook.' Blaze knikte terug en stak zijn duimen op naar de man. De chauffeur liet de versnellingen knarsen en de vrachtwagen zette zich weer in beweging. Niet alsof hij daar veel zin in had.

'Heb ik jou niet eerder gezien?' schreeuwde de trucker boven de ratelende motor uit. Zijn ruit was kapot en vlagen koude januarilucht leverden strijd met de gloeiend hete lucht van de verwarming. 'Woon je aan Palmer Road?'

'Ja!' schreeuwde Blaze terug.

'Vroeger woonde Jimmy Cullum daar,' zei de trucker, en hij bood Blaze een ongelooflijk gehavend pakje Lucky Strikes aan. Blaze nam er een.

'Dat was nog eens een kerel,' zei Blaze. Zijn kale hoofd was niet te zien, want hij had een rood geruite pet op.

'Jimmy is naar het zuiden gegaan. Hé, is je vriend er nog?'

Blaze besefte dat hij George moest bedoelen. 'Nee,' zei hij. 'Die heeft een baan gevonden in New Hampshire.'

'O, ja?' zei de trucker. 'Ik wou dat hij er voor mij ook een vond.'

Ze waren boven aan de helling gekomen en de truck ging nu aan de andere kant naar beneden. Ze reden met steeds meer snelheid over de ribbelige bevroren grond, ratelend en kletterend. Blaze voelde bijna hoe de illegale lading tegen hem aan drukte. Hij had zelf ook met overbeladen pulptrucks gereden, had een keer een lading kerstbomen naar Massachusetts gebracht die minstens een halve ton te zwaar was. Vroeger had hij zich daar nooit druk om gemaakt, maar nu wel. Hij was zich ervan bewust dat Joe zonder hem zou doodgaan.

Toen ze op de grote weg kwamen, praatte de chauffeur over de kidnapping. Blaze werd een beetje nerveus, maar erg verrast was hij niet.

'Als ze de kerel vinden die dat kind heeft ontvoerd, moeten ze hem aan zijn ballen ophangen,' vond de pulptrucker. Hij schakelde met een hels geknars naar de derde versnelling.

'Misschien wel,' zei Blaze.

'Het wordt net zo erg als met die vliegtuigkapingen. Weet je nog wel?'

'Ja.' Hij herinnerde zich dat niet.

De chauffeur gooide de peuk van zijn sigaret uit het raam en stak meteen de volgende aan. 'Er moet een eind aan komen. Voor dat soort kerels moeten ze een verplichte doodstraf instellen. Misschien moeten ze voor het vuurpeloton komen.'

'Denk je dat ze die kerel te pakken krijgen?' vroeg Blaze. Hij voelde zich net een spion in een film.

'Is de paus katholiek?' vroeg de chauffeur, en hij reed Route 1 op.

'Ja, dat denk ik wel.'

'Ik bedoel dat het vanzelf spreekt. Natuurlijk krijgen ze hem te pakken. Ze krijgen ze altijd. Maar dan is dat kind dood, neem dat maar van mij aan.'

'O, ik weet het niet,' zei Blaze.

'Nee? Nou, ik weet het wél. Het hele idee is krankzinnig. Kidnapping in deze tijd? De FBI zet merktekens op de bankbiljetten of noteert de serienummers of zet er onzichtbare tekens op, dingen die je alleen kunt zien met ultraviolet licht.'

'Misschien wel,' zei Blaze, die zich zorgen maakte. Aan dat soort dingen had hij niet gedacht. Maar als hij het geld in Boston ging verkopen, aan die man die George kende, wat maakte het dan uit? Hij voelde zich al wat beter. 'Denk je dat die Gerards echt meer dan een miljoen dollar gaan betalen?'

De chauffeur floot. 'Vragen ze zo veel?'

Op dat moment had Blaze het liefst zijn tong afgebeten en doorgeslikt. 'Ja,' zei hij. En hij dacht *O, George.*

'Dat is iets nieuws,' zei de chauffeur. 'Het stond niet in de krant. Heb je het op de radio gehoord?'

George zei heel duidelijk: 'Dood hem, Blaze.'

De chauffeur bracht zijn hand bij zijn oor. 'Wat? Dat heb ik niet goed verstaan.'

'Ik zei ja, op de radio.' Hij keek naar zijn handen, die gevouwen op zijn schoot lagen. Het waren grote, sterke handen. Een van die handen had met één klap de nek van een collie gebroken, en toen was hij nog niet eens helemaal volgroeid geweest.

'Misschien krijgen ze dat losgeld,' zei de chauffeur, terwijl hij zijn tweede peuk naar buiten gooide en een derde sigaret aanstak. 'Maar ze kunnen het nooit uitgeven. Nee, meneer. Nooit niet.'

Ze reden nu over Route 1 langs bevroren plassen en mosselschuren die dicht waren omdat het winter was. De chauffeur vermeed de snelweg en de weegstations daar. Blaze kon het hem niet kwalijk nemen.

Als ik hem in zijn keel stoot, waar zijn adamsappel zit, wordt hij in de hemel wakker voordat hij zelfs maar weet dat hij dood is, dacht Blaze. *En dan grijp ik het stuur en zet de wagen aan de kant. Ik zet die kerel op de passagiersplaats. Iemand die hem ziet, denkt dat hij alleen maar een dutje doet. Arme kerel, zullen ze denken, hij zal wel de hele nacht hebben doorge...*

'... toe?'

'Huh?' vroeg Blaze.

'Ik zei, waar ga je naartoe? Dat was ik vergeten.'

'O. Westbrook.'

'Nou, over een kilometer neem ik Marah Road. Ik heb daar met iemand afgesproken.'

'O,' zei Blaze. 'Ja.'

En George zei: 'Nu moet je het doen, Blaze. De juiste tijd, de juiste plaats. Zo doen we dat.'

En dus wendde Blaze zich tot de chauffeur.

'Wat zou je zeggen van nog een sigaret?' vroeg de chauffeur. 'Heb je daar trek in?' Terwijl hij dat zei, hield hij zijn hoofd een beetje schuin. Vormde het perfecte doelwit.

Blaze verstijfde een beetje. Zijn handen trilden op zijn schoot. Toen zei hij: 'Nee. Ik probeer te stoppen.'

'O, ja? Heel verstandig. Het is hier zo koud als een heksentiet, hè?' De chauffeur schakelde terug voor de afslag, en beneden hen sloeg de motor met een serie blaffende explosies door de kapotte knalpijp terug. 'De verwarming kan niet meer op zacht. De radio is ook kapot.'

'Jammer,' zei Blaze. Zijn keel voelde aan alsof iemand hem net een lepel stof had gevoerd.

'Ja, ja, het leven is klote en dan ga je dood.' Hij trapte op de remmen. Die gierden als gepijnigde zielen. 'Je moet ervan maken wat ervan te maken valt. Sorry, maar hij slaat af in zijn één.'

'Ja,' zei Blaze. Nu het moment was gekomen en gegaan, was hij misselijk. En bang. Hij wou dat hij die chauffeur nooit had gezien.

'Doe de groeten aan je vriend als je hem ziet,' zei de chauffeur, en hij schakelde nog eens terug. De overbeladen truck sloeg een weg in. Blaze nam aan dat het Marah Road was.

Blaze maakte het portier open, gooide het al springend weer dicht en kwam in de bevroren berm terecht. De chauffeur toeterde een keer en toen bulderde de vrachtwagen in een wolk van stinkende uitlaatgassen over de helling. Algauw was hij alleen nog maar een geluid dat in de verte verdween.

Met zijn handen diep in zijn zakken liep Blaze over Route 1. Hij bevond zich nu in de uitgestrekte buitenwijken van Portland en na een kilometer of drie kwam hij bij een groot winkelcentrum waar ook een bioscoopcomplex was. Voor een wasserette, de Schoon-Is-Uw-Wazzz, stond een brievenbus, en daar deed hij zijn losgeldbrief in.

Binnen was een krantenautomaat. Hij haalde er een krant uit.

'Hé, mama,' zei een kleine jongen tegen zijn moeder, die haar schone wazzz uit een droger haalde. 'Die man heeft een gat in zijn hoofd.'

'Stil,' zei de moeder van het kind.

Blaze glimlachte naar de jongen, die zich meteen achter het

been van zijn moeder verstopte en vanuit die veilige positie omhoogkeek.

Blaze pakte zijn krant en ging ermee naar buiten. Een hotelbrand had de kidnapping naar de onderkant van de voorpagina verdreven, maar die tekening van hem was er nog. ZOEKEN NAAR KIDNAPPERS GAAT DOOR, luidde de kop. Hij stopte de krant in zijn achterzak. Hij was er niet blij mee. Toen hij over het parkeerterrein naar de weg liep, zag hij een oude Mustang met de sleutel in het contact. Zonder er veel bij na te denken stapte Blaze in en reed weg.

HOOFDSTUK 16

Om halfvijf op diezelfde grauwe januarimiddag werd Clayton Blaisdell junior hoofdverdachte in de kidnappingszaak, ongeveer anderhalf uur nadat hij zijn brief in de brievenbus voor de wasserette had gegooid. Er was een 'nieuwe ontwikkeling in de zaak', zoals politiefunctionarissen dat graag mochten noemen. Maar al voordat het telefoontje binnenkwam op het FBI-nummer dat in de krantenberichten van die dag was opgenomen, was de identificatie van de dader alleen maar een kwestie van tijd geweest.

De politie beschikte over een massa informatie. Ze hadden het signalement dat door Morton Walsh was gegeven (Walsh zou door zijn werkgevers in Boston worden ontslagen zodra de opwinding voorbij was). Ze hadden blauwe draden gevonden op de bovenrand van het hek dat om het parkeerterrein voor bezoekers van het Oakwood-gebouw heen stond. Die draden bleken afkomstig te zijn van een spijkerbroek van het discountmerk D-Boy. Ze hadden foto's en gipsafdrukken van schoensporen met duidelijke slijtagepatronen. Ze hadden een bloedgroep, AB-resusnegatief. Ze hadden foto's en gipsafdrukken van sporen die waren achtergelaten door een uitschuifladder, waarvan ze inmiddels ook wisten dat het een Craftwork Lightweight Supreme was. Ze hadden foto's van schoenafdrukken in het huis, met diezelfde duidelijke slijtagepatronen.

En dan was er nog de verklaring die Norma Gerard op haar sterfbed had afgelegd. Ze had gezegd dat de politietekening een redelijke gelijkenis vertoonde met de man die haar had aangevallen.

Voordat ze in coma raakte, had ze nog één detail toegevoegd dat Walsh niet had genoemd: de man had een grote deuk in zijn voorhoofd, alsof hij daar eens door een baksteen of een stalen pijp was geraakt.

Er was maar heel weinig van die informatie aan de pers verstrekt.

Afgezien van de deuk in het voorhoofd waren de rechercheurs vooral geïnteresseerd in twee feiten. Ten eerste werden D-Boy-spijkerbroeken door maar enkele tientallen winkels in het noorden van New England verkocht. Ten tweede – en dat was nog beter – was Craftwork Ladders een kleine onderneming in Vermont die alleen aan onafhankelijke doe-het-zelfzaken leverde. Niet aan de Ames, niet aan de Mammoth Mart, niet aan de Kmart. Een legertje rechercheurs ging die onafhankelijke winkels af. Op het moment dat Blaze zijn brief op de bus deed, waren ze nog niet bij de Apex-Doe-het-zelf ('Waar Ze Je Echt Helpen!') aangekomen, maar dat was een kwestie van uren.

In het huis van de Gerards was apparatuur aangebracht om de herkomst van telefoontjes na te gaan. De vader van Joseph Gerard IV was zorgvuldig geïnstrueerd en wist precies wat hij moest doen als het onvermijdelijke telefoontje kwam. Joe's moeder was boven en zat vol kalmerende middelen.

De politie had niet specifiek opdracht gekregen de kidnapper of kidnappers in leven te laten. Forensische deskundigen schatten dat een van degenen achter wie ze aan zaten (misschien wel de enige) minstens een meter negentig lang was en zo'n honderdtwintig kilo woog. Voor zover het nog nodig was, bewees Norma Gerards schedelfractuur hoe sterk en gewelddadig hij was.

En toen, om halfvijf op die grauwe dag, kreeg FBI-agent Albert Sterling een telefoontje van Nancy Moldow.

Zodra Sterling en zijn collega Bruce Granger op de babyafdeling van warenhuis Hager's Mammoth kwamen, zei Nancy Moldow: 'Er mankeert iets aan uw tekening. De man die u zoekt heeft een groot gat in het midden van zijn voorhoofd.'

'Ja, mevrouw,' zei Sterling. 'Dat houden we achter.'

Ze zette grote ogen op. 'Opdat híj niet weet dat ú het weet.'

'Dat klopt.'

Ze wees naar de jonge man die naast haar stond. Hij droeg een stofjas van blauw nylon en een rood vlinderstrikje en keek vol ontzag. 'Dit is Brant. Hij heeft die... die... hém geholpen met de dingen die hij had gekocht.'

'Volledige naam?' vroeg FBI-agent Granger aan de jongen in de blauwe stofjas. Hij sloeg zijn notitieboekje open.

De adamsappel van de jonge magazijnbediende ging op en neer als een aap op een stokje. 'Brant Romano, meneer. Die man reed in een Ford.' Hij noemde het jaar van het model met, vond Sterling, vrij veel zekerheid. 'Alleen was hij niet blauw, zoals in de krant staat. Hij was groen.'

Sterling keek Moldow aan. 'Wat heeft die man gekocht, mevrouw?'

Ze lachte zelfs een beetje. 'U kunt beter vragen wat hij níét heeft gekocht. Allemaal babydingen, natuurlijk, dat verkopen we hier. Een bedje, een wieg, een luiertafel, kleertjes... noem maar op. Hij kocht zelfs bestek.'

'Hebt u een complete lijst?' vroeg Granger.

'Natuurlijk. Ik heb nooit gedacht dat hij iets afschuwelijks van plan was. Hij leek me aardig, al had hij wel die deuk in zijn voorhoofd... dat gát...'

Granger knikte meevoelend.

'En hij leek me niet zo snugger. Evengoed snugger genoeg om mij erin te laten tuinen. Hij zei dat hij dingen kocht voor een neefje, en die domme Nan geloofde hem.'

'En hij was groot.'

'Hij was als een reus! Het was net of ik tegenover een... een...' Ze liet een nerveus lachje horen. 'Het was een stier in een babywinkel!'

'Hoe groot?'

Ze haalde haar schouders op.'Ik ben een meter zestig, en ik kwam pas tot zijn ribben. Dan is hij dus...'

'U zult dit waarschijnlijk niet geloven,' zei Brant, de magazijnjongen, 'maar ik denk dat hij toch zeker een meter vijfennegentig was. Misschien zelfs twee meter.'

Sterling stelde nu de laatste vraag. Die had hij voor het laatst bewaard omdat hij er bijna zeker van was dat hij niets zou opleveren.

'Mevrouw Moldow, hoe betaalde die man voor zijn aankopen?'

'Cash,' zei ze prompt.

'O.' Hij keek Granger aan. Het was het antwoord dat ze hadden verwacht.

'U had moeten zien hoeveel geld hij in zijn portefeuille had!'

'Het meeste daarvan gaf hij uit,' zei Brant. 'Hij gaf mij vijf dollar fooi, en toen zat er al niet veel meer in.'

Sterling negeerde dat. 'En omdat hij cash betaalde, hebt u de naam van de man niet.'

'Nee. Geen gegevens. Over een paar jaar is Hager's eraan toe om bewakingscamera's te installeren, denk ik...'

'Over een paar eeuwen,' zei Brant. 'Alles moet hier op een koopje.'

'Nou,' zei Sterling, die zijn notitieboekje sloot, 'dan gaan we maar. Maar ik wil u mijn kaartje geven voor het geval u nog iets...'

'Ik weet zijn naam wél,' zei Nancy Moldow.

Ze keken haar allebei aan.

'Toen hij zijn portefeuille openmaakte om al dat geld te pakken, zag ik zijn rijbewijs. Ik kan me de naam ook herinneren omdat je maar eens in je leven zo'n goede klant krijgt, maar vooral omdat het zo'n... zo'n déftige naam was. Die naam paste niet bij hem. Ik weet nog dat ik dacht dat zo'n man Barney of Fred zou moeten heten. U weet wel, van *De Flintstones*.'

'Wat was de naam?' vroeg Sterling.

'Clayton Blaisdell. Ik geloof zelfs dat het Clayton Blaisdell júnior was.'

Om halfzes die avond wisten ze met wie ze te maken hadden. Clayton Blaisdell junior, alias Blaze, was twee keer veroordeeld, één keer voor mishandeling van de directeur van het tehuis waar de jongen woonde – dat heette Hetton House – en een keer, jaren later, voor oplichting. Een vermoedelijke medeplichtige, George Thomas Rackley, alias Rasp, was vrijgekomen omdat Blaze niet tegen hem wilde getuigen.

Volgens de politiedossiers vormden Blaisdell en Rackley al minstens acht jaar een team toen Blaisdell veroordeeld werd voor oplichterij. Het ging toen om een religieuze truc die een beetje te ingewikkeld was voor een jongen met zo weinig geestelijke capaciteiten. In het tuchthuis South Portland had hij een IQ-test afgelegd en laag genoeg gescoord om in de categorie 'verstandelijk beperkt' terecht te komen. In de marge had iemand met grote rode letters ACHTERLIJK geschreven.

Sterling vond de details van die oplichting wel amusant. Ze werkten met een grote man in een rolstoel (Blaisdell) en een klein mannetje dat hem duwde en zich aan slachtoffers voorstelde als dominee Gary Crowell (bijna zeker Rackley). Dominee Gary (zoals hij zich presenteerde) beweerde geld op te halen voor een opwekkingstournee door Japan. Als de slachtoffers – meestal oude dames met wat geld op de bank – moeilijk te overtuigen waren, verrichtte dominee Gary een wonder. Door de kracht van Jezus liet hij de grote man in de rolstoel weer lopen.

De omstandigheden van de arrestatie waren nog grappiger.

Een vrouw van in de tachtig, Arlene Merrill, werd achterdochtig en belde de politie terwijl dominee Gary en zijn 'assistent' in de huiskamer waren. Toen ging ze naar de huiskamer terug om hen aan de praat te houden tot de politie er was.

Dominee Gary rook onraad en ging ervandoor. Blaisdell bleef achter. In zijn proces-verbaal schreef de agent die hem arresteerde: *'Verdachte zei dat hij niet vluchtte omdat hij nog niet was genezen.'*

Sterling dacht over dat alles na en kwam tot de conclusie dat er toch twee kidnappers waren. Minstens twee. Rackley moest ook in het complot zitten, want iemand die zo dom was als Blaisdell kon zoiets niet in zijn eentje voor elkaar krijgen.

Hij pakte de telefoon en belde. Een paar minuten later werd hij teruggebeld en was hij verbaasd. George Thomas 'Rasp' Rackley was het jaar daarvoor overleden. Hij was doodgestoken in de buurt van een bekende dobbelplaats in de haven van Portland.

Shit. Iemand anders dan?

Iemand die leiding aan de grote lobbes gaf, zoals Rackley ongetwijfeld had gedaan?

Dat moest toch wel?

Om zeven uur die avond was in de hele staat Maine een opsporingsverzoek uitgevaardigd voor Clayton Blaisdell junior.

Inmiddels had Jerry Green uit Gorham ontdekt dat zijn Mustang was gestolen. Een minuut of veertig later stond de auto op de opsporingslijst.

Ongeveer in diezelfde tijd werd Sterling gebeld door de politie van Westbrook, die hem het nummer gaf van een zekere Georgia Kingsbury. Toen mevrouw Kingsbury in de avondkrant zat te lezen, had haar zoontje over haar schouder meegekeken, naar de politietekening gewezen en gevraagd: 'Waarom staat die man uit de wasserette in de krant? En waarom heeft hij daar niet dat gat in zijn hoofd?'

Mevrouw Kingsbury zei door de telefoon tegen Sterling: 'Ik

hoefde maar één keer te kijken en ik zei: o mijn god.'

Om twintig voor acht kwamen Sterling en Granger bij het huis van de Kingsbury's aan. Ze lieten moeder en zoon een arrestantenfoto van Clayton Blaisdell junior zien. Het was een wazige kopie, maar de Kingsbury's herkenden hem meteen en met zekerheid. Sterling vermoedde dat als je Blaisdell een keer had gezien je hem niet meer vergat. Het maakte Sterling woedend dat die kolos de laatste persoon was die Norma Gerard had gezien in het huis waar ze haar hele leven had gewoond.

'Hij lachte naar me,' zei de jongen.

'Dat is leuk, jongen,' zei Sterling, en hij streek door zijn haar.

De jongen deinsde terug. 'U hebt een koude hand,' zei hij.

In de auto zei Granger: 'Vind je het niet vreemd dat de grote baas zo'n type naar de stad stuurt om dingen te kopen voor die baby? Iemand die mensen zich zo gemakkelijk herinneren?'

Toen Sterling daarover nadacht, vond hij het inderdaad een beetje vreemd, maar Blaisdells winkelgedrag wees op nog iets anders. Het was een optimistische gevolgtrekking, en daarom wilde hij zich er graag op concentreren. Het feit dat ze al die babyspullen kochten, wees erop dat ze het kind in leven wilden houden, in elk geval voorlopig.

Granger keek hem nog aan, wachtend op een antwoord.

En dus zei Sterling: 'Wie weet wat er in die kerels omgaat? Kom, laten we gaan.'

De nagenoeg zekere identificatie van Blaisdell als een van de kidnappers ging om vijf over acht die avond naar alle politiekorpsen in de staat Maine. Sterling kreeg een telefoontje van Paul Hanscom van het bureau Portland van de politie van Maine. Hanscom meldde dat er een Mustang 1970 was gestolen bij hetzelfde winkelcentrum waar Blaisdell door Georgia Kingsbury was gezien, en om ongeveer dezelfde tijd. Hij wilde weten of de FBI dat aan het opsporingsverzoek wilde toevoegen. Sterling zei dat de FBI dat heel graag wilde.

Sterling dacht dat hij nu het antwoord op de vraag van zijn collega Granger had. Het was heel eenvoudig. Het brein achter de ontvoering was intelligenter dan Blaisdell – intelligent genoeg om op de achtergrond te blijven, vooral met het excuus dat hij ook nog voor de baby moest zorgen – maar niet zó intelligent.

En nu hoefden ze alleen maar te wachten tot het net zich samentrok. En te hopen dat...

Maar Albert Sterling vond dat hij meer kon doen. Om kwart over tien die avond liep hij door de gang naar de herentoiletten en keek in de hokjes en bij de urinoirs. Er was niemand. Dat verbaasde hem niet. Het was maar een klein kantoor, in feite niet meer dan een provinciaal bultje op de reet van de FBI. Bovendien werd het al laat.

Hij ging een van de hokjes in, liet zich op zijn knieën zakken en vouwde zijn handen zoals hij als kind had gedaan. 'God, met Albert. Als die baby nog leeft, wilt u dan over hem waken? Als ik in de buurt kom van de man die Norma Gerard heeft vermoord, laat hem dan iets doen wat mij een reden geeft om die schoft dood te maken. Dank u. Ik bid in de naam van uw Zoon Jezus Christus.'

En omdat de herentoiletten nog leeg waren, gooide hij er voor de goede orde een weesgegroetje achteraan.

HOOFDSTUK 17

De baby maakte hem die nacht om kwart voor vier wakker en liet zich niet troosten met een flesje. Toen het huilen maar doorging, werd Blaze een beetje bang. Hij legde zijn hand op Joe's voorhoofd. De huid voelde koel aan, maar het geschreeuw dat Joe produceerde was angstaanjagend hevig. Blaze was bang dat er een bloedvat gesprongen was of zoiets.

Hij legde Joe op de luiertafel. Hij deed zijn luier af en zag dat die het probleem niet kon zijn. De luier was vochtig maar niet vies. Blaze strooide poeder op de billen van de baby en deed hem een schone luier om. Het schreeuwen ging door. Blaze was nu niet alleen bang maar ook wanhopig.

Blaze hees het krijsende kind op zijn schouder. Hij liep in grote kringen met hem door de keuken. 'Stil nou maar,' zei hij. 'Het is goed. Het is oké. Je bent geweldig. Ga slapen. Slapies doen. Stil maar, baby, stil maar. Straks maak je een beer wakker die in de sneeuw ligt te slapen en dan vreet hij ons alle twee op. Ssst.'

Misschien kwam het door het lopen, misschien door het geluid van Blazes stem, maar Joe huilde met minder lange uithalen en hield er toen helemaal mee op. Nog een paar rondjes door de keuken van het huisje en het hoofdje van de baby zakte tegen de zijkant van Blazes hals. Zijn ademhaling werd dieper en langzamer. Hij sliep.

Blaze legde hem voorzichtig in de wieg terug en liet hem heen en weer schommelen. Joe bewoog, maar werd niet wakker. Een klein handje vond zijn weg naar zijn mond en hij kauwde er verwoed op.

Blaze voelde zich nu beter. Misschien was er toch niets aan de hand. Volgens het boek kauwden ze op die manier op hun handen als ze tanden kregen of honger hadden, en hij was er vrij zeker van dat Joe geen honger had.

Hij keek naar de baby en dacht, ditmaal bewuster, dat Joe best aardig was. En grappig ook. Dat kon iedereen zien. Het zou interessant zijn om hem te zien opgroeien in alle fasen waarover dokter Spock in *Baby- en kinderverzorging* vertelde. Joe was er zo'n beetje aan toe om te gaan kruipen. Sinds Blaze hem naar het huisje had gebracht, had het kereltje al een paar keer op handen en knieën gezeten. En dan zou hij gaan lopen... en dan veranderde al dat gebabbel in echte woorden... en dan... dan...

Dan zou hij iemand hébben.

Die gedachte was verontrustend. Blaze kon niet meer slapen. Hij stond op en zette de radio aan, al draaide hij de volumeknop niet ver open. Hij zocht in het nachtelijk geklets van wel duizend concurrerende stations tot hij het krachtige signaal van WLOB vond.

Op het nieuws van vier uur 's morgens was niets bijzonders over de kidnapping te horen. Dat leek hem een goed teken; de Gerards zouden zijn brief pas later op deze dag krijgen. Misschien zelfs de volgende dag, dat hing ervan af wanneer de brievenbus op het winkelcentrum werd geleegd. Trouwens, volgens hem konden ze geen sporen en aanwijzingen hebben. Hij was voorzichtig geweest, en afgezien van die man in Oakwood (Blaze was zijn naam alweer vergeten) dacht hij dat dit een 'perfecte truc' was, zoals George het zou hebben genoemd.

Als ze ergens succes mee hadden gehad, kochten hij en George soms een fles Four Roses. Dan gingen ze naar de film en dronken daar de whisky, die ze mixten met cola die ze in de bioscoop kochten. Als het een lange film was, was George aan het eind soms bijna te dronken om te lopen. Omdat hij kleiner was, kreeg de drank hem sneller te pakken. Dat waren mooie tijden geweest. Het deed Blaze denken aan de tijd dat hij en die goeie ouwe Johnny Cheltzman met elkaar optrokken en grinnikend naar die oude films in de Nordica zaten te kijken.

Er kwam weer muziek op de radio. Joe sliep probleemloos. Blaze dacht dat hij zelf ook weer naar bed moest gaan. Hij had de volgende dag veel te doen. Of misschien diezelfde dag al. Hij wilde de Gerards nog een losgeldbriefje sturen. Hij wist nu ook hoe hij het geld in ontvangst wilde nemen. Het was de vorige nacht in een droom, een gekke droom, bij hem opgekomen. Hij had er toen niets van begrepen, maar die heerlijke, diepe, droomloze droom waaruit hij zojuist door het huilen van de baby was gewekt, had blijkbaar meer duidelijkheid verschaft. Hij zou tegen ze zeggen dat ze het losgeld uit een vliegtuig moesten laten vallen. Een klein vliegtuigje dat niet zo hoog vloog. In de brief zou hij zeggen dat het vliegtuig vanaf Portland in zuidelijke richting langs Route 1 naar de grens met Massachusetts moest vliegen, op zoek naar een rood seinlicht.

Blaze wist precies hoe hij het ging doen: met flikkerlichten zoals ze in de wegenbouw werden gebruikt. Hij zou in de doe-het-zelfzaak een stuk of wat van die dingen kopen en ze bij elkaar zetten op de plaats die hij zou uitkiezen. Ze zouden een mooi fel licht vormen. Hij wist ook waar hij dat zou doen: een bosbouwweg ten zuiden van Ogunquit. Er was langs die weg een open plek waar vrachtwagenchauffeurs soms hun lunch aten of een dutje deden in de slaapruimte achter de cabine. Die open plek lag dicht bij Route 1, en een piloot die langs de weg vloog zou het licht daar absoluut zien, vooral zes lichten die samen één groot rood flikkerlicht vormden. Blaze wist dat hij evengoed niet veel tijd zou hebben, maar hij dacht dat het genoeg zou zijn. Die eerste bosbouwweg leidde naar een netwerk van onverharde weggetjes met namen als Boggy Stream Road en Bumpnose Road. Een daarvan leidde naar Route 41 en vandaar kon hij weer naar het noorden gaan en een plaats zoeken waar hij zich kon verschuilen tot er niet meer zo hard naar hem werd gezocht. Hij had zelfs aan Hetton House gedacht. Dat stond nu leeg. De ramen waren dichtgetimmerd en er was een bord met TE KOOP. Blaze was er de afgelopen paar jaar een aantal keren geweest. Hij werd erdoor aangetrokken als een klein kind dat zich een ongeluk geschrokken is in het zogenaamde spookhuis van de buurt waar hij woont.

Alleen was Hetton House voor hem écht een spookhuis. Hij kon het weten; hij was een van de spoken.

Hoe dan ook, het zou goed komen, en dat was het voornaamste. Het was een tijdje angstaanjagend geweest, en hij vond het jammer van die oude dame (hij was haar voornaam vergeten), maar nu werd het toch nog een perfecte tr...

'Blaze.'

Hij keek naar de badkamer. Het was inderdaad George. De deur van de badkamer stond op een kier, zoals George hem altijd liet staan als hij tijdens zijn bezigheden een praatje wilde maken. 'Er komt aan beide kanten gezeik uit,' had hij een keer gezegd toen hij dat deed, en ze hadden er allebei om gelachen. Hij kon grappig zijn als hij het wilde, maar vanmorgen klonk hij niet alsof hij in een grappige stemming was. Bovendien dacht Blaze dat hij die deur had dichtgedaan toen hij zelf de vorige keer uit de badkamer was gekomen. Misschien was de deur door de tocht weer opengegaan, maar hij voelde geen to...

'Ze hebben je bijna te pakken, Blaze,' zei George. En met een wanhopige gromstem: 'Stomme klootzak.'

'Wie?' vroeg Blaze.

'De politie. Wie denk je dat ik anders bedoelde, de republikeinse partij? De FBI. De politie van de staat Maine. Zelfs de koddebeiers hier uit de buurt.'

'Nee hoor. Ik heb het heel goed gedaan, George. Eerlijk waar.

Het is een perfecte truc. Ik zal je vertellen wat ik heb gedaan, hoe voorzichtig ik ben ge...'

'Als je hier niet weggaat, hebben ze je om twaalf uur vanmiddag te pakken.'

'Hoe... wat...'

'Jij bent zo stom dat je jezelf voor de voeten loopt. Ik weet niet waarom ik me er nog druk om maak. Je hebt wel tien fouten gemaakt. Als je geluk hebt, heeft de politie er nog maar zes of acht gevonden.'

Blaze liet zijn hoofd hangen. Hij voelde dat zijn gezicht rood aanliep. 'Wat moet ik doen?'

'Maken dat je hier wegkomt. Direct.'

'Waar...'

'En doe dat kind weg,' zei George. Bijna alsof hij er op het laatste moment aan dacht.

'Wát?'

'Stotterde ik? Doe hem weg. Hij is je alleen maar tot last. Ook zonder hem kun je het losgeld krijgen.'

'Maar als ik hem terugbreng, hoe...'

'Ik zei niet dat je hem terug moet brengen!' riep George uit. 'Wat denk je dat hij is, een fles met statiegeld? Ik bedoel dat je hem moet doden! Doe het nu meteen!'

Blaze schuifelde met zijn voeten. Zijn hart sloeg snel en hij hoopte dat George gauw uit de badkamer zou komen, want hij had een volle blaas en kon niet om zo'n verrekte geest heen pissen. 'Wacht... Ik moet nadenken. Als jij nou een eindje gaat wandelen, George... Als je dan terug bent, bedenken we misschien wel iets.'

'Jij kúnt niet denken!' George verhief zijn stem tot het bijna bulderen was. Het klonk alsof hij pijn leed. 'Dringt dat pas tot je door als de politie hier komt en een kogel pompt in dat blok beton dat je op je nek hebt zitten? Jij kúnt niet denken, Blaze! Maar ík wel!'

Zijn stem ging omlaag. Werd redelijker. Bijna zijdezacht.

'Hij slaapt nu, dus hij voelt er niks van. Neem je kussen – dat ruikt zelfs naar jou, dat vindt hij prettig – en druk het over zijn gezicht. Hou het strak omlaag gedrukt. Zijn ouders zijn er vast van overtuigd dat het al gebeurd is. Waarschijnlijk zijn ze al bezig een kleine republikeinse vervanger te maken. En dan kun je proberen de poet binnen te halen. En ga daarna ergens heen waar het warm is. Dat hebben we altijd gewild. Is dat goed? Is dat goed?'

Het wás goed. Bijvoorbeeld naar Acapulco of de Bahama's.

'Wat zeg je ervan, Blaze-a-roonie? Heb ik gelijk of heb ik gelijk?'

'Je hebt gelijk, George. Denk ik.'

'Je wéét dat ik gelijk heb. Zo doen we dat.'

Plotseling was het allemaal heel ingewikkeld geworden. Als George zei dat de politie dichtbij was en steeds dichterbij kwam, had hij daar waarschijnlijk wel gelijk in. George had altijd een scherpe neus voor politie gehad. En het kind zou hem inderdaad vertragen als hij hier snel weg moest – daar had George ook gelijk in. Het was nu zaak dat hij dat verrekte losgeld te pakken kreeg en zich dan ergens ging verstoppen. Maar de jongen doodmaken? *Joe* doodmaken?

Plotseling kwam het bij Blaze op dat als hij hem zou doodmaken – en heel, heel voorzichtig – Joe regelrecht naar de hemel zou gaan en daar een babyengeltje zou worden. Dus misschien had George daar ook gelijk in. Blaze zelf was er vrij zeker van dat hij zelf naar de hel ging, zoals de meeste mensen. Het was een slechte wereld, en hoe langer je leefde, hoe slechter je werd.

Hij pakte zijn kussen en ging ermee naar de huiskamer, waar Joe bij de kachel lag te slapen. Zijn handje was uit zijn mond gezakt, maar op zijn vingers waren de kauwsporen nog te zien. Het was ook een pijnlijke wereld. Niet alleen slecht, maar ook pijnlijk. Tanden krijgen was alleen nog maar de eerste en kleinste pijn.

Blaze stond bij de wieg met in zijn handen het kussen, waarvan de sloop nog donker was van de lagen haarwater die hij erop achtergelaten had. Uit de tijd dat hij nog haar had om haarwater op te doen.

George had altijd gelijk... behalve als hij ongelijk had. Blaze had nog steeds het gevoel dat dit verkeerd was.

'Jezus,' zei hij, en het woord klonk waterig.

'Doe het vlug,' zei George vanuit de badkamer. 'Laat hem niet lijden.'

Blaze knielde neer en legde het kussen over het gezicht van de baby. Hij had zijn ellebogen nu in de wieg, aan weerskanten van die kleine ribbenkast, en hij voelde dat Joe twee keer inademde... stopte... nog eens inademde... weer stopte. Joe bewoog en welfde zijn rug. Tegelijk draaide hij met zijn hoofd en haalde hij weer adem. Blaze oefende meer druk op het kussen uit.

Hij huilde niet. Blaze dacht dat het beter zou zijn als het kind huilde. Het leek hem zo verschrikkelijk als de baby geluidloos zou sterven, als een insect. Dat was gruwelijk. Blaze haalde het kussen weg.

Joe draaide met zijn hoofd, deed zijn ogen open, deed ze dicht, lachte en stak zijn duim in zijn mond. Toen lag hij gewoon weer te slapen.

Blaze haalde diep en hortend adem. De zweetdruppels stonden op zijn gedeukte voorhoofd. Hij keek naar het kussen, dat hij nog in zijn samengebalde handen had, en liet het vallen alsof het heet was. Hij beefde en greep zijn buik vast om daar een eind aan te maken. Er kwam geen eind aan. Algauw beefde hij met heel zijn lijf. Zijn spieren zoemden als telefoondraden.

'Maak het af, Blaze.'

'Nee.'

'Als je het niet doet, ga ik pleite.'

'Ga dan.'

'Je denkt dat je hem kunt houden, hè?' George lachte in de

badkamer. Het klonk als een ratelende afvoerpijp. 'Arme sukkel. Als je hem laat leven, gaat hij je haten. Daar zorgen zij wel voor. Die goede mensen. Die goede rijke klootzakken van een republikeinse miljonairs. Heb ik je dan nooit niks geleerd, Blaze? Laat me het zeggen met woorden die zelfs een sukkel kan begrijpen: als jij in brand stond, zouden ze nog niet op je pissen om het vuur te doven.'

Blaze keek naar de vloer, waar het vreselijke kussen lag. Hij beefde nog, maar nu brandde zijn gezicht ook. Hij wist dat George gelijk had. Toch zei hij: 'Ik ben niet van plan in brand te staan, George.'

'Jij bent helemaal niks van plan! Blazer, als dat leuke kleine baby'tje van jou een man is geworden, maakt hij een omweg van twintig kilometer om op je graf te kunnen spugen. En nu voor het laatst: *maak dat kind dood!*'

'Nee.'

Plotseling was George weg. En misschien was hij er echt al die tijd geweest, want Blaze had sterk het gevoel dat iets – een aanwezigheid – het huisje verliet. Er gingen geen ramen open en er klapten geen deuren dicht, maar het was echt zo: het huisje was leger dan tevoren.

Blaze liep naar de badkamerdeur en duwde hem met zijn voet open. Er was daar niets dan de wastafel. Een roestige douche. En de plee.

Hij probeerde weer in slaap te komen, maar dat lukte hem niet. Wat hij bijna had gedaan, hing als een sluier in zijn hoofd. En wat George had gezegd: *Ze hebben je bijna te pakken.* En: *Als je hier niet weggaat, hebben ze je om twaalf uur vanmiddag te pakken.*

En het allerergste: *Als hij een man is geworden, maakt hij een omweg van twintig kilometer om op je graf te kunnen spugen.*

Voor het eerst voelde Blaze zich opgejaagd. In zekere zin had hij het gevoel dat ze hem al te pakken hadden... als een vlieg die spartelt in een spinnenweb waaruit hij niet kan ontsnappen. Er kwamen teksten uit oude films bij hem op: *Breng hem terug, dood of levend. Als je nu niet naar buiten komt, komen wij naar binnen, en dat doen we schietend. Doe je handen omhoog, schobbejak – het spel is uit.*

Hij kwam zwetend overeind. Het liep tegen vijf uur, ongeveer een uur nadat hij wakker was geworden van het gehuil van de baby. Het begon licht te worden, maar tot nu toe beperkte dat zich tot niet meer dan een vage streep aan de horizon. Aan de hemel hadden de sterren om hun oude as gedraaid, alsof het hun allemaal niet aanging.

Als je hier niet weggaat, hebben ze je om twaalf uur vanmiddag te pakken.

Maar waar kon hij heen?

Eigenlijk wist hij het antwoord op die vraag wel. Al dagen.

Hij stond op en kleedde zich met snelle, onrustige bewegingen aan: ondergoed, wollen shirt, twee paar sokken, Levi's, schoenen. De baby sliep nog en Blaze had alleen tijd om een snelle blik op hem te werpen. Hij pakte papieren zakken onder de gootsteen vandaan en vulde ze met luiers, flesjes, blikjes melk.

Toen de zakken vol waren, droeg hij ze naar de Mustang, die naast de gestolen Ford stond. Hij had tenminste de sleutel van de kofferbak van de Mustang, en hij zette de zakken daarin. Hij liep niet heen en weer, maar rende. Nu hij had besloten weg te gaan, joeg de paniek hem op.

Hij pakte nog een zak en vulde hem met Joe's kleren. Hij klapte de luiertafel in en nam die ook mee, met de op zichzelf niet absurde gedachte dat Joe op een nieuwe plaats graag op die tafel zou liggen omdat hij eraan gewend was. De Mustang had een kleine kofferbak, maar toen hij een paar zakken naar de achterbank had overgebracht, lukte het hem de luiertafel erin te krijgen. De wieg kon ook op de achterbank, dacht hij. De babymaaltijden konden voor de passagiersstoel staan, met wat babydekens eroverheen. Joe was zo langzamerhand gek op dat babyvoedsel; hij kon er geen genoeg van krijgen.

Hij ging nog één keer heen en weer om spullen te halen, startte toen de Mustang en zette de verwarming aan om de auto lekker comfortabel te maken. Het was halfzes. Het daglicht kwam opzetten. De sterren waren verbleekt; nu lichtte alleen Venus nog helder op.

In het huis terug, pakte Blaze de baby uit de wieg en legde hem op zijn bed. De baby murmelde, maar werd niet wakker. Blaze bracht de wieg naar de auto.

Hij ging terug en keek koortsachtig om zich heen. Hij pakte de radio van zijn plaats op de vensterbank, trok de stekker uit het contact, draaide het snoer om het apparaat heen en zette het op de tafel. In de slaapkamer haalde hij zijn oude bruine koffer – gehavend en wit uitgesleten in de hoeken – onder het bed vandaan. Hij gooide de rest van zijn kleren er lukraak in. Daarbovenop legde hij en paar pornoblaadjes en een stuk of wat stripalbums. Hij bracht de koffer en zijn radio naar de auto, die al vol raakte. Toen ging hij voor het laatst naar het huis terug.

Hij spreidde een deken uit, legde Joe erop, sloeg de deken om hem heen en stopte de hele bundel in zijn jasje. Toen trok hij de rits van het jasje dicht. Joe was nu wakker. Hij keek als een woestijnrat uit zijn nest.

Blaze liep met hem naar de auto, ging achter het stuur zitten en legde Joe op de passagiersplaats.

'En nou niet gaan liggen rollen, jochie,' zei hij.

Joe glimlachte en trok prompt de deken over zijn hoofd. Blaze grinnikte even en zag tegelijk weer voor zich hoe hij het kussen over Joe's gezicht had gedrukt. Hij huiverde.

Hij reed achteruit naar buiten, keerde de auto en reed het pad af... en hoewel hij het niet wist, scheelde het maar twee uur of hij zou gevangen hebben gezeten in een kordon van wegafzettingen.

Hij gebruikte kleine weggetjes om buiten Portland en de voorsteden te blijven. Het gestage geluid van de motor en de lucht uit de verwarming brachten Joe bijna meteen weer in dromenland. Blaze zette zijn favoriete countrystation op, dat bij zonsopgang begon te spelen. Hij hoorde de Schriftlezing van die ochtend, toen de berichten voor de landbouw, en toen een rechts commentaar van Freedom Line in Houston, dat George tot een stortvloed van schuttingtaal zou hebben gebracht. Eindelijk kwam het nieuws.

'Het zoeken naar de kidnappers van Joseph Gerard IV is nog steeds gaande,' zei de nieuwslezer ernstig. 'En misschien is er minstens één nieuwe ontwikkeling.'

Blaze spitste zijn oren.

'Een bron uit de naaste omgeving van het onderzoek zegt dat de posterijen van Portland gisteravond een mogelijke losgeldbrief in de post hebben aangetroffen en dat die brief direct per auto naar het huis van de Gerards is gebracht. Albert Sterling, de FBI-agent die de leiding van het onderzoek heeft, en de plaatselijke autoriteiten willen hier geen commentaar op geven.'

Blaze luisterde daar niet naar. De Gerards hadden zijn brief gekregen, en dat was goed. De volgende keer zou hij bellen. Hij had er trouwens niet aan gedacht kranten of enveloppen mee te brengen, of iets om letters mee op te plakken. En bellen was altijd beter. Het was sneller.

'En dan nu het weerbericht. Een lagedrukgebied boven het noordelijk deel van de staat New York zal volgens de verwachting naar het oosten trekken en New England met de zwaarste sneeuwstorm van deze winter treffen. Het meteorologisch instituut heeft een weeralarm doen uitgaan, en het kan vanmiddag om twaalf uur al beginnen te sneeuwen.'

Blaze nam Route 136, volgde hem drie kilometer en sloeg toen Stinkpine Road in. Toen hij langs de vijver kwam – die nu bevroren was – waar Johnny en hij eens bevers een dam hadden zien bouwen, had hij een dromerig maar sterk déjà vu-gevoel. Daar stond de leegstaande boerderij waar Blaze, Johnny en een jongen die er Italiaans uitzag eens hadden ingebroken. Ze hadden een stapel schoenendozen in een kast gevonden. In een daarvan hadden vieze foto's gezeten – mannen en vrouwen die alles deden, vrouwen en vrouwen, zelfs een van een vrouw en een paard of ezel – en ze hadden er de hele middag naar gekeken, met emoties die van verbazing in begeerte en ten slotte in walging overgingen. Blaze kon zich de echte naam van die jongen die er Italiaans uitzag niet herinneren, alleen dat iedereen hem Toe-Jam noemde.

Anderhalve kilometer verder ging Blaze op een driesprong naar rechts en kwam op een weggetje met veel kuilen terecht dat nonchalant (en smal) was omgeploegd, waarna de sneeuw weer vrij spel had gekregen. Een halve kilometer verder, voorbij een bocht die de jongens de Lekker Stuk Bocht hadden genoemd (Blaze had langgeleden geweten waarom, maar nu wist hij het niet meer), kwam hij bij een ketting die over de weg was gehangen. Blaze stapte uit, liep erheen en trok het roestige hangslot met één rukje open. Hij was daar al eerder geweest, en toen had hij zes harde rukken moeten geven om het oude mechanisme van het slot kapot te krijgen.

Nu legde hij de ketting neer en keek naar de weg daarachter. Er was daar geen sneeuw geruimd sinds de laatste bui, maar hij dacht dat de Mustang goed vooruit zou komen als hij eerst achteruit ging en vaart maakte. Later zou hij teruggaan en de ketting repareren; het zou niet de eerste keer zijn. Deze plaats oefende aantrekkingskracht op hem uit.

En wat nog het mooiste was? Er was sneeuw op komst, en die sneeuw zou zijn sporen bedekken.

Hij liet zijn lichaamsmassa in het kuipstoeltje zakken, zette de Mustang in zijn achteruit en ging vijftig meter terug. Toen ging hij met de automaat naar het laagste bereik en trapte op het gas. De Mustang gedroeg zich overeenkomstig zijn naam.

De motor gromde en toen de toerenteller die de eigenaar had laten installeren naar de rode zone ging, gooide Blaze de pook met de zijkant van zijn hand naar DRIVE. Hij dacht dat hij altijd weer terug kon schakelen als zijn gestolen raspaardje het echt moeilijk kreeg.

Hij kwam in de sneeuw. De Mustang wilde slippen, maar hij stuurde mee en het mooie neusje van de wagen wees weer naar voren. Hij reed als iemand in een herinnering die half een droom is en rekende erop dat die droom hem buiten de onzichtbare greppels aan weerskanten van de weg kon houden, waarin de Mustang kon vastlopen. Aan weerskanten van de hardrijdende auto spoot de sneeuw in waaiers op. Kraaien vlogen op uit de schamele dennen en verhieven zich in de schuimwitte lucht.

Hij kwam over de eerste verhoging heen. Daarachter boog de weg naar links. De auto wilde weer slippen, en Blaze stuurde weer mee. Hij hield hem nog net in zijn macht, het stuur draaide even uit eigen beweging onder zijn handen maar kwam terug toen de banden een beetje grip vonden. De sneeuw vloog op en bedekte de voorruit. Blaze zette de wissers aan, maar een ogenblik reed hij blind, lachend van angst en opwinding. Toen de voorruit weer vrij was, zag hij het grote hek recht voor hem. Dat zat dicht, maar het was te laat om daar iets anders aan te doen dan een kalmerende hand op de borst van de slapende baby te leggen en te bidden. De Mustang vloog tot aan de onderkant van zijn portieren door de sneeuw. Er volgde een harde klap die zich huiverend door de hele carrosserie verplaatste en de auto ongetwijfeld voorgoed ontzette. Planken spleten en vlogen weg. De Mustang slingerde... tolde rond... sloeg af.

Blaze stak zijn hand uit om de motor opnieuw te starten, maar die haperde en sloeg weer af.

Voor hem verhief zich het sombere Hetton House: drie verdiepingen van beroete baksteen. Gefascineerd keek hij naar de dichtgetimmerde ramen. Zo was het ook geweest als hij hier vroeger stond. Oude herinneringen dienden zich aan, kregen kleur, kwamen in beweging. John Cheltzman die zijn huiswerk voor hem maakte. Coslaw die dat ontdekte. De gevonden portefeuille. De lange avonden waarop ze hadden overlegd hoe ze het geld in de portefeuille zouden uitgeven, fluisterend van bed tot bed als het licht uit was. De geur van boenwas en krijt. De afschrikwekkende portretten aan de muren, met ogen die je leken te volgen.

Er zaten twee borden op de deur. Op het ene stond VERBODEN TOEGANG – SHERIFF VAN DISTRICT CUMBERLAND. Op het andere stond TE KOOP OF TE HUUR BEZOEK OF BEL MAKELAARDIJ GERALD CLUTTERBUCK, CASTLE ROCK, MAINE.

Het lukte Blaze de Mustang te starten. Hij zette hem in een lage versnelling en reed langzaam naar voren. De wielen spinden nog steeds, en hij moest het stuur naar links trekken om rechtuit te blijven rijden, maar de kleine auto was nog steeds bereid zijn werk te doen en hij reed langzaam langs de oostkant van het hoofdgebouw. Er zat een kleine ruimte tussen het gebouw en de langgerekte lage opslagschuur ernaast. Hij reed de Mustang de schuur in, terwijl hij het gaspedaal helemaal in drukte om in beweging te blijven. Toen hij de motor afzette, was de stilte oorverdovend. Niemand hoefde hem te vertellen dat de Mustang aan het eind van zijn werktijd was gekomen, in elk geval bij hem. De auto zou daar tot het voorjaar blijven staan.

Blaze huiverde, al was het niet koud in de auto. Hij had het gevoel dat hij thuis was gekomen.

Voorgoed.

Hij forceerde het slot van de achterdeur en bracht Joe, comfortabel in de deken gewikkeld, naar binnen. Binnen leek het kouder dan buiten. Het was of de kou in de botten van het gebouw was getrokken.

Hij ging met de baby naar het kantoor van Martin Coslaw.

De naam was van de matglazen ruit in de deur geschraapt, en het vertrek daarachter was een lege doos. Je had niet meer het gevoel dat Coslaw hier was geweest. Blaze probeerde zich te herinneren wie er na Coslaw was gekomen, maar hij wist het niet meer. Zelf was hij toen al weg geweest. Naar North Windham, waar de slechte jongens heen gaan.

Hij legde Joe op de vloer en ging op onderzoek uit in het gebouw. Er stonden een paar bureaus en hier en daar lagen stukken hout en verkreukelde papieren. Hij zocht een armvol bij elkaar, ging ermee naar het kantoor en maakte vuur in de kleine haard die in de muur was ingebouwd. Toen het vuur goed brandde en hij zich ervan had overtuigd dat de schoorsteen goed trok, ging hij naar de Mustang terug om alles uit te laden.

Tegen de middag had hij zich helemaal geïnstalleerd. De baby lag in zijn wieg en sliep nog (al vertoonde hij tekenen dat hij wakker zou worden). Zijn luiers en blikjes met voeding hadden een plekje gevonden op de planken. Blaze had een stoel voor zichzelf gevonden en in de hoek twee dekens neergelegd die hem tot bed konden dienen. Het was nu een beetje warmer in de kamer, maar het bleef kil. Die kilte kwam van de muren en woei onder de deur door. Hij zou het kind goed ingepakt moeten houden.

Blaze trok zijn jasje aan en ging naar buiten. Eerst liep hij over de weg naar de ketting. Hij hing hem weer op zijn plaats en constateerde tot zijn genoegen dat het hangslot weliswaar kapot was maar nog wel wilde sluiten. Je moest er zo ongeveer met je neus bovenop zitten om te zien dat het kapot was. Vervolgens liep hij naar het vernielde hek. Hij zette de grote stukken hout terug en ondersteunde ze zo goed mogelijk. Het zag er beroerd uit, maar als hij de stukken hout zo ver mogelijk in de sneeuw stak (hij zweette nu flink), bleven ze tenminste rechtop staan. En ach – als iemand zo dichtbij kwam, zat hij toch al in de problemen. Hij was wel dom maar niet zó dom.

Toen hij terugkwam, was Joe wakker en schreeuwde hij dat het een aard had. Blaze schrok daar niet meer zo van als in het begin. Hij trok het kind zijn jasje aan (groen – en schattig) en liet hem op de vloer spelen. Terwijl Joe pogingen deed om te kruipen, maakte Blaze een potje met babyvoeding open. Hij kon die verrekte lepel niet vinden – die zou waarschijnlijk nog wel opduiken, dat deden de meeste dingen – en dus voerde hij het kind met zijn vinger. Tot zijn genoegen constateerde hij dat Joe in de loop van de nacht weer een tandje had gekregen. Hij had er nu drie in totaal.

'Sorry dat het zo koud is,' zei Blaze. 'Maar we redden ons wel, hè?'

Joe vond het niet erg dat het eten koud was. Hij at gretig. Toen hij klaar was, huilde hij van de buikpijn. Blaze wist dat het dat was; hij herkende nu het buikpijnhuilen, tandjeshuilen en *ik ben moe*-huilen. Hij zette Joe op zijn schouder en liep met hem door de kamer, waarbij hij sussende geluidjes maakte en over zijn rug wreef. Toen Joe bleef huilen, liep Blaze met hem de koude gang op en neer, nog steeds sussend. Joe huilde nu niet alleen, maar huiverde ook, en dus sloeg Blaze een deken om hem heen en vouwde de zijkant daarvan als een kap over Joe's hoofdje.

Hij ging naar de tweede verdieping, naar lokaal 7, waar hij en Martin Coslaw elkaar in de rekenles voor het eerst hadden leren kennen. Er stonden nog drie banken in de hoek. Op een daarvan zag hij, bijna verborgen onder latere inkervingen (hartjes, mannelijk en vrouwelijk seksueel gereedschap, aansporingen om te zuigen of te bukken), de initialen **CB** in zijn eigen zorgvuldige blokletters.

Verwonderd trok hij een handschoen uit en streek met zijn vingers over de oude inkepingen. Een jongen die hij zich nauwelijks herinnerde, had daar gezeten. Het was ongelooflijk. En op een vreemde manier ook droevig, zodat hij weer moest denken aan vogels die in hun eentje op telefoondraden zaten. De inkepingen waren oud en de beschadiging van het hout was in de loop van de jaren glad geworden. Het hout had de letters aanvaard, had ze tot een deel van zichzelf gemaakt.

Hij hoorde een grinniklachje achter zich en draaide zich snel om.

'George?'

Geen antwoord. Het woord galmde weg en werd teruggekaatst. Het leek hem te bespotten. Het leek wel of die stem zei: er is geen miljoen, alleen dit lokaal. Dit lokaal waar hij in verlegenheid was gebracht en bang gemaakt. Dit lokaal waar het hem niet gelukt was te leren.

Joe bewoog op zijn schouder en nieste. Zijn neus was rood. Hij huilde. In de kou en dat lege gebouw klonk het geluid erg zwak. Het leek wel of de vochtige bakstenen het opzogen.

'Stil maar,' suste Blaze. 'Je moet niet huilen. Ik ben er. Alles komt goed. Met jou. Met mij.'

De baby huiverde weer en Blaze besloot hem naar Coslaws kantoor terug te brengen. Hij zou hem in zijn wieg bij de haard leggen. Met nog een deken erbij.

'Het is goed, schatje. Het is goed. Stil maar.'

Maar Joe huilde tot hij uitgeput was, en niet lang daarna sneeuwde het hard.

HOOFDSTUK 18

In de zomer na hun avontuur in Boston gingen Blaze en Johnny Cheltzman bosbessen plukken met een stel andere jongens uit Hetton House. De man voor wie ze werkten, Harry Bluenote, was een brave burger. Niet in de minachtende zin van het woord zoals George het later zou gebruiken, maar in de beste traditie van lord Baden-Powell. Hij bezat twintig hectare eersteklas bosbessenland in West Harlow en brandde dat om het andere voorjaar plat. In juli nam hij een stuk of twintig jonge mislukkelingen aan om de bessen te plukken. Er zat voor hem niet veel voordeel meer in dan het beetje geld dat een kleine boer voor zijn oogst krijgt. Hij had de jongens van Hetton House en meisjes van Wiscassett, een tehuis voor meisjes met opvoedingsmoeilijkheden, drie cent per liter kunnen geven. Ze zouden dat hebben geaccepteerd en blij zijn geweest dat ze in de frisse lucht waren. In plaats daarvan gaf hij hun de zeven cent die jongeren uit het dorp vroegen en kregen. Het geld voor het busvervoer naar en van de velden kwam uit zijn eigen zak.

Hij was een lange, magere oude yankee met een diep doorgroefd gezicht en fletse ogen. Als je te lang in die ogen keek, raakte je ervan overtuigd dat hij krankzinnig was. Hij was geen lid van de Grange of een andere boerenorganisatie. Die hadden hem trouwens niet als lid willen hebben. Niet iemand die misdadigers in dienst nam voor het plukken van zijn bessen. En het wáren misdadigers, verdomme, of ze nu zestien of eenenzestig waren. Ze kwamen daar in een fatsoenlijk dorp en fatsoenlijke mensen vonden dat ze hun deuren op slot moesten doen. Ze moesten op hun hoede zijn voor vreemde tieners die over de wegen liepen. Jongens én meisjes. Als je die bij elkaar zette – criminele jongens én criminele meisjes – kreeg je zoiets als Sodom en Gomorra. Dat zei iedereen. Het was verkeerd. Vooral wanneer je je eigen jongeren netjes probeerde op te voeden.

Het seizoen duurde van de tweede week van juli tot de derde of vierde week van augustus. Bluenote had tien hutten aan de rivier de Royal gebouwd, die precies door het midden van zijn grond liep. Er waren zes jongenshutten en vier meisjeshutten, twee groepen op enige afstand van elkaar. Vanwege hun positie ten opzichte van de rivier heetten die van de jongens Ondieptehutten en die van de meisjes Bochthutten. Een van de zoons van Bluenote – Douglas – bleef bij de jongens. Bluenote adverteerde elke maand juni voor een vrouw die in de Bochthutten wilde logeren, iemand die als 'kampmoeder' en als kokkin kon fungeren. Hij betaalde haar goed, en dat kwam ook uit zijn eigen zak.

De hele scandaleuze affaire kwam ter sprake op een dorpsbijeenkomst. In dat jaar wilde een coalitie uit Southwest Bend de belastingen herzien die op Bluenotes eigendom werden geheven. Blijkbaar wilden ze zijn linksige sociale project onmogelijk maken door zijn winstmarge te beperken.

Bluenote zei niets tot de discussie was afgelopen. Zijn zoon Dougie en twee of drie van zijn vrienden uit zijn kant van het dorp hadden partij voor hem gekozen. Net voordat de voorzitter de discussie met een hamerslag wilde besluiten, stond hij op en vroeg om het woord. Dat gaven ze hem. Met tegenzin.

Hij zei: 'Niemand van jullie is in de bessenoogsttijd ook maar iets kwijtgeraakt. Er is niet één auto gestolen, niet één inbraak gepleegd, niet één schuur in brand gestoken. Er is nog geen soeplepel gestolen. Ik wil die jongeren alleen maar laten zien wat je met een goed leven kunt bereiken. Wat ze daarmee doen als ze het hebben meegemaakt, is hun eigen zaak. Heeft niemand van jullie ooit in de modder vastgezeten en een duwtje nodig gehad? Ik zal jullie niet vragen hoe je dat voorstel kunt steunen en je toch christen kunt noemen, want dan heeft een van jullie wel een of ander antwoord uit wat ik "de Bijbel voor elk wat wils" noem. Maar gossiemikkie! Hoe kunnen jullie op zondag de parabel van de barmhartige Samaritaan lezen en dan op maandagavond zeggen dat jullie achter dit voorstel staan?'

Op dat moment kon Beatrice McCafferty zich niet meer inhouden. Ze hees zich van haar klapstoel (die misschien even kraakte van dankbaarheid) en trompetterde zonder zelfs maar op een hoofdknikje van de voorzitter te wachten: 'Oké, en nou ter zake! Het geschárrel! Durf jij, Harry Bluenote, te beweren dat er nooit gescharrel is geweest tussen de jongens in dat ene stel hutten en de meisjes in dat andere?' Ze keek om zich heen, zo grimmig als een graafmachine. 'Is meneer Bluenote soms van gisteren? Ik vraag me af wat hij denkt dat daar in het holst van de nacht allemaal gebeurt, als het geen inbraak en brandstichting is.'

Harry Bluenote ging niet zitten. Hij bleef met zijn duimen achter zijn bretels aan de andere kant van de zaal staan. Zijn gezicht had de stoffige, rossige kleur van een echte boer. Zijn fletse, merkwaardige ogen gingen aan de hoeken misschien een heel klein beetje omhoog van pret. Maar misschien ook niet. Toen hij er zeker van was dat ze klaar was, haar zegje had gedaan, zei hij kalm en zonder omhaal: 'Ik heb nooit gekeken, Beatrice, maar het is absoluut geen verkrachting.'

En daarna werd de zaak 'aangehouden voor nadere besprekingen'. In het noorden van New England is dat de beleefde term voor het vagevuur.

John Cheltzman en de andere jongens uit Hetton House waren van het begin af enthousiast geweest over de trip, maar

Blaze had zijn twijfels gehad. Als het op 'werken in de buitenlucht' aankwam, kon hij zich de Bowies maar al te goed herinneren.

Toe-Jam praatte over niets anders dan dat hij een meisje ging zoeken 'om mee te rotzooien'. Blaze geloofde dat het voor hemzelf tijdverspilling was om zich daar druk om te maken. Hij dacht nog steeds aan Marjorie Thurlow, en wat had het bovendien voor zin om aan de rest van de meisjes te denken? Meisjes hielden van stoere jongens die leiding aan hen konden geven, zoals de kerels in de films deden.

Trouwens, hij was bang voor meisjes. Voor hem was het genoeg om met Toe-Jams gekoesterde exemplaar van *Girl Digest* in een toilethokje in Hetton House te zitten en zich af te rukken. Het deed hem goed, al was het misschien verkeerd. Als hij naar de andere jongens luisterde, kreeg hij trouwens de indruk dat je zo ongeveer hetzelfde gevoel had wanneer je hem erin stak als wanneer je je afrukte, en dat laatste had één voordeel: je kon het vier of vijf keer per dag doen.

Op zijn vijftiende was Blaze eindelijk volgroeid. Hij was een meter vijfennegentig lang, en het touw dat John van schouder tot schouder spande, mat op een dag eenenzeventig centimeter. Zijn haar was bruin, grof, dik en vettig. Zijn handen waren blokken die, indien gespreid, dertig centimeter groot waren van duim tot pink. Zijn ogen waren flesgroen, stralend en boeiend, helemaal niet de ogen van een dombo. Met hem vergeleken waren de andere jongens een soort pygmeeën, en toch plaagden ze hem openlijk en onbeschaamd. Ze hadden John Cheltzman – tegenwoordig meestal JC of Jeepers Cripe genoemd – als Blazes persoonlijke totem geaccepteerd, en na hun avontuur in Boston waren de twee jongens in de gesloten gemeenschap van Hetton House ware volkshelden geworden. Blaze had een nog specialere positie veroverd. Iedereen die ooit peuters rond een sint-bernard heeft zien staan, zal weten wat voor plaats dat is.

Toen ze op het terrein van Bluenote kwamen, stond Dougie Bluenote te wachten om hen naar hun hutten te brengen. Hij zei tegen hen dat ze de Ondieptehutten die zomer met zes jongens uit het tuchthuis South Portland zouden delen. Iedereen was meteen stil. Die jongens uit het South Portland stonden bekend als vechtersbazen.

Blaze zat met John en Toe-Jam in hut 3. John was magerder geworden sinds hun reisje naar Boston. Zijn acute reuma was door de arts van Hetton House (een Camel rokende oude kwakzalver die Donald Hough heette) als niets meer dan een lelijke griep gediagnosticeerd. Die diagnose zou Johns dood worden, zij het pas een jaar later.

'Dit is jullie hut,' zei Doug Bluenote. Hij had wel het boerengezicht maar niet de merkwaardige fletse ogen van zijn vader. 'Die hut is door veel jongens voor jullie gebruikt. Als hij jullie bevalt, zorg er dan goed voor, dan kunnen veel jongens hem na jullie gebruiken. Er is een houtkachel voor als het 's avonds koud wordt, maar waarschijnlijk wordt het dat niet. Er zijn vier bedden, dus jullie kunnen kiezen. Als we hier nog een jongen onderbrengen, krijgt hij het overgebleven bed. Er is een kookplaat voor kleine gerechten en koffie. Haal de stekker uit het contact voordat jullie 's morgens weggaan. Haal de stekker uit het contact voordat jullie 's avonds naar bed gaan. Er zijn asbakken. Daar gaan jullie peuken in. Niet op de vloer. Niet op het erf. Alcohol en poker zijn verboden. Als jullie door mijn vader of mij op drinken of pokeren worden betrapt, kunnen jullie vertrekken. Jullie krijgen geen tweede kans. Het ontbijt is om zes uur in het grote huis. Om twaalf uur krijgen jullie het middageten, en dat eten jullie daar op.' Hij maakte een armgebaar in de richting van de bosbessenvelden. 'Avondeten om zes uur in het grote huis. Jullie beginnen morgenvroeg om zeven uur te plukken. Ik wens jullie een goede dag, heren.'

Toen hij weg was, keken ze rond. Het was geen slechte hut. De kachel was een oude Invincible met een bakoven. De bedden stonden allemaal op de vloer – voor het eerst in jaren zouden ze niet op elkaar gestapeld slapen. De hut bestond uit een vrij grote huiskamer, een keuken en twee slaapkamers. Er was een boekenkast die van een sinaasappelkistje was gemaakt. Daarin stonden de Bijbel, een boek met seksuele voorlichting, *Tien avonden in een bar* (een boek dat voor alcoholisme waarschuwde) en *Gejaagd door de wind*. Op de vloer lag een verbleekt kleed. De vloer zelf was van losse planken, heel anders dan de tegels en het gelakte hout van Hetton House. Deze planken maakten een rommelend geluid als je eroverheen liep.

Terwijl de anderen hun bedden opmaakten, ging Blaze naar de veranda om te kijken waar de rivier was. Hij zag de rivier. Die was op deze plaats kalm en ondiep, maar niet ver stroomopwaarts was het kalmerende gebulder van een stroomversnelling te horen. Knoestige bomen, eiken en wilgen, bogen zich over het water alsof ze hun eigen spiegelbeeld wilden bekijken. Muggen en libellen vlogen net boven het wateroppervlak en doken daar soms even op af. In de verte was het tsjirpen van een cicade te horen.

Blaze voelde dat er iets in hem los kwam.

Hij ging op de bovenste tree van de veranda zitten. Na een tijdje kwam John naast hem zitten.

'Waar is Toe?' vroeg Blaze.

'Hij leest dat boek over seks. Hij zoekt naar plaatjes.'

'Heeft hij al iets gevonden?'

'Nog niet.'

Ze zaten een tijdje zwijgend naast elkaar.

'Blaze?'

'Ja?'

'Het is hier niet gek, hè?'

'Nee.'

Maar hij dacht nog steeds aan de Bowies.

Om halfzes liepen ze naar het grote huis. Het pad volgde de

rivier en bracht hen al gauw bij de Bochthutten, waar zes meisjes waren ondergebracht.

De jongens uit Hetton House en de vechtersbazen uit South Portland liepen door alsof ze elke dag van hun leven meisjes – meisjes met tíéten – om zich heen hadden. De meisjes liepen met hen mee. Sommigen stiftten hun lippen terwijl ze met elkaar praatten en ze liepen daar alsof jongens – jongens met stoppelbaarden – even normaal waren als vliegen die je doodsloeg. Een paar van hen droeg nylonkousen, de rest had sokjes aan. Die sokjes waren allemaal omgeslagen op precies dezelfde hoogte van de scheen. Ontsieringen van de huid waren bedekt met make-up, in sommige gevallen met zo'n dikke laag dat het op suikerglazuur leek. Een van de meisjes, benijd door de anderen, had groene oogschaduw. Ze hadden allemaal de heupwiegende manier van lopen aangeleerd die John Cheltzman later de hoerenloop zou noemen.

Een van de vechtersbazen uit South Portland rochelde en spuwde. Toen plukte hij een spriet alfalfagras en stak hem tussen zijn tanden. De andere jongens keken daar aandachtig naar en probeerden iets te bedenken – wat dan ook – wat ze konden doen om aan het schone geslacht te laten zien hoe nonchalant ze wel niet waren. De meesten beperkten zich tot rochelen en spuwen. Sommige originele types staken hun handen in hun achterzak. Enkelen deden beide.

De jongens uit South Portland waren waarschijnlijk in het voordeel ten opzichte van de jongens uit Hetton House: als het op meisjes aankwam, was het aanbod in de stad groter. De moeders van de South Portland-jongens mochten dan slikkers en spuiters en tiendollarliefjes zijn, en hun zusters aftrekschatjes van twee dollar, de vechtersbazen hadden tenminste een idéé van meisjes.

De Hetton House-jongens leefden in een bijna geheel en al mannelijke samenleving. Hun seksuele opvoeding bestond uit gastlessen van plaatselijke predikanten. De meesten van die plattelandsdominees vertelden de jongens dat je van masturbatie gek werd en dat geslachtsgemeenschap er onder andere toe kon leiden dat je penis door een ziekte zwart werd en ging stinken. Verder hadden ze nu en dan de vieze blaadjes van Toe-Jam (*Girl Digest* was het nieuwste en beste). Hun ideeën over omgang met meisjes hadden ze uit films. Van echte geslachtsgemeenschap hadden ze geen idee, want – zoals Toe eens bedroefd opmerkte – neuken deden ze alleen in Franse films. De enige Franse film die ze ooit hadden gezien was *The French Connection*.

En dus verliep de wandeling van de Bochthutten naar het grote huis meestal in een gespannen (maar niet vijandige) stilte. Als ze niet helemaal in beslag waren genomen door de houding die ze in deze nieuwe situatie moesten innemen, zouden ze misschien een blik hebben geworpen op Dougie Bluenote, die zijn uiterste best deed om zijn gezicht in de plooi te houden.

Harry Bluenote leunde tegen het deurkozijn van de eetkamer toen ze binnenkwamen. Zowel jongens als meisjes vergaapten zich aan de platen op de muren (Currier & Ives, N.C. Wyeth), het oude en sfeervolle meubilair, de lange eettafel met GA ZITTEN uitgesneden in de ene bank, en EET JE VOL in de andere. Ze keken vooral naar het grote olieverfportret op de oostelijke muur. Dat was Marian Bluenote, Harry's overleden vrouw.

Misschien dachten ze van zichzelf dat ze hard waren – in sommige opzichten waren ze dat ook – maar toch waren het nog maar kinderen met wat eerste geslachtskenmerken. Ze gingen instinctief in de rijen staan waarin ze hun hele leven hadden gestaan. Bluenote liet hen begaan. Hij schudde elk van hen de hand zodra hij of zij de kamer binnenkwam. Hij knikte hoffelijk naar de meisjes en liet op geen enkele manier blijken dat ze erbij liepen als opgedirkte poppen.

Blaze was de laatste. Hij stak bijna een kop boven Bluenote

uit, maar hij schuifelde met zijn voeten en sloeg zijn ogen neer en wou dat hij in Hetton House terug was. Dit was te moeilijk. Dit was verschrikkelijk. Zijn tong zat aan zijn verhemelte geplakt. Hij stak blindelings zijn hand uit.

Bluenote schudde hem. 'Goh, wat ben jij groot. Maar niet gebouwd op bessen plukken.'

Blaze keek hem dom aan.

'Wil je in de truck rijden?'

Blaze slikte. Er was iets in zijn keel blijven steken dat niet weg wilde. 'Ik kan niet autorijden, meneer.'

'Ik leer het je wel,' zei Bluenote. 'Het is niet moeilijk. Ga maar naar binnen en eet wat.'

Blaze ging naar binnen. De tafel was van mahoniehout. Hij glansde als een vijver. Aan weerskanten was voor hen gedekt. Aan het plafond glinsterde een kroonluchter, net als in een film. Blaze ging zitten. Hij had het warm en koud tegelijk. Links van hem zat een meisje, en dat maakte zijn verwarring nog groter. Telkens wanneer hij die kant op keek, viel zijn blik op haar naar voren gestoken borsten. Ze... wáren er gewoon. Ze namen ruimte in.

Bluenote en de kampmoeder dienden het eten op. Hutspot, een hele kalkoen en een grote houten schaal met salade en drie soorten dressing. Een schaal met flageoletten, een met erwten, een met wortelschijfjes. Een aardewerken pot vol aardappelpuree.

Toen al het eten op de tafel stond en ze allemaal achter hun glanzende bord zaten, viel er een diepe stilte. De jongens en meisjes keken naar het feestmaal alsof het een hallucinatie was. Ergens knorde een maag. Het klonk als een vrachtwagen die over een planken brug reed.

'Goed,' zei Bluenote. Hij zat aan het hoofd van de tafel, met de kampmoeder links van hem. Zijn zoon zat aan het andere eind. 'Laten we bidden.'

Ze bogen hun hoofd en wachtten op de woorden.

'Heer,' zei Bluenote, 'zegen deze jongens en meisjes. En zegen dit voedsel dat zij gaan eten. Amen.'

Ze knipoogden heimelijk naar elkaar, vroegen zich af of het een grap was. Of een truc. 'Amen' betekende dat je kon eten, maar als dat nu het geval was, hadden ze zojuist het kortste gebed uit de geschiedenis van de wereld gehoord.

'Geef me die hutspot eens door,' zei Bluenote.

De bessenplukkers van die zomer stortten zich op het eten.

De volgende morgen kwamen Bluenote en zijn zoon na het ontbijt met twee Ford-tweetonners naar het grote huis. De jongens en meisjes klommen achterin en werden naar het eerste bessenveld gereden. De meisjes hadden deze ochtend een broek aan. Hun gezichten waren rozig van de slaap en voor het merendeel vrij van make-up. Ze leken jonger, zachter.

De gesprekken begonnen. In het begin wat moeizaam, maar toen spontaner. Als de vrachtwagens over hobbels in de weg reden, lachte iedereen. Ze stelden zich niet formeel aan elkaar voor. Sally Ann Robichaux had Winstons en liet het pakje rondgaan; zelfs Blaze, die aan het eind zat, kreeg een sigaret. Een van de vechtersbazen uit South Portland begon een gesprek over pornoblaadjes met Toe-Jam. Het bleek dat die jongen, Brian Wick, een blaadje in pocketformaat, *Fizzy*, naar de boerderij van Bluenote had meegenomen. Toe gaf toe dat hij veel goeds over *Fizzy* had gehoord, en ze kwamen tot ruilhandel. De meisjes slaagden erin dat te negeren en tegelijk toegeeflijk te kijken.

Ze kwamen op hun bestemming aan. De lage bosbessenstruiken waren beladen met fruit. Harry en Douglas Bluenote lieten de laadkleppen van de vrachtwagens zakken en iedereen sprong eruit. Met witte katoenen vlaggetjes op stokken was het veld in stroken verdeeld. Er kwam nog een vrachtwagen – groter, ouder – aanrijden. Deze had zijkanten van zeildoek. Achter het stuur zat een kleine zwarte man die Sonny heette. Blaze zou Sonny nooit een woord horen zeggen.

De Bluenotes deelden een soort korte harkjes met de tanden dicht bij elkaar uit. Alleen Blaze kreeg er geen. 'Dit harkje is zo ontworpen dat hij alleen rijpe bessen meeneemt,' zei Bluenote. Achter hem haalde Sonny een vishengel en een mand uit de grote vrachtwagen. Hij zette een strohoed op en liep door het veld naar een rij bomen. Hij keek niet om.

'Maar,' zei Bluenote, en hij stak zijn vinger op, 'omdat die harkjes een menselijke uitvinding zijn, zijn ze niet perfect. Ze nemen ook bladeren en onrijpe bessen mee. Maak je daar niet druk om en laat je er niet door vertragen. We sorteren ze in de schuur. En daar zijn jullie zelf bij, dus wees niet bang dat we jullie te weinig loon geven. Begrepen?'

Brian en Toe-Jam, die aan het eind van de dag onafscheidelijke vrienden zouden zijn, stonden met hun armen over elkaar. Ze knikten.

'Even voor alle duidelijkheid,' ging Bluenote verder. Zijn vreemde fletse ogen glinsterden. 'Ik krijg zesentwintig cent per liter. Jullie krijgen zeven cent. Nou lijkt het of ik over jullie ruggen negentien cent per liter verdien, maar dat is niet zo. Na aftrek van alle onkosten verdien ik tien cent per liter. Drie meer dan jullie. Dat heet kapitalisme. Mijn veld, mijn winst, en jullie krijgen een deel.' Hij herhaalde: 'Het is maar dat jullie het weten. Iemand bezwaar?'

Niemand had bezwaar. Ze stonden gehypnotiseerd in de warme ochtendzon.

'Oké. Ik heb al een chauffeur; dat ben jij, Hoss. Ik heb ook een teller nodig. Jij, jongen. Hoe heet je?'

'Eh, John. John Cheltzman.'

'Kom eens hier.'

Hij hielp Johnny in het laadruim van de vrachtwagen met de zijkanten van zeildoek te klimmen en legde hem uit wat hij moest doen. Er stonden daar stapels verzinkte emmers. Hij moest iedereen die om een emmer vroeg er een geven. Op de zijkant van elke lege emmer zat een blanco strook wit kleefband. Johnny moest de naam van de plukker op elke volle emmer schrijven. Volle emmers werden in een rek gezet om te voorkomen dat ze omvielen als de vrachtwagen reed. Er was ook een oud, stoffig schoolbord waarop hij de stand moest bijhouden.

'Oké, jongen,' zei Bluenote. 'Laat ze in de rij staan en geef ze hun emmers.'

John werd rood, schraapte zijn keel en fluisterde of ze in de rij wilden gaan staan. Alsjeblieft. Hij keek alsof hij verwachtte dat ze hem onder de voet zouden lopen. In plaats daarvan gingen ze in de rij staan. Sommige meisjes deden een hoofddoek om of stopten kauwgom in hun mond. John gaf ze emmers waarop hij met grote zwarte hoofdletters hun naam had gezet. De jongens en meisjes kozen hun rij en begonnen aan hun werkdag.

Blaze stond naast de vrachtwagen te wachten. Er zat een grote, vormloze opwinding in zijn borst. Het was al jaren een ambitie van hem om auto te rijden. Het leek wel of Bluenote de geheime taal van zijn hart had gelezen. Tenminste, als hij het echt had gemeend.

Bluenote kwam naar hem toe. 'Hoe noemen ze je, jongen? Afgezien van Hoss?'

'Soms Blaze. Soms Clay.'

'Oké, Blaze, kom hier.' Bluenote liep met hem naar de cabine van de vrachtwagen en ging achter het stuur zitten. 'Dit is een International Harvester met drie versnellingen. Dat betekent dat hij drie versnellingen vooruit en één achteruit heeft. Wat hier uit de vloer steekt, is de versnellingspook. Zie je hem?'

Blaze knikte.

'Ik heb mijn linkervoet nu op de koppeling. Zie je hem?'

Blaze knikte.

'Die druk je in als je wilt schakelen. Als je de versnellingspook hebt waar je hem hebben wilt, laat je de koppeling weer opkomen. Doe je dat te langzaam, dan slaat de motor af. Doe je het te snel – laat je hem gewoon los – dan gooi je alle emmers met bessen om en dan valt vriend ook nog ondersteboven. Want dan komt de wagen met een ruk vooruit. Begrijp je dat?'

Blaze knikte. De jongens en meisjes waren al een eind op weg in hun eerste rij. Douglas Bluenote liep van de ene naar de andere rij en liet hen zien hoe ze de bessen het best konden plukken zonder blaren te krijgen. Hij liet hen ook zien dat je aan het eind van elke harkbeweging even met je pols moest draaien; daardoor raakte je de meeste bladeren en takjes kwijt.

Bluenote senior rochelde en spuwde. 'Maak je niet druk om die versnellingen. In het begin heb je alleen met de achteruit en de eerste versnelling te maken. Kijk, dan laat ik je zien waar die twee zitten.'

Blaze keek. Hij had er jaren over gedaan om enigszins te leren optellen en aftrekken (om van vermenigvuldigen en delen nog maar te zwijgen), maar de hele elementaire rijtechniek pikte hij in één ochtend op. Hij liet de motor maar twee keer afslaan. Bluenote zei later tegen zijn zoon dat hij nooit iemand zo snel het delicate evenwicht tussen koppeling en gaspedaal had zien leren. Tegen Blaze zei hij: 'Je doet het goed. Blijf met de wielen uit de struiken.'

Blaze deed meer dan rijden. Hij haalde ook de emmers van de andcren op, draafde ermee naar de vrachtwagen terug, gaf ze aan John en bracht lege emmers naar de plukkers. Die hele dag had hij een grijns op zijn gezicht. Zijn geluk was een virus dat op iedereen oversloeg.

Om een uur of drie kwam er een onweersbui opzetten. De jongeren klommen allemaal achter in de grote vrachtwagen en hielden zich aan Bluenotes waarschuwing dat ze verdraaid goed moesten oppassen waar ze gingen zitten.

'Ik rijd terug,' zei Bluenote, terwijl hij op de treeplank ging staan. Hij zag Blazes gezicht betrekken en grijnsde. 'Geef het wat tijd, Hoss – Blaze, bedoel ik.'

'Oké. Waar is die Sonny?'

'Koken,' zei Bluenote kortweg. Hij trapte de koppeling in en zette de wagen in de eerste versnelling. 'Verse vis, als we geluk hebben; weer hutspot, als we dat niet hebben. Wil je na het eten met me naar de stad?'

Blaze knikte, te diep ontroerd om iets te zeggen.

Die avond stond hij zwijgend met Douglas toe te kijken terwijl Harry Bluenote met de inkoper van Federal Foods Inc. onderhandelde en zijn prijs kreeg. Toen ze terugreden, zat Douglas achter het stuur van een van de Ford pick-ups van de boerderij. Niemand zei iets. Terwijl hij de weg onder de koplampen van de auto door zag glijden, dacht Blaze: ik ben op weg naar iets. Toen dacht hij: ik bén ergens. Die eerste gedachte maakte hem blij. Die tweede gedachte maakte hem zo gelukkig dat hij in huilen zou kunnen uitbarsten.

Dagen gingen voorbij, en toen weken, en in alles zat een ritme. Vroeg op. Gigantisch ontbijt. Werken tot de middag. Gigantische lunch in het veld (op een dag at Blaze maar liefst vier sandwiches, en niemand verbood het hem). Werken totdat de onweersbuien die 's middags altijd kwamen daar een eind aan maakten of Sonny de grote koperen etensbel luidde, met galmende slagen die over de warme, vluchtige dagen gingen als geluiden in een levendige droom.

Bluenote liet Blaze nu ook over kleine weggetjes naar en van de velden rijden. Blaze reed steeds beter, tot het bijna geniaal was. Hij morste nooit ook maar één emmer uit de lage houten rekken. Na het eten ging hij vaak met Harry en Douglas naar Portland en zag daar Harry met de vertegenwoordigers van allerlei levensmiddelenbedrijven marchanderen.

Juli verdween naar waar het maar is dat maanden heen gaan. En toen de helft van augustus. Straks zou de zomer voorbij zijn. Die gedachte maakte Blaze bedroefd. Binnenkort zat hij weer in Hetton House. En dan werd het winter. Blaze moest er niet aan denken: weer een winter in Hetton House.

Hij wist niet hoeveel sympathie Harry Bluenote voor hem had opgevat. De grote jongen was een geboren vredestichter en het plukken was nog nooit met zo weinig moeilijkheden gepaard gegaan. Het was maar één keer tot vechten gekomen. De meeste zomers gebeurde dat minstens vijf keer. Een zekere Henry Gillette beschuldigde een van de andere jongens uit South Portland van vals spelen bij blackjack (strikt genomen niet hetzelfde als poker). Blaze pakte Gillette gewoon bij zijn nekvel en trok hem weg. Daarna liet hij de andere jongen het geld aan Gillette teruggeven.

En toen, in de derde week van augustus, kwam het hoogtepunt. Blaze verloor zijn maagdelijkheid.

Het meisje heette Anne Bradstay. Ze zat in Pittsfield wegens brandstichting. Zij en haar vriendje hadden zes aardappelschuren tussen Presque Isle en Mars Hill in brand gestoken voordat ze gepakt werden. Ze zeiden dat ze het uit verveling hadden gedaan. Het was leuk om die schuren te zien branden. Anne zei dat Curtis haar belde en zei: 'Laten we patat gaan bakken', en dan gingen ze. De rechter – die een zoon van Curtis Prebbles leeftijd in Korea had verloren – had geen begrip voor zo veel verveling en kon ook geen enkele clementie opbrengen. Hij veroordeelde de jongen tot zes jaar in de Shankshaw-gevangenis.

Anne kreeg een jaar in wat de meisjes de Pittsfield-Kotexfabriek noemden. Ze vond het niet zo erg. Haar stiefvader had haar ontmaagd toen ze dertien was en haar oudere broer sloeg haar als hij dronken was, hetgeen vaak het geval was. Na die ellende was Pittsfield een vakantieoord.

Ze was geen gekwetst meisje met een hart van goud, alleen een gekwetst meisje. Ze was niet gemeen, maar wel hebzuchtig en had een scherp oog voor glimmende dingen. Toe, Brian

Wick en twee andere jongens uit South Portland legden geld bij elkaar en boden Anne vier dollar om het met Blaze te doen. Ze hadden geen ander motief dan nieuwsgierigheid. Niemand vertelde het aan John Cheltzman – ze waren bang dat hij het aan Blaze zou doorvertellen, of zelfs aan Doug Bluenote – maar alle anderen in het kamp wisten ervan.

Eén keer per avond ging iemand uit de jongenshutten naar de put aan de weg naar het grote huis. Hij had twee emmers bij zich – een voor water om te drinken en een voor water om je mee te wassen. Die avond was het Toe-Jams beurt, maar hij zei dat hij buikgriep had en vroeg Blaze of die voor een kwartje in zijn plaats wilde gaan.

'Nee, dat hoeft niet. Ik ga gratis,' zei Blaze, en hij pakte de emmers.

Toe grijnsde om het uitgespaarde kwartje en ging het zijn vriend Brian vertellen.

Het was een donkere avond vol geuren. De maan was oranje, net opgekomen. Blaze keek onder het lopen strak voor zich uit en dacht aan niets. De emmers kletterden tegen elkaar. Toen hij een lichte hand op zijn schouder voelde, schrok hij niet.

'Mag ik met je mee lopen?' vroeg Anne. Ze hield haar eigen emmers omhoog.

'Goed,' zei Blaze. Toen plakte zijn tong aan zijn verhemelte en kreeg hij een kleur.

Ze liepen zij aan zij naar de put. Anne floot zachtjes tussen haar rottende tanden door.

Toen ze daar aankwamen, schoof Blaze de planken opzij. De put was maar zeven meter diep, maar als je een kiezelsteen door de met steen beklede schacht liet vallen, maakte hij een mysterieus, hol geluid. Overal om het betonnen platform heen groeide een weelde aan timotheegras en wilde rozen. Er stonden daar ook zes oude eiken, alsof ze de wacht hielden. De maan gluurde nu door een van die eiken en wierp een vaal schijnsel.

'Zal ik water voor je putten?' vroeg Blaze. Zijn oren stonden in brand.

'Ja? Dat zou leuk zijn.'

'Ja,' zei hij, schaapachtig grijnzend. 'Dat zou het.' Hij dacht aan Margie Thurlow, hoewel dit meisje helemaal niet op haar leek.

Een eind touw, gebleekt door de zon, was vastgemaakt aan een ring in een hoek van het betonnen platform. Blaze maakte het andere eind van dat touw aan een van de emmers vast. Hij liet de emmer in het gat vallen. Er volgde een plons. Toen wachtten ze tot de emmer vol was.

Anne Bradstay was geen expert in de kunst van het verleiden. Ze legde haar hand op het kruis van Blazes spijkerbroek en greep zijn penis vast.

'Hé!' zei hij verrast.

'Ik vind je aardig,' zei ze. 'Waarom neuk je me niet? Wil je dat?'

Blaze keek haar met stomheid geslagen aan... al sprak een deel van hem al in de aloude taal. Het meisje droeg een lange jurk, maar die had ze omhooggetrokken om haar dijen te laten zien. Ze was mager, maar het maanlicht flatteerde haar gezicht. Het halfduister kwam haar nog meer ten goede.

Hij sloeg zijn armen om haar heen en kuste haar stuntelig.

'Hé, jij hebt een echte stijve, hè?' vroeg ze. Ze hapte naar adem en greep zijn pik nog steviger vast. 'Nu doen we rustig aan, goed?'

'Goed,' zei Blaze, en hij tilde haar in zijn armen. Hij legde haar in het timotheegras neer. Hij maakte zijn riem los. 'Ik weet hier niks van.'

Anne glimlachte met enige bitterheid. 'Het is makkelijk,' zei ze. Ze trok haar jurk over haar heupen. Ze had geen slipje aan. Hij zag een smalle driehoek van donker haar in het maanlicht en dacht dat hij dood zou gaan als hij daar te lang naar keek.

Ze wees hem nuchter de weg. 'Steek je pik daarin.'

Blaze liet zijn broek zakken en beklom haar. Op een kleine tien meter afstand keek Brian Wick, neergehurkt in hoge struiken, Toe-Jam met grote ogen aan. Hij fluisterde: 'Moet je zien, wat een ding!'

Toe tikte tegen de zijkant van zijn hoofd en fluisterde: 'Wat God hier heeft weggehaald, heeft hij daar teruggezet. En nu stil.'

Ze keken.

De volgende dag zei Toe gehoord te hebben dat Blaze bij de put meer dan alleen water had gehaald. Blaze werd bijna paars en liet zijn tanden zien voor hij wegliep. Toe durfde het nooit meer ter sprake te brengen.

Blaze werd Annes ridder. Hij liep overal achter haar aan en gaf haar zijn tweede deken voor het geval ze het 's nachts koud zou krijgen. Anne genoot daarvan. Op haar eigen manier werd ze verliefd op hem. Zij en hij haalden de rest van de tijd steeds water voor de meisjes- en jongenshutten en niemand zei daar ooit iets van. Ze zouden het niet gedurfd hebben.

Op de avond voordat ze naar Hetton House zouden teruggaan, vroeg Harry Bluenote aan Blaze of hij na het eten nog even wilde blijven. Blaze zei dat het goed was, maar hij voelde zich niet op zijn gemak. Hij dacht dat meneer Bluenote te weten was gekomen wat Anne en hij bij de put deden en daar kwaad om was. Dat zat hem niet lekker, want hij mocht meneer Bluenote graag.

Toen alle anderen weg waren, stak Bluenote een sigaar aan en liep hij twee keer om de afgeruimde eettafel heen. Hij kuchte. Hij streek door zijn al verwarde haar. Toen blafte hij het er bijna uit: 'Hoor eens, wil je hier blijven?'

Blaze keek hem met grote ogen aan. Het duurde even voor hij de kloof kon overbruggen tussen wat hij had gedacht dat meneer Bluenote zou zeggen en wat meneer Bluenote hád gezegd.

'Nou? Wil je dat?'

'Ja,' kon Blaze uitbrengen. 'Ja, goed. Ik... ja.'

'Goed,' zei Bluenote opgelucht. 'Want Hetton House is niets voor een jongen als jij. Je bent een goede jongen, maar je hebt leiding nodig. Je doet verdomd je best, maar...' Hij wees naar Blazes hoofd. 'Hoe is dat gekomen?'

Blazes hand ging meteen naar de deuk in zijn voorhoofd. Hij kreeg een kleur. 'Het is lelijk, hè? Om naar te kijken, bedoel ik...'

'Nou, het is niet mooi, maar ik heb ergere dingen gezien.' Bluenote liet zich in een stoel zakken. 'Hoe is het gekomen?'

'Mijn vader gooide me de trap af. Hij had een kater of zo. Ik weet het niet precies meer. Trouwens...' Hij haalde zijn schouders op. 'Dat is alles.'

'Dat is alles, hè? Nou, misschien is het ook wel genoeg.' Hij stond weer op, ging naar de cooler in de hoek en nam een kartonnen bekertje water. 'Ik ben vandaag naar de dokter geweest – ik had dat uitgesteld, want ik beeld me soms dingen in – en hij zei dat er niks aan de hand was. Een hele opluchting.' Hij dronk het water op, verfrommelde het bekertje en gooide het in de afvalbak. 'Een man wordt ouder, weet je. Jij weet daar niks van, maar dat komt nog wel. Hij wordt ouder en zijn hele leven lijkt net een droom die hij onder een middagdutje heeft gehad, weet je?'

'Ja,' zei Blaze. Hij had er geen woord van gehoord. Hier wonen bij meneer Bluenote! Het drong nog maar amper tot hem door wat dat betekende.

'Ik wilde er alleen zeker van zijn dat ik voor je kon zorgen als ik je in huis nam,' zei Bluenote. Hij wees met zijn duim naar het schilderij van de vrouw aan de muur. '*Zij* hield van jongens. Ze gaf me er drie en stierf toen ze de laatste kreeg. Dougie is de middelste. De oudste woont in de staat Washington en bouwt vliegtuigen voor Boeing. De jongste is vier jaar geleden omgekomen in een auto-ongeluk. Dat was droevig, maar ik mag graag denken dat hij nu bij zijn moeder is.

Misschien is dat een dom idee, maar we zoeken onze troost waar we kunnen. Nietwaar, Blaze?'

'Ja,' zei Blaze. Hij dacht aan Anne bij de put. Anne in het maanlicht. Toen zag hij tranen in de ogen van meneer Bluenote. Hij schrok daarvan en werd er ook een beetje bang van.

'Ga nu maar,' zei Bluenote. 'En blijf niet te lang bij de put hangen, hoor je?'

Maar hij ging wel naar de put. Hij vertelde Anne wat er was gebeurd, en ze knikte. Toen huilde zij ook.

'Wat is er, Annie?' vroeg hij haar. 'Wat heb je, schat?'

'Niets,' zei ze. 'Wil je me helpen met water putten? Ik heb de emmers meegebracht.'

Hij putte het water. Ze keek in verrukking naar hem.

De laatste plukdag was om één uur voorbij, en zelfs Blaze kon zien dat de laatste partij niet veel voorstelde. De bessentijd was voorbij.

Hij reed nu altijd. Hij zat in de cabine van de truck te wachten, toen Harry Bluenote riep: 'Oké, jongens! In de wagen! Blaze rijdt terug! Trek andere kleren aan en kom naar het grote huis! Taart en ijs.'

Ze klauterden de wagen in, schreeuwend als een stel kleine kinderen, en John waarschuwde dat ze op de bessen moesten passen. Blaze had een grijns op zijn gezicht. Die voelde aan als het soort grijns dat de hele dag zou blijven.

Bluenote liep naar de passagierskant. Zijn gezicht was bleek onder zijn gebruinde huid, en het zweet stond op zijn voorhoofd.

'Meneer Bluenote? Voelt u zich wel goed?'

'Ja,' zei Harry Bluenote. Hij glimlachte voor het laatst. 'Vanmiddag een beetje te veel gegeten, denk ik. Rij naar huis, Bla...'

Hij greep naar zijn borst. Aan beide kanten van zijn hals bolden pezen op. Hij keek Blaze recht aan, maar niet alsof hij hem zag.

‘Wat is er?’ vroeg Blaze.

‘Hart,’ zei Bluenote, en toen viel hij naar voren. Zijn voorhoofd dreunde tegen het metalen dashboard. Een ogenblik klampte hij zich met beide handen aan de oude versleten bekleding van de voorbank vast, alsof de wereld op zijn kop was komen te hangen. Toen zakte hij opzij en viel door de opening van het portier op de grond.

Dougie Bluenote had om de motorkap van de vrachtwagen heen gelopen, maar nu rende hij. ‘Papa!’ schreeuwde hij.

Gedurende de woeste, stuiterende rit naar het grote huis stierf Bluenote in de armen van zijn zoon. Blaze merkte het nauwelijks. Hij zat over het grote, gebarsten wiel van de International Harvester-truck gebogen en keek met wilde ogen naar de zandweg die onder hem door rolde.

Bluenote huiverde een keer, twee keer, als een hond in de regen, en dat was dat.

Mevrouw Bricker – de kampmoeder – liet een kan met limonade op de vloer vallen toen ze hem naar binnen droegen. De ijsblokjes vlogen op de planken vloer in alle richtingen. Ze brachten Bluenote naar de huiskamer en legden hem op de bank. Zijn ene arm bungelde op de vloer. Blaze pakte hem op en legde hem op Bluenotes borst. Hij viel weer weg. Daarna hield Blaze hem gewoon vast.

Dougie Bluenote was in de eetkamer. Hij stond naast de langgerekte tafel, die gedekt was voor het feest waarmee het plukseizoen werd afgesloten (met een afscheidscadeautje naast het bord van elke tiener) en praatte koortsachtig in de telefoon. De andere plukkers stonden op de veranda bij elkaar en keken naar binnen. Ze keken allemaal verschrikt, behalve Johnny Cheltzman, die opgelucht keek.

Blaze had hem de vorige avond alles verteld.

De arts kwam en verrichte een kort onderzoek. Toen hij klaar was, trok hij een deken over Bluenotes gezicht.

Mevrouw Bricker was inmiddels opgehouden met huilen, maar begon nu opnieuw. 'Het ijs,' zei ze. 'Wat doen we met al dat ijs? O, wat erg!' Ze hield haar schort voor haar gezicht, en toen helemaal over haar hoofd, als een kap.

'Laat ze maar binnen om het op te eten,' zei Doug Bluenote. 'Jij ook, Blaze. Val aan.'

Blaze schudde zijn hoofd. Hij had het gevoel dat hij nooit meer honger zou hebben.

'Laat dan maar,' zei Doug. Hij streek met zijn handen door zijn haar. 'Ik moet Hetton House bellen... en South Portland... Pittsfield... Jezus, jezus, jezus.' Hij drukte zijn gezicht tegen de muur en huilde zelf ook. Blaze zat daar maar en keek naar het afgedekte lichaam op de bank.

De stationcar van Hetton House kwam als eerste. Blaze zat achterin en keek uit het stoffige achterraam. Het grote huis werd kleiner en kleiner tot het eindelijk uit het zicht verdwenen was.

De anderen praatten een beetje, maar Blaze bleef zwijgen. Het drong langzaam tot hem door. Hij probeerde alles te verwerken, maar dat lukte niet. Het was onbegrijpelijk, maar toch drong het tot hem door.

Zijn gezicht maakte bewegingen. Eerst trilde zijn mond, toen zijn ogen. Zijn wangen bewogen. Hij had dat alles niet meer in zijn macht. Ten slotte huilde hij. Hij drukte zijn voorhoofd tegen de achterruit van de stationcar en liet harde, monotone snikgeluiden horen. Het klonk als een hinnikend paard.

De man achter het stuur was de zwager van Martin Coslaw. Hij zei: 'Wil iemand die eland laten ophouden?'

Maar niemand durfde Blaze aan te raken.

Achtenhalve maand later werd Anne Bradstays baby geboren.

Het was een forse jongen – tienenhalf pond. Zijn moeder deed afstand en hij werd bijna meteen geadopteerd door een kinderloos echtpaar, de Wyatts uit Saco. Op zijn zeventiende werd hij tot de beste tackle van zijn highschoolteam uitgeroepen, een jaar later tot die van New Engeland. Hij ging literatuur studeren aan de universiteit van Boston. Hij hield vooral van Shelley, Keats en de Amerikaanse dichter James Dickey.

HOOFDSTUK 19

De duisternis kwam vroeg, gehuld in sneeuw. Om vijf uur was er in het kantoor van de directeur alleen nog licht van het flakkerende haardvuur. Joe was in een diepe slaap verzonken, maar Blaze maakte zich zorgen over hem. De baby haalde snel adem, er kwam snot uit zijn neus en er ratelde iets in zijn borst. Hij had rode vlekken op zijn wangen.

Volgens het babyboek ging tanden krijgen vaak gepaard met koorts, en soms ook met verkoudheid of symptomen daarvan. Blaze wist wat verkoudheid was (niet wat symptomen waren). Het boek zei alleen dat je ze warm moest houden. Die schrijver had makkelijk praten; wat moest Blaze doen als Joe wakker werd en wilde rondkruipen?

Hij moest de Gerards nu bellen, vanavond nog. Ze konden het geld niet in een sneeuwstorm uit een vliegtuig gooien, maar de volgende avond zou het wel zijn opgehouden met sneeuwen. Hij zou het geld krijgen en Joe houden. Die rijke republikeinen konden naar de pomp lopen. Hij en Joe hoorden nu bij elkaar. Ze zouden weg komen. Op een of andere manier.

Hij keek in het vuur en verviel in een dagdroom. Hij zag zichzelf de flikkerlichten aansteken op een open plek. In de lucht de navigatielichten van een klein vliegtuig. Wespengezoem van de motor. Het vliegtuig komt op het lichtsignaal af, dat brandt als een verjaardagstaart. Iets wits in de lucht: een parachute met een koffertje eraan!

Dan is hij hier terug. Hij maakt het koffertje open. Dat zit boordevol geld. Om elk pakje zit een bandje. Blaze telt het. Het klopt.

Dan is hij op het kleine eiland Acapulco (waarvan hij dacht dat het deel uitmaakte van de Bahama's, al kon het zijn dat hij zich daarin vergiste). Hij heeft een blokhut gekocht op een hoog stuk land met uitzicht op de branding. Er zijn twee slaapkamers, een grote en een kleine. Buiten zijn twee hangmatten, een grote en een kleine.

De tijd verstrijkt. Een jaar of vijf. En daar komt een jongen over het strand gelopen, een strand dat glanst als een natte spier in het zonlicht. Hij is gebruind. Hij heeft lang zwart haar, als een dappere indiaan. Hij zwaait. Blaze zwaait terug.

Opnieuw dacht Blaze dat hij even iemand hoorde lachen. Hij draaide zich met een ruk om. Er was niemand.

Maar de dagdroom was verbroken. Hij stond op en stak zijn armen in zijn jas. Hij ging zitten en trok zijn schoenen aan. Hij zou het voor elkaar krijgen. Zijn voeten en zijn hoofd waren vastbesloten, en als dat zo was, deed hij altijd wat hij zei dat hij zou doen. Dat was zijn trots. De enige die hij had.

Hij keek nog eens bij de baby en ging toen naar buiten. Hij deed de deur van het kantoor achter zich dicht en liep vlug de trap af. Georges revolver zat achter zijn broeksband, en ditmaal was hij geladen.

De gierende wind die over het oude speelplein kwam, was hard genoeg om hem aan het wankelen te brengen voordat hij eraan gewend was. De sneeuw sloeg tegen zijn gezicht en prikte in zijn wangen en voorhoofd. De boomtoppen bogen naar links en rechts. Er vormden zich nieuwe lagen stuifsneeuw op oude bevroren sneeuw, hier en daar al een meter diep. Hij hoefde zich geen zorgen meer te maken over de sporen die hij had gemaakt toen hij hier aankwam.

Hij wou dat hij sneeuwschoenen had. Hij waadde naar het draadgazen hek en klom eroverheen. Nadat hij tot zijn dijen in de sneeuw was neergekomen, strompelde hij naar het noorden, crosscountry naar Cumberland Center.

Het was vijf kilometer lopen, en hij was al buiten adem voordat hij halverwege was. Zijn gezicht was verdoofd. Dat gold ook voor zijn handen en voeten, ondanks de dikke sokken en handschoenen die hij droeg. Toch zette hij door. Hij ging sneeuwduinen niet uit de weg maar ploegde er recht doorheen. Twee keer struikelde hij over hekjes die in de sneeuw begraven lagen. Een daarvan had prikkeldraad. Dat scheurde zijn broek kapot en haalde zijn been een beetje open. Hij krabbelde gewoon overeind en liep door, zonder zelfs maar adem te verspillen aan een vloek.

Een uur nadat hij was vertrokken, kwam hij bij een boomkwekerij. Perfect gesnoeide kleine blauwsparren marcheerden in rijen bij hem vandaan, met steeds twee meter ertussen. Blaze kon door een lange, beschutte corridor lopen waar de sneeuw nog geen tien centimeter diep was en op sommige plaatsen helemaal geen sneeuw lag. Hij was nu in het Cumberland County Reserve, en dat grensde aan de grote weg.

Toen hij de westelijke grens van het speelgoedbos bereikte, ging hij op de wal zitten die eromheen lag en liet zich afglijden naar Route 289. Aan de weg stond, bijna in de stuifsneeuw verdwenen, een knipperlicht dat hij zich goed herinnerde: rood aan twee kanten, geel aan de twee andere kanten. Daarachter glinsterden een paar straatlantaarns als geesten.

Blaze stak de weg over, die met sneeuw bedekt was en waar geen verkeer reed, en liep naar het Exxon-benzinestation op de hoek. In een plas licht aan de zijkant van het betonnen gebouw zat een munttelefoon aan de muur. Blaze, die eruitzag als een wandelende sneeuwpop, liep ernaartoe en boog zich eroverheen. In een moment van paniek dacht hij dat hij geen kleingeld had, maar toen vond hij twee kwartjes in zijn broek en nog een in zijn jaszak. Toen – *bool!* – viel zijn geld in het bakje terug. Het inlichtingennummer was gratis.

'Ik wil graag het nummer van Joseph Gerard,' zei hij. 'In Ocoma.'

Er volgde een korte stilte, en toen kreeg hij het nummer. Blaze schreef het op het beslagen glas dat de telefoon tegen de ergste sneeuw beschermde, niet wetend dat hij om een geheim nummer had gevraagd en dat de telefoniste het hem in opdracht van de FBI had gegeven. Daarmee zetten ze natuurlijk de sluisdeuren open voor steunbetuigers en gekken, maar als de kidnappers niet belden, kon de opsporingsapparatuur niet worden gebruikt.

Blaze draaide de 0 en gaf de telefoniste het telefoonnummer van de Gerards. Hij vroeg of het een interlokaal gesprek was. Dat was het. Hij vroeg of hij voor vijfenzeventig cent drie minuten kon bellen. De telefoniste zei van niet; drie minuten bellen met Ocoma zou hem een dollar negentig kosten. Had hij een telefooncreditcard?

Die had Blaze niet. Blaze had helemaal geen creditcards.

De telefoniste zei dat hij het gesprek op rekening van zijn huisnummer kon laten zetten, en er wás een telefoon in het huisje (al had die geen enkele keer gerinkeld sinds George dood was), maar daar was Blaze te slim voor.

Een collect call dan? stelde de telefoniste voor.

'Ja, een collect call!' zei Blaze.

'Uw naam, meneer?'

'Clayton Blaisdell junior,' zei hij meteen. In zijn opluchting – stel je voor dat hij dat hele eind door de sneeuw had moeten lopen om te constateren dat hij geen geld had om te bellen! – zou Blaze pas bijna twee uur later beseffen welke tactische fout hij had gemaakt.

'Dank u, meneer.'

'Dank ú,' zei Blaze, en hij voelde zich slim. Zo cool als het maar kon.

De telefoon ging aan de andere kant maar één keer over en toen werd er al opgenomen. 'Ja?' De stem klonk moe en behoedzaam.

'Ik heb uw zoon,' zei Blaze.

'Meneer, ik heb vandaag al tien mensen aan de lijn gehad die dat zeiden. Bewijs het.'

Blaze stond perplex. Dit had hij niet verwacht. 'Nou, hij is niet bij mij, weet u. Mijn collega heeft hem.'

'Ja?' Verder niets. Alleen *Ja*?

'Ik zag uw vrouw toen ik binnen was,' zei Blaze. Dat was het enige wat hij kon bedenken. 'Ze is mooi. Ze had een wit nachthemd aan. Jullie hadden een kan op het dressoir – nou ja, drie kannen bij elkaar.'

De stem aan de andere kant zei: 'Vertel me nog iets.' Maar hij klonk niet vermoeid meer.

Blaze pijnigde zijn hersenen. Er was niets anders, niets wat de koppige man aan de andere kant van de lijn kon overtuigen. Toen was er toch iets. 'De ouwe dame had een kat. Daarom kwam ze naar beneden. Ze dacht dat ik de kat was... dat ik...' Hij pijnigde zijn hersenen nog wat meer. '"*Mikey!*"' riep hij. 'Het spijt me dat ik haar zo hard heb geslagen. Dat wou ik niet, maar ik was bang.'

De man aan de andere kant van de lijn huilde. Dat gebeurde plotseling en het was schokkend. 'Gaat het goed met hem? In godsnaam, gaat het goed met Joey?'

Er waren verwarde stemmen op de achtergrond. Blijkbaar zei een vrouw iets. Een ander schreeuwde en huilde. De vrouw die schreeuwde en huilde, zou wel de moeder zijn. Narmeniërs zouden wel heel emotioneel zijn. Fransozen waren dat ook.'

'Niet ophangen!' zei Joseph Gerard (het moest Gerard wel zijn). Hij klonk paniekerig. 'Gaat het goed met hem?'

'Ja, het gaat goed,' zei Blaze. 'Er is weer een tand doorgekomen. Hij heeft er nu drie. De luieruitslag is bijna weg. Ik... ik bedoel wíj... Wij houden zijn achterste goed ingevet. Wat is er met uw vrouw? Voelt ze zich te goed om zijn achterste in te vetten?'

Gerard hijgde als een hond. 'We doen alles. U zegt het maar.'

Blaze schrok daar een beetje van. Hij was bijna vergeten waarom hij belde.

'Oké,' zei hij. 'Ik wil dat u het volgende doet.'

In Portland sprak een medewerkster van telefoonmaatschappij AT&T met FBI-agent Albert Sterling. 'Cumberland Center,' zei ze. 'Munttelefoon benzinestation.'

'Begrepen,' zei hij, en hij stompte met zijn vuist in de lucht.

'Stap morgenavond om acht uur in een klein vliegtuig,' zei Blaze. Hij voelde zich niet op zijn gemak. Misschien was hij al te lang aan het bellen. 'Vlieg langs Route 1 naar het zuiden, richting New Hampshire. Vlieg laag. Hebt u dat?'

'Wacht... Ik weet niet zeker...'

'Zorg dat u het wél zeker weet,' zei Blaze. Hij probeerde te praten zoals George zou doen. 'Houdt u me niet aan het lijntje, tenzij u uw kind in een zak terug wilt.'

'Oké,' zei Gerard. 'Oké, ik begrijp het. Ik schrijf het alleen even op.'

Sterling gaf een papier aan Bruce Granger en bewoog zijn vinger alsof hij een nummer draaide. Granger belde de politie van Maine.

'De piloot ziet een knipperlicht,' zei Blaze. 'Zorg dat het geld in een koffer met een parachute zit. Laat het vallen alsof u wilt dat het boven op het knipperlicht valt. Het seinlicht. De volgende dag hebt u het kind terug. Ik stuur zelfs wat van het spul mee dat ik – wij, bedoel ik – dat wij voor zijn achterste gebruiken.' Er kwam een grapje bij hem op. 'Zonder extra kosten.'

Toen keek hij naar zijn andere hand en zag dat hij zijn vingers had gekruist toen hij zei dat ze Joe terug zouden krijgen. Als een klein kind dat zijn eerste leugen vertelt.

'Niet ophangen!' zei Gerard. 'Ik geloof dat ik niet helemaal begrijp...'

'Jij bent een slimme jongen,' zei Blaze. 'Jij begrijpt het wel.'

Hij hing op en liep hard bij het benzinestation vandaan. Hij wist niet precies waarom hij rende, alleen dat het hem verstandig leek. Het was het enige wat hij kon doen. Hij rende onder het knipperlicht door, stak schuin de weg over en rende met grote sprongen tegen de wal op. Toen verdween hij in de rijen blauwsparren van het County Reserve.

Achter hem kwam een gigantisch monster met felle witte ogen grommend over de heuvel. Het stortte zich door de sneeuwjacht met vleugels van drie meter die ladingen sneeuw omhoogwierpen. De sneeuwruimer wiste Blazes sporen uit op de plaats waar hij de weg schuin had overgestoken. Toen er twee politiewagens bij het benzinestation aankwamen, waren Blazes voetsporen over de wal naar het Reserve niet meer dan wazige afdrukken. En terwijl de agenten bij de munttelefoon stonden en met hun felle zaklantaarns schenen, deed achter hen de wind zijn werk.

Vijf minuten later ging Sterlings telefoon. 'Hij is hier geweest,' zei de politieagent aan de andere kant van de lijn. Sterling hoorde wind waaien op de achtergrond. Nee, gieren. 'Hij is hier geweest, maar hij is weg.'

'Hoe weg?' vroeg Sterling. 'Met de auto of te voet?'

'Wie zal het zeggen? De sneeuwruimer was net langs geweest toen we hier aankwamen. Maar als ik moest raden, zou ik zeggen: met de auto.'

'Niemand vraagt je te raden. En het benzinestation? Heeft iemand hem gezien?'

'Dat is dicht vanwege de sneeuw. En al was het open geweest: de telefoon zit tegen een muur aan de zijkant.'

'Wat een geluk heeft hij toch,' zei Sterling. 'Wat een stóm geluk. We omsingelen dat krot in Apex en arresteren vier pornoblaadjes en een blik doperwten. En sporen? Zijn die al ondergesneeuwd?'

'Er waren nog sporen bij de telefoon,' zei de agent. 'De wind heeft ze vaag gemaakt, maar hij was het.'

'Ben je weer aan het raden?'

'Nee. Het waren grote sporen.'

'Oké. Wegafzettingen?'

'Alle wegen, groot en klein,' zei de agent. 'Dat gebeurt op dit moment.'

'Ook onverharde wegen.'

'Ook onverharde,' zei de agent. Hij klonk gekwetst.

Dat kon Sterling niet schelen. 'Dus hij is omsingeld. Kunnen we dat zeggen, agent?'

'Ja.'

'Goed. Zodra morgen de storm is gaan liggen, gaan we er met driehonderd man op af. Dit heeft al te lang geduurd.'

'Een sneeuwruimer,' zei Sterling. 'Krijg nou wat!' Hij hing op.

Toen Blaze bij Hetton House terugkwam, was hij doodmoe. Hij klom over de omheining en viel aan de andere kant met zijn gezicht in de sneeuw. Er kwam bloed uit zijn neus. Hij had de terugweg in vijfendertig minuten afgelegd. Hij krabbelde overeind, liep wankelend om het gebouw heen en ging naar binnen.

Joe verwelkomde hem met een woedend gekrijs.

'Jezus christus!'

Hij rende de trap met twee treden tegelijk op en stormde Coslaws kantoor binnen. Het vuur was uit. De wieg was omgevallen. Joe lag op de vloer. Zijn hoofdje zat onder het bloed. Zijn gezicht liep paars aan, zijn ogen waren stijf dicht geknepen, zijn handjes waren bepoederd met wit stof.

'Joe!' riep Blaze. 'Joe! Joe!'

Hij nam de baby in zijn armen en liep vlug naar de hoek met de stapel luiers. Hij pakte er een en bette de wond op Joe's voorhoofd af. Het leek wel of het bloed er in straaltjes uitkwam. Er stak een splinter uit de wond. Blaze plukte hem eruit en gooide hem op de vloer.

De baby spartelde in zijn armen en krijste nu nog harder. Blaze veegde nog meer bloed weg, hield Joe stevig vast en boog zich dichter naar hem toe. Het was een lelijke wond, maar nu die grote splinter eruit was, leek het niet meer zo erg. Goddank was die splinter niet in zijn oog gekomen. Dat had ook gekund.

Hij vond een flesje en gaf het koud aan Joe. Joe pakte het met beide handen vast en zoog gretig. Hijgend pakte Blaze een deken en sloeg die om de baby heen. Toen ging hij op zijn eigen dekens liggen, met de baby op zijn borst.

Blaze deed zijn ogen dicht en voelde zich opeens enorm duizelig. Alles op de wereld glipte van hem weg: Joe, George, Johnny, Harry Bluenote, Anne Bradstay, vogels op telefoondraden en nachten op de weg.

Toen voelde hij zich weer goed.

'Voortaan zijn we samen, Joey,' zei hij. 'Jij hebt mij en ik heb jou. Het komt goed. Ja?'

De sneeuw sloeg in harde, ratelende vlagen tegen de ruiten. Joe wendde zijn gezicht van de rubberen speen af en hoestte gesmoord. Zijn borst spande zich zo in om alle slijm weg te krijgen dat zijn tong naar buiten kwam. Toen nam hij de speen weer. Onder zijn hand voelde Blaze het kloppen van het kleine hartje.

'Zo doen we dat,' zei Blaze, en hij kuste het bebloede voorhoofd van de baby.

Ze vielen samen in slaap.

HOOFDSTUK 20

Bij Hetton House hoorde een groot stuk land achter de hoofdgebouwen, en daar was iets aangeplant wat generaties jongens de Overwinningstuin hadden genoemd. De directrice voor Coslaw had hem laten verkommeren en zei altijd dat ze bruine vingers in plaats van groene had, maar Martin Coslaw zag minstens twee grote voordelen in de Overwinningstuin. Ten eerste kon hij flink op het voedselbudget van Hetton House besparen door de jongens hun eigen groente te laten verbouwen. Ten tweede kon hij de jongens laten kennismaken met goed hard werken, en dat was de grondslag van de wereld. 'Met werk en wiskunde zijn de piramides gebouwd,' mocht Coslaw graag zeggen. En dus plantten de jongens in het voorjaar, wiedden ze in de zomer (tenzij ze 'uit werken waren' op een van de boerderijen in de omgeving) en oogstten ze in de herfst.

Zo'n veertien maanden na het eind van wat Toe-Jam 'de fantastische bessenzomer' noemde, maakte John Cheltzman deel uit van de ploeg pompoenplukkers aan het noordelijke eind van de Overwinningstuin. Hij vatte kou, werd ziek en ging dood. Zo snel ging het. Op Halloween werd hij naar het ziekenhuis in Portland gestuurd, terwijl de rest van de jongens in hun klas of op een 'buitenschool' zaten. Hij stierf op de armenafdeling van het ziekenhuis, en dat deed hij in zijn eentje.

Zijn bed in Hetton House werd afgehaald en opnieuw opgemaakt. Blaze zat het grootste deel van een middag op zijn eigen bed en keek naar dat van John. De langgerekte slaapzaal – die ze 'de ram' noemden – was leeg. De anderen waren naar Johnny's begrafenis. Voor de meesten was het hun eerste begrafenis, en ze waren erg opgewonden geweest.

Johnny's bed maakte Blaze bang en fascineerde hem ook. De pot pindakaas die altijd tussen het hoofdeinde van het bed en de muur had gezeten, was weg; hij had het allemaal zien gebeuren. De Ritz-crackers waren ook weg. (Als het licht uit was, zei Johnny vaak, 'smaakt alles beter als het op een Ritz shit', en Blaze moest daar altijd weer om lachen.) Het bed zelf was opgemaakt zoals ze dat in het leger deden, de bovendeken helemaal strak. De lakens waren spierwit en schoon, al was Johnny altijd een enthousiaste masturbeerder geweest als het licht was uitgegaan. Vele nachten had Blaze in zijn eigen bed in het donker gestaard en naar het zachte kraken van de springveren geluisterd als JC aan de gang was. Er hadden altijd harde gele vlekken op zijn lakens gezeten. Jezus, die harde gele vlekken zaten op de lakens van alle grotere jongens. Ze zaten ook op zijn eigen lakens, op dit moment onder hem op zijn bed, terwijl hij daar naar Johnny's bed zat te kijken. Als een openbaring kwam het bij hem op dat als hij doodging zijn bed zou worden afgehaald en zijn met sperma bevlekte lakens zouden worden vervangen door lakens zoals nu op Johnny's bed lagen, lakens die spierwit en schoon waren. Lakens zonder iets waaraan je kon zien dat daar iemand had gelegen, dat daar iemand gedroomd had, dat daar iemand levend genoeg was geweest om zich daar af te rukken. Blaze huilde zachtjes.

Het was een onbewolkte middag in het begin van november, en er viel een neutraal licht in de slaapzaal. Op JC's bed lagen vierkantjes zon en de schaduwkruisen van de ramen. Na een tijdje stond Blaze op en trok de deken van het bed waarop zijn vriend had geslapen. Hij gooide het kussen de hele slaapzaal door. Toen trok hij de lakens weg en duwde het matras op de vloer. Dat was nog steeds niet genoeg. Hij keerde het bed om, boven op het matras, met zijn stomme poten de lucht in. Het was nog steeds niet genoeg, en dus schopte hij tegen een van die beddenpoten en bereikte daar niets meer mee dan dat hij zijn voet pijn deed. Daarna ging hij met zijn handen over zijn ogen op het bed liggen. Zijn borst ging op en neer.

Toen ze van de begrafenis terugkwamen, lieten de andere jongens Blaze met rust. Niemand vroeg hem naar het omgegooide bed, maar Toe deed iets grappigs: hij pakte een van Blazes handen vast en drukte er een kus op. Ja, dat was grappig. Blaze dacht er jaren over na. Niet voortdurend, maar nu en dan.

Het werd vijf uur. Dan waren de jongens vrij, en de meesten gingen naar buiten om wat rond te hangen en eetlust op te bouwen voor het avondmaal. Blaze ging naar het kantoor van Martin Coslaw. Coslaw zat achter zijn bureau. Hij had zijn pantoffels aangetrokken en schommelde onder het lezen van de *Evening Express* met zijn stoel achterover. Hij keek op en zei: 'Wat is er?'

'Hier, klootzak,' zei Blaze, en hij sloeg hem bewusteloos.

Hij ging lopend in de richting van de grens van New Hampshire, want hij dacht dat hij binnen vier uur zou worden opgepakt als hij in een gestolen auto reed. In plaats daarvan hadden ze hem na twee uur te pakken. Hij vergat altijd hoe groot hij was, maar Martin Coslaw vergat dat niet en de politie deed er niet lang over om een blanke jonge man van een meter vijfennegentig met een ingedeukt voorhoofd te vinden.

Er volgde een kort proces op de rechtbank van Cumberland. Martin Coslaw verscheen daar met zijn arm in een mitella en een kolossaal wit verband om zijn hoofd. Dat verband bedekte ook nog eens een van zijn ogen. Hij liep op krukken naar de getuigenbank.

De officier van justitie vroeg hem hoe lang hij was. Coslaw

antwoordde dat hij een meter vijfenzestig was. De officier van justitie vroeg hoeveel hij woog. Coslaw zei dat hij drieënzeventig kilo woog. De officier van justitie vroeg Coslaw of hij de verdachte, Clayton Blaisdell junior, had geprovoceerd, geplaagd of ten onrechte gestraft. Coslaw zei dat hij dat niet had gedaan. Toen gaf de officier de getuige over aan Blazes advocaat, een onbeschreven blad dat net van de universiteit kwam. Het onbeschreven blad stelde een aantal verwoede, obscure vragen waarop Coslaw rustig antwoord gaf, terwijl zijn gips, krukken en hoofdverband hun eigen getuigenverklaring aflegden. Toen het onbeschreven blad zei dat hij geen vragen meer had, had de officier van justitie dat ook niet.

Blazes pro-Deoadvocaat liet hem in de getuigenbank plaatsnemen en vroeg hem waarom hij de directeur van Hetton House in elkaar had geslagen. Blaze stamelde zijn verhaal. Een goede vriend van hem was doodgegaan. Hij dacht dat het de schuld van Coslaw was. Die had Johnny geen pompoenen moeten laten plukken, zeker niet in die kou. Johnny had een zwak hart. Het was niet eerlijk, en meneer Coslaw wist dat het niet eerlijk was. Hij had het verdiend.

Daarna liet de jonge advocaat zich met een wanhopig gezicht op zijn stoel zakken.

De officier van justitie stond op en kwam naar voren. Hij vroeg hoe lang Blaze was. Een meter vijfennegentig, misschien nog iets meer, zei Blaze. De officier van justitie vroeg hoeveel hij woog. Blaze zei dat hij dat niet precies wist, maar geen honnervijftig. Dat wekte enige hilariteit bij de aanwezige journalisten. Blaze keek verbaasd naar hen. Toen glimlachte hij ook een beetje. Hij wilde hen laten weten dat hij best tegen een grapje kon. De officier van justitie had geen vragen meer. Hij ging zitten.

Blazes pro-Deo hield een verwoed en obscuur betoog en riep verder geen getuigen op. De rechter keek met zijn kin op zijn hand uit het raam. Toen stond de officier van justitie op. Hij noemde Blaze een jonge crimineel. Hij zei dat het de verantwoordelijkheid van de staat Maine was om 'hem snel en hard een halt toe te roepen'. Blaze had geen idee wat dat betekende, maar hij wist dat het niet goed was.

De rechter vroeg Blaze of hij iets te zeggen had.

'Ja, meneer,' zei Blaze, 'maar ik weet niet hoe.'

De rechter knikte en veroordeelde hem tot twee jaar in het tuchthuis South Portland.

Het was voor hem niet zo erg als voor sommige anderen, maar wel zo erg dat hij nooit meer terug wilde. Hij was groot genoeg om geen last van mishandeling en ontucht te hebben, en hij kon alle bendes met hun waardeloze leiders links laten liggen, maar het viel hem niet mee om lange perioden in een kleine cel met tralies te zitten. Dat was heel erg. In de eerste zes maanden ging hij twee keer 'over de rooie'. Dan schreeuwde hij dat hij eruit wilde en sloeg hij tegen de tralies van zijn cel tot de bewakers kwamen aanrennen. De eerste keer kwamen er vier bewakers en moesten ze er nog eens vier bij roepen, en daarna nog eens zes, om hem in bedwang te krijgen. De tweede keer gaven ze hem een spuitje waardoor hij zestien uur buiten westen was.

De eenzaamheid was nog erger. Blaze liep eindeloos door zijn kleine cel heen en weer (zes stappen heen, zes stappen terug), terwijl de tijd eerst haperde en toen stilstond. Toen de deur eindelijk openging en hij weer bij de andere jongens mocht komen – hij mocht over de binnenplaats lopen of vrachtwagens uitladen – werd hij bijna gek van opluchting en dankbaarheid. Hij omhelsde de cipier die hem er de tweede keer uit liet. Dat leverde hem een aantekening in zijn dossier op: *Vertoont homoseksuele neigingen.*

Toch was de eenzaamheid niet het ergste. Hij was vergeetachtig, maar de herinnering aan het ergste zou hem altijd bijblijven. Op die manier kregen ze je te pakken. Ze brachten je naar een wit kamertje en gingen in een kring om je heen staan. En dan stelden ze vragen. En voordat je de tijd had om na te gaan wat de eerste vraag betekende – wat ze zéíden – kwamen ze met de volgende vraag, en de volgende, en de volgende. Ze gingen de ene kant op, sloegen zijsporen in, gingen de andere kant op, en zo maar door. Het was of je in een spinnenweb gevangen zat. Uiteindelijk gaf je alles toe wat ze wilden dat je toegaf, gewoon om van ze af te zijn. Dan brachten ze je een papier en zeiden dat je je naam eronder moest zetten, en dan deed je dat.

Een officier van justitie, Holloway, had de leiding van Blazes ondervraging. Holloway kwam het kamertje pas binnen toen de anderen al minstens anderhalf uur met hem bezig waren. Blaze had zijn mouwen dan al opgestroopt en zijn overhemd was uit zijn broek geraakt. Hij zat onder het zweet en moest héél dringend naar de wc. Het was of hij weer in Bowies hondenkennel was en de collies overal om hem heen naar hem hapten. Holloway zag er vlot en elegant uit in zijn blauwe streepjespak. Hij droeg zwarte schoenen met een heleboel kleine gaatjes aan de voorkant. Blaze zou de gaatjes in de schoenen van meneer Holloway nooit vergeten.

Holloway ging op de tafel in het midden van de kamer zitten, zijn reet half erop en half eraf, en liet een van zijn benen heen en weer zwaaien, zodat een van die elegante zwarte schoenen als de slinger van een klok heen en weer ging. Hij keek Blaze met een vriendelijke grijns aan en zei: 'Wil je praten, jongen?'

Blaze stamelde. Ja, hij wilde praten. Als iemand echt luisterde en een beetje vriendelijk was, wilde hij dat wel.

Holloway zei tegen de anderen dat ze weg moesten gaan.

Blaze vroeg of hij naar de wc mocht.

Holloway wees door de kamer naar een deur die Blaze nog niet eens had gezien en zei: 'Waar wacht je op?' Hij had nog steeds diezelfde vriendelijke grijns.

Toen Blaze terugkwam, stonden er een kan ijswater en een leeg glas op de tafel. Blaze keek Holloway aan, en Holloway knikte. Blaze dronk drie glazen achtereen en leunde toen achterover met het gevoel dat er een ijshaak in het midden van zijn voorhoofd was geplant.

'Smaakte dat?' vroeg Holloway.

Blaze knikte.

'Ja. Vragen beantwoorden is dorstig werk. Sigaret?'

'Ik rook niet.'

'Goed zo, dat bespaart je een hoop moeilijkheden,' zei Holloway, en hij stak er zelf een op. 'Hoe heet je bij je vrienden, jongen? Hoe noemen ze je?'

'Blaze.'

'Oké, Blaze, ik ben Frank Holloway.' Hij stak zijn hand uit en huiverde en beet met zijn tanden in zijn sigaret toen Blaze hem schudde. 'Vertel me nu eens precies wat je hebt gedaan om hier terecht te komen.'

Blaze vertelde zijn hele verhaal. Hij begon met de komst van Coslaw in Hetton House en Blazes problemen met rekenen.

Holloway stak zijn hand op. 'Mag ik er een stenografe bij halen, Blaze? Dat is een soort secretaresse. Dan hoef je het niet allemaal te herhalen.'

Nee, dat vond hij niet erg.

Later, aan het eind, kwamen de anderen ook weer binnen. Toen ze dat deden, zag Blaze dat de vriendelijke schittering uit Holloways ogen verdween. De man liet zich van de tafel af glijden, klopte met twee snelle halen zijn kont af en zei: 'Typ het uit en laat die stomkop het ondertekenen.' Hij ging weg zonder achterom te kijken.

Hij bleef niet helemaal twee jaar in de gevangenis, want hij kreeg vier maanden vermindering wegens goed gedrag. Ze gaven hem twee spijkerbroeken uit de gevangenis, een spijkerjasje uit de gevangenis en een tas om die kledingstukken in te dragen. Hij kreeg ook het geld dat hij in de gevangenis had gespaard: een cheque voor $ 43,84.

Het was oktober. Een frisse wind maakte de lucht schoon. De cipier bij de poort bewoog zijn hand een keer heen en weer als een ruitenwisser en zei tegen hem dat hij niet meer in de fout moest gaan. Blaze liep hem voorbij zonder hem aan te kijken of iets tegen hem te zeggen, en toen hij de zware groene poort achter hem dicht hoorde dreunen, huiverde hij.

Hij liep tot er een eind aan de trottoirs kwam en de stad achter hem verdween. Hij keek naar alles. Auto's die snel voorbijreden en er vreemd modern uitzagen. Een van die auto's ging langzamer rijden en hij dacht dat hij misschien een lift zou krijgen. Toen schreeuwde iemand: '*Héé́é, GEVANGENISBOEF*,' en de auto spoot weg.

Ten slotte ging hij op het muurtje van een klein kerkhof zitten en keek alleen nog maar naar de weg. Hij bedacht dat hij vrij was. Nu speelde niemand meer de baas over hem, maar hij was er niet goed in om de baas over zichzelf te spelen en hij had geen vrienden. Hij was de cel uit, maar hij had geen baan. Hij wist niet eens wat hij met dat stijve stuk papier moest doen dat ze hem in plaats van geld hadden gegeven.

Toch voelde hij ook een heerlijke, troostende dankbaarheid. Hij deed zijn ogen dicht, hief zijn gezicht naar de zon en vulde zijn hoofd met het rode licht. Hij rook het gras en het verse asfalt waarmee ze kortgeleden een kuil in de weg hadden gedicht. Hij rook uitlaatgassen van auto's die daarheen gingen waar hun bestuurders naartoe wilden. Hij sloeg zijn armen om zichzelf heen van opluchting.

Hij sliep die nacht in een schuur en vond de volgende dag werk als aardappelrooier: een dubbeltje per mand. Die winter werkte hij op een houtzagerij in New Hampshire. In het voorjaar nam hij de bus naar Boston en kreeg daar een baan in de wasserij van het Brigham and Women's Hospital. Hij had daar zes maanden gewerkt toen er een bekend gezicht uit South

Portland opdook: Billy St. Pierre. Ze gingen uit en trakteerden elkaar op veel biertjes. Billy vertrouwde Blaze toe dat hij en een vriend een slijterij in Southie gingen beroven. Het was een makkie. Hij zei dat er nog wel iemand bij kon.

Blaze deed mee. Zijn aandeel in de buit bedroeg zeventien dollar. Hij bleef in de wasserij werken. Vier maanden later overvielen hij, Billy en Billy's zwager Dom een benzinestation annex levensmiddelenwinkel in Danvers. Een maand daarna beroofden Blaze en Billy, samen met een zekere Calvin Surks, ook een oud-ingezetene van South Portland, een kredietbedrijf met een goklokaal in de achterkamer. Ze maakten meer dan duizend dollar buit.

'We gaan het helemaal maken,' zei Billy toen ze met zijn drieën de poet verdeelden in een motelkamer in Duxbury. 'Dit is nog maar het begin.'

Blaze knikte, maar bleef in de wasserij van het ziekenhuis werken.

Een tijdlang ging zijn leven zo door. Blaze had geen echte vrienden in Boston. Zijn enige kennissen waren Billy St. Pierre en de losse kring van kleine criminelen waarvan Billy deel uitmaakte. Blaze hing in zijn vrije tijd vaak met hen rond in Moochie's, een snoepwinkel in Lynn. Ze flipperden en zaten wat te ouwehoeren. Blaze had geen meisje, geen vaste vriendin en verder ook niets. Hij was pijnlijk verlegen en schaamde zich voor wat Billy zijn kapotte kop noemde. Na een geslaagde beroving maakte hij soms gebruik van een hoer.

Ongeveer een jaar nadat Blaze weer met Billy in contact was gekomen, liet een vlot gebekte parttime musicus hem kennismaken met heroïne – een spuitje. Blaze werd er kotsmisselijk van, hetzij van een toevoeging, hetzij van een aangeboren allergie. Hij probeerde het nooit meer. Soms nam hij uit beleefdheid een paar trekjes van een joint, maar aan zwaardere drugs had hij geen enkele behoefte.

Niet lang na het heroïne-experiment werden Billy en Calvin Surks (die enorm trots was op een tatoeage met de tekst HET LEVEN SURKS EN DAN GA JE DOOD) opgepakt toen ze een supermarkt beroofden, maar anderen waren bereid Blaze aan hun zaakjes te laten meedoen. Heel graag zelfs. Iemand gaf hem de bijnaam De Boeman, en die naam bleef hangen. Zelfs als hij een masker droeg om zijn misvormde voorhoofd te verbergen, bedacht een verkoper of winkelier zich wel twee keer bij de aanblik van zijn lengte voordat hij het wapen pakte dat hij misschien onder de toonbank had liggen.

In de twee jaar nadat Billy werd opgepakt, scheelde het wel vijf keer heel weinig of Blaze ging ook voor de bijl. Soms ontkwam hij ternauwernood. Bij een van die gelegenheden werden twee broers met wie hij een kledingzaak in Saugus had overvallen door de politie opgepakt toen Blaze net uit hun auto was gestapt. De broers zouden Blaze graag hebben verlinkt om een lagere straf te krijgen, maar ze kenden hem alleen als De Grote Boeman, zodat de politie dacht dat het derde lid van de bende een Afro-Amerikaan was.

In juni werd Blaze in de wasserij ontslagen. Hij nam niet eens de moeite naar een andere gewone baan te zoeken. Hij zwalkte zo'n beetje door de dagen heen, tot hij George Rackley leerde kennen, en toen hij George eenmaal kende, stond zijn toekomst vast.

HOOFDSTUK 21

Albert Sterling zat te dommelen in een van de gecapitonneerde stoelen in de studeerkamer van de Gerards, toen buiten het eerste licht van de dageraad zich aandiende. Het was 1 februari.

Er werd op de open deur geklopt. Sterlings ogen gingen open. Daar stond Granger. 'Misschien hebben we iets,' zei Granger.

'Vertel maar.'

'Blaisdell is opgegroeid in een weeshuis – nou ja, kindertehuis, één pot nat – dat Hetton House heette. Dat staat in de buurt van de telefoon die hij gebruikte.'

Sterling kwam overeind. 'Is het nog in gebruik?'

'Nee. Vijftien jaar geleden gesloten.'

'Wie woont daar nu?'

'Niemand. De gemeente heeft het verkocht aan mensen die er een school wilden beginnen. Dat lukte niet en de gemeente kocht het terug. Sindsdien staat het leeg.'

'Ik durf te wedden dat hij daar is,' zei Sterling. Het was niet meer dan intuïtie, maar toch wist hij het bijna zeker. Ze zouden de schoft, en iedereen die in het complot zat, die ochtend te pakken krijgen. 'Bel de politie van Maine. Ik wil twintig agenten, minstens twintig, plus jou en mij.' Hij dacht even na. 'En Frankland. Haal Frankland uit kantoor.'

'Die zal wel in bed liggen...'

'Haal hem eruit. En zeg tegen Norman dat hij als de gesmeerde bliksem hierheen moet komen. Hij kan de telefoon bemannen.'

'Weet je zeker dat je het op die manier...'

'Ja. Blaisdell is een crimineel, hij is een idioot en hij is lui.' Dat criminelen lui waren, was een geloofsartikel in Albert Sterlings hoogstpersoonlijke kerk. 'Waar zou hij anders heen gaan?' Hij keek op zijn horloge. Het was kwart voor zes. 'Nou maar hopen dat die baby nog leeft. Maar ik reken er niet op.'

Blaze werd om kwart over zes wakker. Hij ging op zijn zij liggen om naar Joe te kijken, die bij hem had geslapen. De extra lichaamswarmte had het kleine kereltje blijkbaar goed gedaan. Zijn huid zag er goed uit en hij haalde niet meer zo rochelend adem. Maar die felrode vlekken zaten nog op zijn wangen. Blaze stak een vinger in de mond van de baby (Joe zoog er meteen aan) en voelde een nieuwe zwelling aan de linkerkant van het tandvlees. Toen hij daarop drukte, kreunde Joe in zijn slaap en trok hij zijn gezicht weg.

'Die verrekte tanden,' fluisterde Blaze. Hij keek naar Joe's voorhoofd. De wond was gestold en hij dacht niet dat er een litteken zou achterblijven. Dat was goed. Je voorhoofd was je hele leven het eerste wat mensen zagen. Het was een rotplek om een litteken te hebben.

Hij was klaar met zijn inspectie, maar toch bleef hij gefascineerd naar het slapende gezicht van de baby kijken. Afgezien van de onregelmatige, genezende wond was Joe's huid volmaakt. Wit, maar met warme olijfkleurige ondertinten. Blaze dacht dat hij nooit in de zon zou verbranden maar bruin zou worden tot hij de kleur van mooi oud hout had. Misschien wordt hij zo donker dat sommigen hem voor een zwarte zullen aanzien, dacht Blaze. Hij wordt niet rood als een kreeft, zoals ik. Joe's oogleden waren blauwig, vaag maar onmiskenbaar. Dat gold ook voor de kleine boogjes onder zijn gesloten ogen. Zijn lippen waren rozig en enigszins op elkaar gedrukt.

Blaze pakte een van de handjes op en hield hem vast. De vingers kromden zich meteen om zijn pink. Blaze dacht dat het grote handen zouden worden. Op een dag zouden ze misschien een hamer of een moersleutel vasthouden. Of zelfs het penseel van een kunstenaar.

Bij de gedachte aan de verschillende mogelijkheden die het kind had ging er een huivering door hem heen. Hij voelde een sterke aandrang om de baby vlug op te pakken. En waarom? Om te zien dat Joe's ogen opengingen en hem aankeken. Wie wist wat die ogen door de jaren heen zouden zien? Maar nu waren ze gesloten. *Joe* was gesloten. Hij was net een geweldig, verschrikkelijk boek waarin met onzichtbare inkt een verhaal was geschreven. Blaze besefte dat het geld hem niet meer interesseerde, niet echt. Hij wilde vooral zien welke woorden er op al die bladzijden verschenen. Welke plaatjes.

Hij kuste de smetteloze huid boven de wond, gooide toen zijn dekens af en liep naar het raam. Het sneeuwde nog; lucht en aarde waren wit op wit. Hij dacht dat er die nacht wel twintig centimeter naar beneden was gekomen. En het was nog niet afgelopen.

Ze hebben je bijna te pakken, Blaze.

Hij draaide zich met een ruk om. 'George?' riep hij zachtjes. 'Ben jij dat, George?'

Het was George niet. Het was uit zijn eigen hoofd gekomen. En waarom had hij in godsnaam zo'n gedachte?

Hij keek weer uit het raam en fronste zijn verminkte voorhoofd. Ze wisten wie hij was. Hij was zo stom geweest die telefoniste zijn echte naam te noemen, met 'junior' en al. Hij had gedacht dat hij slim was, maar hij was dom. Opnieuw. Domheid was een gevangenis waaruit ze je nooit vrijlieten. Je kreeg geen vermindering wegens goed gedrag; je had levenslang.

George zou hem vast en zeker hinnikend hebben uitgelachen. George zou hebben gezegd: *ik durf te wedden dat ze meteen in je dossier zijn gaan spitten. Clayton Blaisdells Greatest Hits.* Het was waar. Ze hadden natuurlijk al over die religieuze truc gelezen, zijn verblijf in South Portland, zijn tijd in Hetton House...

En toen vloog het als een komeet door zijn zorgelijke bewustzijn: *dit was Hetton House!*

Blaze keek snel om zich heen, alsof hij het nog moest verifiëren.

Ze hebben je bijna te pakken, Blaze.

Hij voelde zich weer opgejaagd, gevangen in een steeds kleinere cirkel. Hij dacht aan de witte verhoorkamer: dat hij naar de wc moest, dat ze vragen op hem hadden afgevuurd zonder hem de tijd te geven ze te beantwoorden. En ditmaal zou het geen klein proces in een halflege rechtszaal zijn. Ditmaal zou het een circus zijn, alle plaatsen bezet. En daarna voorgoed de gevangenis. En solitaire opsluiting, als hij zich niet kon beheersen.

Die gedachten joegen hem grote angst aan, maar ze waren nog lang niet het ergste. Het ergste was het idee dat ze hier met getrokken pistolen zouden binnenstormen en de baby zouden afpakken. Hem opnieuw zouden kidnappen. Zijn Joe.

Het zweet stond op zijn gezicht en armen, hoe kil het in de kamer ook was.

Arme sukkel. Later gaat hij je haten. Daar zorgen zij wel voor.

Dat was George ook niet. Dat was zijn eigen gedachte, en het was waar.

Hij pijnigde zijn hoofd, probeerde een plan uit te denken. Er moest een plaats zijn waar hij heen kon gaan. Dat móést.

Joe werd weer wakker, maar Blaze hoorde zelfs dat niet. Een plaats waar hij heen kon gaan. Een veilige plaats. Ergens in de buurt. Een geheime plaats waar ze hem niet konden vinden. Een plaats waar zelfs George niets van wist, een plaats...

Opeens had hij een idee.

Hij draaide zich met een ruk om naar het bed. Joe had zijn ogen open. Toen hij Blaze zag, grijnsde hij naar hem en stak hij zijn duim in zijn mond – een bijna zwierig gebaar.

'Je moet eten, Joe. Vlug. We zijn op de vlucht, maar ik heb een idee.'

Hij voerde Joe gemalen vlees en kaas. Joe had al eens een heel potje van dat spul in één keer verslonden, maar deze keer wendde hij na de vijfde lepel zijn hoofd af. En toen Blaze het hem wilde opdringen, huilde hij. Blaze ging over op een van de flesjes en Joe zoog er gretig aan. Er was wel een probleem: Blaze had nog maar drie flesjes voor hem.

Terwijl Joe op de deken lag, de fles in zijn zeesterachtige handen geklemd, liep Blaze vlug door de kamer om spullen te verzamelen. Hij maakte een pak Pampers open en stopte zijn overhemd ermee vol tot hij zo bol stond als een dikke clown in een circus.

Toen knielde hij neer en kleedde hij Joe zo warm mogelijk aan: twee shirtjes, twee broekjes, een truitje, zijn gebreide muts. Joe schreeuwde van verontwaardiging toen hij dat allemaal moest ondergaan, maar Blaze negeerde dat. Toen de baby was aangekleed, vouwde hij zijn twee dekens tot een kleine, dikke zak samen en legde hij Joe daarin.

Het gezicht van de baby was nu paars van woede. Toen Blaze hem van het directeurskantoor naar de trap droeg, galmden Joe's kreten door de vervallen gang. Beneden aan de trap zette hij zijn eigen pet op Joe's hoofd, waarbij hij eraan dacht hem een eindje naar links te zetten. De pet bedekte het kind tot aan de schouders. Toen liep hij de sneeuwjacht in.

Blaze liep de achtertuin door en klom onhandig over de betonnen muur aan het eind. Het land aan de andere kant was ooit de Overwinningstuin geweest. Er was daar nu niets dan struiken (ronde bulten onder de sneeuw) en schamele jonge dennen die lukraak alle kanten op groeiden. Hij draafde met de baby dicht tegen zijn borst. Joe huilde nu niet, maar Blaze voelde dat hij, worstelend met de lucht van tien graden onder nul, snel en ondiep ademhaalde.

Helemaal aan het eind van de Overwinningstuin stond ook een muur. Deze bestond uit op elkaar gestapelde keien en veel van die keien waren eruit gevallen, zodat er grote openingen in de muur zaten. Blaze ging door een daarvan en daalde met een aantal slippende sprongen de helling aan de andere kant af. Zijn hakken sloegen wolken poedersneeuw omhoog. Beneden was weer bos, maar vijfendertig of veertig jaar geleden had daar een hevige brand gewoed. De bomen en struiken waren rommelig teruggekomen, wedijverend om licht en ruimte. Overal lagen omgevallen bomen. Vele daarvan gingen schuil onder de sneeuw, en ondanks zijn haast moest Blaze langzamer gaan lopen. De wind gierde door de boomtoppen; hij hoorde de stammen kreunen en protesteren.

Joe jengelde. Het was een hees geluid; blijkbaar kon hij niet goed lucht krijgen.

'Rustig maar,' zei Blaze. 'We zijn er bijna.'

Hij wist niet zeker of de oude omheining van prikkeldraad er nog was, maar dat was inderdaad zo. Wel was hij bijna helemaal ondergesneeuwd en Blaze struikelde er bijna over toen hij daar met de baby door de sneeuw ploegde. Hij stapte er voorzichtig overheen en kwam in een kuil terecht. De bodem was hier meer omgeploegd en de structuur van het terrein was te zien. Er lag ook minder sneeuw. De wind gierde over hun hoofd heen.

'Hier,' zei Blaze. 'Hier ergens.'

Hij liep in de richting van de plaats waar het terrein weer omhoogging en begon ongeveer op de helft te zoeken. Hij keek naar hoopjes keien, half blootgelegde wortels, kuilen met sneeuw en concentraties oude dennennaalden. Hij kon het niet vinden. De paniek kwam in hem op. De kou kon nu elk moment door de dekens en door Joe's kleren heen dringen.

Verderop misschien.

Hij ging verder naar beneden, gleed uit en viel op zijn romp, met de baby nog steeds tegen zich aan. De pijn schoot door zijn rechterenkel alsof iemand daar binnenin vonken had geslagen. En toen keek hij naar een driehoekige schaduw tussen twee ronde rotsen die als borsten naar elkaar toe kwamen. Hij kroop erheen, nog steeds met Joe tegen zich aan. Ja, dat was het. Ja, ja, en ja. Hij boog zijn hoofd en kroop naar binnen.

De grot was donker en vochtig en verrassend warm. De vloer was bedekt met zachte, oude dennentakken. Blaze had meteen een déjà vu-gevoel. John Cheltzman en hij hadden die takken naar binnen gesleept toen ze, op een middag dat ze stiekem aan het rondzwerven waren, bij toeval deze grot hadden gevonden.

Blaze legde de baby op een bed van takken, zocht in zijn jaszak naar de keukenlucifers die hij daar altijd had en streek er een aan. In het trillende licht zag hij Johnny's zorgvuldige blokletters op de muur.

Johnny C en Clay Blaisdell. 15 augustus. Derde jaar van de hel.

Het was in kaarsrook geschreven.

Blaze huiverde – niet van de kou, niet hier binnen – en schudde de lucifer uit.

Joe keek in het halfduister naar hem op. Hij haalde door zijn mond adem. Zijn ogen waren een en al ontzetting. Toen hield hij op met ademhalen.

'Jezus, wat heb je?' riep Blaze uit. De rotswanden sloegen zijn stem naar zijn eigen oren terug. 'Wat is er? Wat...'

Toen wist hij het. De dekens zaten te strak. Hij had ze om Joe heen getrokken toen hij hem had neergelegd, en hij had te hard getrokken. Die jongen kon niet ademhalen. Met bevende vingers maakte hij ze los. Joe zoog een enorme teug vochtige grotlucht in en huilde. Het was een zwak, bevend geluid.

Blaze schudde de Pampers uit zijn shirt en pakte een van de

flesjes. Hij bood Joe de speen aan, maar Joe wendde zijn hoofd af.

'Wacht dan maar,' zei Blaze. 'Wacht maar.'

Hij pakte zijn pet, zette hem op, trok hem een beetje naar links en ging naar buiten.

Hij verzamelde wat goed brandhout uit een wirwar aan het eind van het ravijn en een paar handen humus die daaronder lag. Die humus stopte hij in zijn zakken. In de grot terug, maakte hij een vuurtje. Boven de ingang zat een kleinere, langgerekte opening als een gespleten gehemelte, genoeg om de rook naar boven en naar buiten te trekken. Hij hoefde niet bang te zijn dat iemand dat beetje rook zag, in elk geval niet zolang het nog waaide en sneeuwde.

Hij voedde het vuur takje voor takje, tot het levendig knetterde. Toen zette hij Joe vlak voor het vuur op zijn schoot om hem warm te laten worden. Het kereltje haalde nu normaler adem, maar er zat nog steeds geratel in zijn luchtwegen.

'We gaan met je naar de dokter,' zei Blaze tegen hem. 'Zodra dit voorbij is. Hij helpt je er wel van af. Dan ben je weer helemaal de oude.'

Joe grijnsde plotseling naar hem, zodat zijn nieuwe tand te zien was. Blaze grijnsde opgelucht terug. Als die jongen nog grijnsde, kon het toch niet zo slecht met hem gaan? Hij bood Joe een vinger aan. Joe sloeg zijn handje eromheen.

'Geef me de vijf,' zei Blaze, en hij lachte. Toen haalde hij het koude flesje uit zijn zak, veegde het stof weg dat erop zat en zette het naast het vuur om het warm te laten worden. Buiten gierde en joelde de wind, maar hier binnen werd het lekker warm. Hij wou dat hij meteen aan de grot had gedacht. Hier was het beter dan in Hetton House. Het was verkeerd geweest om Joe naar een weeshuis te brengen. George zou dat 'slechte mojo' hebben genoemd.

'Maar,' zei Blaze, 'je zult het je niet herinneren, hè?'

Toen het flesje warm aanvoelde, gaf hij het aan Joe. Ditmaal viel de baby er gretig op aan en dronk alles op. Toen hij met de laatste slokken bezig was, kwam er in zijn ogen een glazige blik die Blaze inmiddels goed kende. Hij zette Joe op zijn schouder en wiegde hem heen en weer. De baby boerde twee keer en liet nog zo'n vijf minuten zijn onzinwoordjes horen. Toen hield hij daarmee op. Zijn ogen waren weer dicht. Blaze was aan die gang van zaken gewend geraakt. Joe zou nu zo'n drie kwartier slapen, misschien een uur, en dan zou hij de rest van de morgen actief willen zijn.

Blaze zag ertegen op dat hij hem moest achterlaten, vooral na wat er de vorige avond was gebeurd, maar het kon niet anders. Dat gaf zijn instinct hem in. Hij legde Joe op een van de dekens, legde de andere deken over hem heen en verankerde de bovenste deken met grote keien. Hij dacht, hoopte, dat wanneer Joe wakker werd terwijl hij in zijn eentje was, hij zich wel kon omdraaien maar niet kon wegkruipen. Hij moest er maar het beste van hopen.

Blaze liep de grot uit en ging toen terug in de richting vanwaar hij was gekomen. Hij volgde zijn eigen voetsporen terug, maar die vervaagden al. Hij liep vlug, en toen er geen bomen meer op de grond lagen, rende hij zelfs. Het was kwart over zeven in de morgen.

Terwijl Blaze voorbereidingen trof om de baby te voeden, zat Sterling in het commandovoertuig van de arrestatie- en bevrijdingsoperatie, een terreinwagen. Hij zat op de passagiersplaats. De agent van de politie van Maine die achter het stuur zat, had zijn grote hoed afgezet en leek nu net een mariniersrekruut die voor het eerst zijn haar had laten knippen. Sterling vond trouwens dat de meeste agenten in Maine er als mariniersrekruten uitzagen. En de meeste FBI-agenten zagen eruit als advocaten of accountants, en dat was ook goed, want...

Hij riep zijn afdwalende gedachten een halt toe. 'Kun je niet een beetje harder met dit ding?'

'Ja,' zei de agent. 'Dan kunnen we de rest van de morgen onze tanden bij elkaar zoeken in een sneeuwwal.'

'Je hoeft niet zo'n toon aan te slaan, hè?'

'Ik word nerveus van dit weer,' zei de agent. 'Dit is een klotestorm. Het is overal verrekte glad.'

'Oké.' Sterling keek op zijn horloge. 'Hoe ver is het nog naar Cumberland?'

'Vijfentwintig kilometer.'

'Hoe lang?'

De agent haalde zijn schouders op. 'Vijfentwintig minuten?'

Sterling kreunde. Dit was een 'gezamenlijk operatie' van de FBI en de politie van Maine, en het enige waaraan hij een nog grotere hekel had dan aan 'gezamenlijke operaties' waren wortelkanaalbehandelingen. De kans dat het op een puinhoop uitliep werd groter als je de staatspolitie erbij haalde. Natuurlijk was het nog veel erger als de FBI zich gedwongen zag tot zo'n gevreesde 'gezamenlijke operatie' met de plaatselijke politie, maar dit was al erg genoeg: in een auto zitten met een nepmarinier die niet harder dan tachtig durfde te rijden.

Hij verschoof op zijn plaats en voelde de kolf van zijn pistool onder in zijn rug. Daar had hij zijn wapen altijd. Sterling had vertrouwen in zijn pistool, zijn FBI en zijn neus. Hij had de neus van een goede jachthond. Een goede jachthond kon meer dan een patrijs of kalkoen in het kreupelhout ruiken; een goede jachthond rook de angst van de prooi en wist in welke richting die in zijn angst zou vluchten, en wanneer. Hij wist wanneer de aandrang van de vogel om op te vliegen het won van de noodzaak om stil in zijn schuilplaats te blijven zitten.

Blaisdell zat in een schuilplaats, waarschijnlijk dat vroegere weeshuis. Dat was allemaal goed en wel, maar Blaisdell zou op de vlucht slaan. Dat vertelde Sterlings neus hem. En al had die hufter geen vleugels, hij had benen en kon hard lopen.

Sterling geloofde zo langzamerhand ook dat Blaisdell dit in

zijn eentje deed. Als er iemand anders bij was – het brein van de kidnapping, zoals Sterling en Granger in het begin hadden gedacht – hadden ze inmiddels wel van hem gehoord, al was het alleen maar omdat Blaisdell zo stom als een rund was. Nee, hij deed dit waarschijnlijk in zijn eentje en hij zou nu wel in dat oude weeshuis zitten (als een stomme postduif, dacht Sterling) en denken dat niemand hem daar zou zoeken. Er was geen enkele reden om te denken dat ze hem daar niet zouden vinden, weggekropen als een doodsbange kwartel achter een struik.

Alleen zat Blaisdell niet meer in dat huis. Sterling wist dat.

Hij keek op zijn horloge. Het was net halfzeven geweest.

Ze zouden hun net om een driehoekig gebied leggen: langs Route 9 in het westen, een secundaire weg die Loon Cut heette in het noorden en een oude onverharde weg in het zuidoosten. Als ze allemaal hun posities hadden ingenomen, zouden ze het net steeds kleiner maken tot het zich sloot om Hetton House. Op dit moment hadden ze last van de sneeuw, maar die zou dekking geven als ze het huis omsingelden.

Het klonk goed, maar...

'Kun je echt niet een beetje harder?' vroeg Sterling. Hij wist dat hij het niet moest vragen, hij moest die kerel niet provoceren, maar hij kon het niet helpen.

De agent keek even naar de man die naast hem zat. Naar Sterlings kleine, samengetrokken gezicht en felle ogen. En hij dacht: hij gaat die kerel vermoorden.

'Maak je gordel maar vast, Sterling,' zei hij.

'Die zit vast,' zei Sterling. Hij drukte hem met zijn duim naar voren.

De politieman zuchtte en trapte een beetje harder op het gaspedaal.

Om zeven uur die ochtend gaf Sterling het bevel en kwamen de verzamelde troepen in beweging. De sneeuw was erg diep

– hier en daar meer dan een meter – maar de mannen strompelden gestaag voorwaarts en bleven via de radio met elkaar in contact. Niemand klaagde. Het leven van een kind stond op het spel. Door de vallende sneeuw leek alles beklemmend en surrealistisch. Ze leken net figuurtjes in een oude stomme film, een melodrama in sepia waarin het geen enkele twijfel leed wie de schurk was.

Sterling leidde de operatie als een echte teamaanvoerder en volgde alles via zijn walkietalkie. Omdat de mannen die uit het oosten kwamen met de minste obstakels te maken kregen, liet hij hen langzamer lopen om hen synchroon te houden met degenen die van Route 9 en via Loon Hill van Loon Cut kwamen. Sterling wilde Hetton House omsingeld hebben, maar hij wilde nog meer. Hij wilde dat er in elke struik en elk bosje naar de vogel werd gezocht.

'Sterling, met Tanner. Hoor je me?'

'Ik hoor je, Tanner. Zeg het maar.'

'We zijn aan het begin van de weg naar het weeshuis. De ketting hangt nog over de weg, maar het slot is kapot gemaakt. Hij zit daar inderdaad. Over.'

'Begrepen,' zei Sterling. De opwinding joeg in alle richtingen door zijn zenuwen. Ondanks de kou brak het zweet hem uit in zijn kruis en oksels. 'Zie je verse bandensporen?'

'Nee. Over.'

'Ga verder. Over en sluiten.'

Ze hadden hem. Sterling was vooral bang geweest dat Blaisdell hen weer te vlug af was geweest, dat hij met de baby was weggereden en hun het nakijken had gegeven. Maar nee.

Hij sprak zachtjes in de walkietalkie en de mannen liepen nu vlugger. Hijgend als honden stampten ze door de sneeuw.

Blaze klauterde over de muur tussen de Overwinningstuin en de achtertuin van Hetton House. Hij rende naar de deur. Zijn gedachten verkeerden in groot tumult. Zijn zenuwen voelden aan als blote voeten op glasscherven. Georges woorden galmden door zijn hoofd, keer op keer: *Ze hebben je bijna te pakken, Blaze.*

Hij rende met wilde sprongen de trap op, kwam slippend in het kantoor tot stilstand en laadde alles – kleren, voedsel, flessen – in de wieg. Toen dreunde hij de trap weer af en rende naar buiten.

Het was halfacht.

Halfacht.

'Wacht even,' zei Sterling zachtjes in zijn walkietalkie. 'Iedereen even wachten. Granger? Bruce? Horen jullie me?'

De stem die antwoord gaf, klonk verontschuldigend. 'Met Corliss.'

'Corliss? Ik wil jou niet, Corliss. Ik wil Bruce. Over.'

'Agent Granger is uitgeschakeld. Ik denk dat hij zijn been heeft gebroken. Over?'

'Wát?'

'Dit bos ligt vol met omgevallen bomen. Hij, eh, struikelde over een daarvan en toen ging het mis. Wat moeten we doen? Over.'

De tijd gleed weg. Voor zijn geestesoog zag hij een grote zandloper vol sneeuw en Blaisdell die door het midden glipte. Alsof hij sleetje aan het rijden was.

'Spalk het, pak hem warm in en laat een walkietalkie bij hem achter. Over.'

'Begrepen. Wilt u met hem praten? Over?'

'Nee. Ik wil dat er schot in de zaak komt. Over.'

'Begrepen.'

'Goed,' zei Sterling. 'Teamleiders, laten we opschieten. Naar voren.'

Blaze rende hijgend door de Overwinningstuin. Hij kwam bij de half ingestorte muur aan het andere eind, klom eroverheen en gleed van de helling af het bos in, de wieg tegen zijn borst gedrukt.

Hij stond op, liep naar voren, maar bleef toen staan. Hij zette de wieg neer en trok Georges revolver uit zijn riem. Hij had niets gezien en niets gehoord, maar hij wíst het.

Hij ging achter de stam van een grote oude den staan. De sneeuw sloeg tegen zijn linkerwang en verdoofde hem. Hij wachtte zonder te bewegen. Intussen dacht hij koortsachtig na. Hij moest absoluut naar Joe terug, maar toch had hij sterk het gevoel dat hij hier in stilte moest blijven wachten.

Als Joe nu eens onder de dekens vandaan was gekomen en in het vuur was gekropen?

Dat doet hij niet, zei Blaze tegen zichzelf. Zelfs baby's zijn bang voor vuur.

Als hij nu eens de grot uit was gekropen, de sneeuw in? Als hij op ditzelfde moment, terwijl Blaze hier achter die boom stond, aan het doodvriezen was?

Dat doet hij niet. Hij slaapt.

Ja, en het was niet te zeggen hoe lang hij zou blijven slapen, daar op die vreemde plaats. En als de wind nu eens draait en er allemaal rook in de grot komt? Terwijl jij hier staat, de enige levende persoon tot drie kilometer in de omtrek, misschien wel vijf kilometer...

Hij wás niet de enige. Er was iemand. *Iemand.*

Maar het bos was stil, afgezien van de wind, de krakende bomen en het ruisen van vallende sneeuw.

Tijd om verder te gaan.

Alleen was het daar geen tijd voor. Het was tijd om te wachten.

Je had dat kind moeten doodmaken toen ik het zei, Blaze.

George. Nu in zijn hóófd. Jezus!'

Ik ben nooit nergens anders geweest. En nou lopen!

Dat zou hij doen. Toen besloot hij eerst tot tien te tellen. Hij was bij zes toen zich iets losmaakte uit de grijsgroene gordel van bomen, verder de helling af. Het was een politieman, maar Blaze was niet bang. Zijn angst was helemaal opgebrand en hij was doodkalm. Alleen Joe telde nu; hij moest voor Joe zorgen.

Hij dacht dat de agent hem niet zou zien, maar de agent zou zijn sporen wel zien, en dat was even erg.

Blaze zag dat de agent hem rechts zou passeren en ging dus links van de dikke dennenboom staan. Hij dacht aan de vele keren dat John, Toe en hij in deze bossen hadden gespeeld: cowboys en indianen, rovers en politie. Pang met een krom stuk hout en je bent dood.

Eén schot zou er een eind aan maken. Hij hoefde daarmee niet iemand te doden of te verwonden. Het geluid zou genoeg zijn. Blaze voelde dat er een adertje in zijn hals klopte.

De agent bleef staan. Hij had de sporen gezien. Dat moest wel. Of misschien kwam er een stukje van zijn kleren achter de boom vandaan. Blaze haalde de veiligheidspal van Georges revolver over. Als er een schot kwam, moest dat van hem zijn.

Toen liep de agent weer door. Hij keek nu en dan naar de sneeuw, maar richtte zijn aandacht vooral op de struiken. De afstand was nu vijftig meter. Nee... minder.

Links van hem hoorde Blaze iemand anders tegen een omgevallen boom of laaghangende takken komen en vloeken. Het leek wel of zijn hart nog dieper wegzakte. Er waren dus veel meer agenten in het bos. Maar misschien... als ze allemaal in dezelfde richting gingen...

Hetton House! Ze omsingelden Hetton House! Ja! En als hij in de grot terug kon komen, zou hij achter hen zijn. En verder het bos in, na zo'n vijf kilometer, was er een onverharde weg...

De agent was hem nu tot op vijfentwintig meter genaderd. Blaze schoof een beetje verder langs de boom. Als er nu iemand aan zijn andere kant uit de struiken kwam, kon hij het wel schudden.

De agent liep langs de boom. Blaze hoorde het knerpen van zijn laarzen in de sneeuw. Hij hoorde zelfs iets rinkelen in de zakken van de agent, kleingeld of sleutels. En het kraken van zijn riem. Dat ook.

Blaze schoof nog verder langs de boom, met kleine stapjes opzij. Toen wachtte hij. Toen hij weer keek, liep de agent met zijn rug naar Blaze toe. Hij had de sporen nog niet gezien, maar dat zou vast gebeuren. Hij had ze onder zijn voeten.

Blaze kwam achter de boom vandaan en liep met grote, geluidloze stappen naar de politieman toe. Hij keerde Georges revolver om en hield hem nu bij de loop vast.

De agent keek omlaag en zag de sporen. Hij verstijfde en greep naar de walkietalkie aan zijn riem. Blaze bracht de revolver omhoog en liet hem hard neerkomen. De agent kreunde en wankelde, maar zijn grote hoed ving de klap voor een groot deel op. Blaze haalde opnieuw uit, nu opzij, en trof de agent op zijn linkerslaap. Dat ging gepaard met een zacht plofgeluid. De hoed van de agent gleed opzij en hing nu op zijn rechterwang. Blaze zag dat hij jong was, weinig meer dan een tiener. Toen bezweken de knieën van de politieman en dreunde hij tegen de grond. De sneeuw kwam in wolkjes omhoog.

'Verdomme,' zei Blaze. Hij huilde. 'Waarom kun je de mensen nou niet gewoon met rust laten?'

Hij pakte de politieman onder zijn oksels vast en sleepte hem naar de grote den. Hij liet hem daartegen steunen en zette de hoed weer op zijn hoofd. Er was niet veel bloed, maar Blaze liet zich daar niet door misleiden. Hij wist hoe hard hij kon slaan. Niemand wist dat beter. Er klopte een adertje in de hals van de politieman, maar het stelde niet veel voor. Als zijn vrienden hem niet gauw vonden, ging hij dood. Nou, wie had hem gevraagd hierheen te komen? Wie had hem gevraagd zich ermee te bemoeien?

Blaze pakte de wieg op en liep door. Om kwart voor acht was hij in de grot terug. Joe sliep nog, en toen Blaze dat zag, moest hij weer huilen, ditmaal van opluchting. Maar het was koud in de grot. Het vuurtje was gedoofd door sneeuw die naar binnen was gewaaid.

Blaze bouwde het weer op.

FBI-agent Bruce Granger zag Blaze de helling afkomen en in de opening van de grot kruipen. Granger had daar rustig gelegen, wachtend tot er een eind aan de jacht kwam, welk eind dan ook, zodat iemand hem kon wegdragen. Zijn been deed gruwelijk pijn en hij had zich een idioot gevoeld.

Nu voelde hij zich iemand die de loterij had gewonnen. Hij stak zijn hand uit naar de walkietalkie die Corliss bij hem had achtergelaten en pakte hem op. 'Granger voor Sterling,' zei hij zachtjes. 'Geef antwoord.'

Ruis. Lege ruis.

'Albert, met Bruce, en het is dringend. Geef antwoord!'

Niets.

Granger deed zijn ogen even dicht. 'Verrek,' zei hij. Toen deed hij zijn ogen open en begon te kruipen.

Tien over acht.

Albert Sterling en twee politieagenten stonden met getrokken wapens in het vroegere kantoor van Martin Coslaw. Er lag een deken in een hoek. Sterling zag twee lege plastic babyflesjes en drie lege blikjes melk die eruitzagen alsof ze met een zakmes waren opengemaakt. En twee lege Pamperdozen.

'Shit,' zei hij. 'Shit, shit, shít.'

'Hij kan niet ver zijn,' zei Franklin. 'Hij is lopend. Met het kind.'

'Buiten is het min tien graden,' zei iemand op de gang.

Sterling dacht: wanneer zegt iemand nou eens iets wat ik nog niet weet?

Franklin keek om zich heen. 'Waar is Corliss? Brad, heb jij Corliss gezien?'

'Misschien is hij nog beneden,' zei Bradley.

'We gaan het bos weer in,' zei Sterling. 'Die gek moet in het bos zijn.'

Er was een schot te horen. Het was zwak, gedempt door de sneeuw, maar onmiskenbaar.

Ze keken elkaar aan. Er volgden vijf seconden van totale, geschokte stilte. Misschien zeven. Toen renden ze naar de deur.

Joe sliep nog toen de kogel de grot in kwam. De kogel klonk als een woedende hommel. Hij ketste twee keer en liet granietsplinters in het rond vliegen. Blaze was met luiers bezig. Hij wilde Joe verschonen, dan was Joe droog voordat ze op weg gingen.

Nu schrok Joe wakker en begon te huilen. Zijn handjes zwaaiden door de lucht. Een van de granietscherfjes had in zijn gezicht gesneden.

Blaze dacht niet na. Hij zag het bloed en aan alle gedachten kwam een eind. Wat ervoor in de plaats kwam, was zwart en moorddadig. Hij stormde de grot uit en rende schreeuwend op het geluid van het schot af.

HOOFDSTUK 22

Blaze zat aan de bar van Moochie's en las onder het eten van een donut in een Spider-Man-boekje, toen George in zijn leven kwam. Het was september. Blaze had in geen twee maanden gewerkt en hij zat krap. Een aantal criminelen uit de snoepwinkel was opgepakt. Blaze zelf was ondervraagd over een beroving op een kredietkantoor in Saugus, maar daar had hij niet aan meegedaan en hij was zo oprecht verbijsterd overgekomen dat de politie hem had laten gaan. Blaze zou misschien proberen zijn oude baan in de wasserij van het ziekenhuis terug te krijgen.

'Dat is hem,' zei iemand. 'Dat is De Boeman.'

Blaze draaide zich om en zag Hankie Melcher staan. Naast hem stond een klein mannetje in een scherp gesneden pak. Dat kleine mannetje had een vaalgele huid en ogen die brandden als kooltjes.

'Hallo, Hank,' zei Blaze. 'Tijdje niet gezien.'

'O, korte vakantie op staatskosten,' zei Hank. 'Ze lieten me vrij omdat ze daar niet goed kunnen tellen. Waar of niet, George?'

Het kleine mannetje zei niets, glimlachte alleen vaag en bleef Blaze aankijken. Die brandende ogen zaten Blaze niet lekker.

Moochie kwam aangelopen. Hij veegde zijn handen af aan zijn schort. 'Yo, Hankie.'

'Voor mij chocolademelk,' zei Hank. 'Ook eentje, George?'

'Alleen koffie. Zwart.'

Moochie ging weg. Hank zei: 'Blaze, dit is mijn zwager. George Rackley, Clay Blaisdell.'

'Hallo,' zei Blaze. Dit rook naar werk.

'Goh.' George schudde zijn hoofd. 'Jij bent een grote joekel.'

Blaze lachte alsof niemand ooit eerder had opgemerkt dat hij groot was.

'George is een grappenmaker,' zei Hank grijnzend. 'Hij is een echte Bill Cosby, maar dan blank.'

'Ja,' zei Blaze, nog steeds glimlachend.

Moochie kwam met Hankies chocolademelk en Georges koffie terug. George nam een slok en trok een grimas. Hij keek Moochie aan. 'Schijt jij altijd in de koffiekopjes of gebruik je soms ook de plee, beste man?'

Hank zei tegen Moochie: 'Daar bedoelt George niets mee.'

George knikte. 'Zo is het. Ik ben maar een grappenmaker. Ga eens even weg, Hankie. Ga maar flipperen of zo.'

Hankie grijnsde nog steeds. 'Ja, goed. Doe ik.'

Toen hij weg was en Moochie aan het andere eind van de bar stond, wendde George zich weer tot Blaze. 'Die stomkop zegt dat je werk zoekt.'

'Dat klopt wel,' zei Blaze.

Hankie liet munten in de flipperkast vallen, bracht toen zijn handen omhoog en neuriede iets wat misschien het thema van *Rocky* was.

George wees met zijn hoofd naar hem. 'Nu hij weer vrij is, heeft Hankie grote plannen. Een benzinestation in Malden.'

'O, ja?' zei Blaze.

'Ja. De misdaad van de eeuw. Wil je vanmiddag honderd dollar verdienen?'

'Ja,' antwoordde Blaze zonder aarzeling.

'Doe je dan precies wat ik zeg?'

'Ja. Waar gaat het om, meneer Rackley?'

'George. Noem me George.'

'Waar gaat het om, George?' Toen keek hij weer in die brandende ogen en zei: 'Ik doe niemand pijn.'

'Ik ook niet. Schieten is voor sukkels. Luister.'

Die middag gingen George en Blaze naar Hardy's, een succesvol warenhuis in Lynn. Alle personeelsleden van Hardy's droegen een roze overhemd met witte mouwen. Ze droegen ook een badge met HALLO! IK BEN DAVE! of JOHN! Of wie dan ook. George droeg een van die overhemden onder zijn gewone overhemd. Op zijn badge stond HALLO! IK BEN FRANK! Toen Blaze dat zag, knikte hij en zei: 'Dat is een soort schuilnaam, hè?'

George glimlachte – niet het soort glimlach dat hij had gebruikt toen hij Hankie Melcher bij zich had – en zei: 'Ja, Blaze. Een soort schuilnaam.'

Iets in die glimlach stelde Blaze gerust. Er zat geen scherpte in. En omdat ze deze klus met zijn tweeën zouden doen, was er niemand die George in de ribben porde als Blaze iets doms zei, niemand die Blaze op die manier tot buitenstaander maakte. Blaze wist niet zeker of George zelfs wel gegrijnsd zou hebben als er wél iemand anders was geweest. Misschien had hij dan iets gezegd als *Bemoei je met je eigen zaken, klojo*. Voor het eerst sinds John Cheltzman was gestorven vond Blaze iemand aardig.

George had zich op zijn eigen manier door het leven geslagen. Hij was geboren op de armenafdeling van het katholieke St. Joseph's-ziekenhuis in Providence: moeder ongehuwd, vader onbekend. Ze ging niet in op het voorstel van de nonnen om de jongen voor adoptie af te staan en gebruikte hem in plaats daarvan als knuppel om haar familie mee te slaan. George groeide op in de ergste achterbuurt van de stad en haalde zijn eerste oplichterstruc uit toen hij vier was. Zijn moeder wilde hem er net van langs geven omdat hij een kommetje pap had gemorst. George zei tegen haar dat een man een brief voor haar had gebracht en hem in de hal had achtergelaten. Toen ze ging kijken, deed hij de deur op slot, zodat ze het appartement niet meer binnen kon, en vluchtte via de brandtrap. Later kreeg hij twee keer zo hard op zijn donder, maar hij vergat nooit het opwindende gevoel dat hij had toen hij had gewonnen, al was het maar tijdelijk. De rest van zijn leven zou hij op dat *Ik-heb-je-te-pakken*-gevoel blijven jagen. Het was kortstondig maar altijd heel aangenaam.

Hij was een intelligente, verbitterde jongen. De ervaring leerde hem dingen die sukkels als Hankie Melcher nooit zouden leren. George en drie oudere kennissen (hij had nooit vrienden) stalen een auto toen George elf was, reden daarmee van Providence naar Central Falls en werden opgepakt. De jongen van vijftien die achter het stuur had gezeten ging naar een tuchtschool. George en de andere jongen kregen een voorwaardelijke straf. George kreeg ook een gigantisch pak slaag van de lijkbleke pooier met wie zijn moeder toen samenwoonde. Dat was Aidan O'Kellaher, die bekendstond om zijn slechte nieren – vandaar de naam die hij op straat had: Pisser Kelly. Pisser sloeg op hem in tot Georges halfzus schreeuwde dat hij moest ophouden.

'Wil jij ook wat?' vroeg Pisser, en toen Tansy haar hoofd schudde, zei hij: 'Hou dan die klotebek van je.'

Daarna stal George nooit meer een auto zonder reden. Na die ene keer wist hij dat je met joyriding niets bereikte. Plezier alleen was niet genoeg.

Op zijn dertiende werden hij en een vriend betrapt op winkeldiefstal in een warenhuis. Weer een voorwaardelijke straf. En weer een pak slaag. George hield niet op met winkeldiefstal, maar hij verbeterde zijn techniek en werd niet meer gepakt.

Toen George zeventien was, hielp Pisser hem aan een baan bij een illegale loterij. In die tijd was er in Providence het soort halfslachtige opleving dat in de economisch uitgeputte staten van New England voor welvaart doorging. Het ging goed met die loterij. En ook met George. Hij kocht mooie kleren. Hij begon ook met zijn administratie te knoeien. Pisser vond George een goede, ondernemende jongen; hij bracht elke woensdag zeshonderdvijftig dollar binnen. Wat Pisser niet wist, was dat George ook nog eens tweehonderd dollar per week achterover drukte.

Toen kwam de maffia uit Atlantic City naar het noorden. Ze namen de loterij over. Sommige middenkaderfiguren lieten ze afvloeien. Pisser Kelly werd afgevloeid naar een autokerkhof, waar hij met doorgesneden keel en zijn ballen in het dashboardkasje van een Chevrolet Biscayne werd aangetroffen.

Nu hij van zijn broodwinning was beroofd, vertrok George naar Boston. Hij nam zijn twaalfjarige zusje mee. Tansy's vader was ook onbekend, maar George had zijn vermoedens; Pisser had dezelfde slappe kin gehad.

In de volgende zeven jaar bekwaamde George zich in allerlei bestaande oplichterstrucs. Hij verzon ook een paar nieuwe. Zijn moeder zette gedachteloos haar handtekening onder een papier dat hem tot Tansy Rackleys voogd maakte, en George zorgde ervoor dat de kleine hoer naar school bleef gaan. Op een dag ontdekte hij dat ze heroïne spoot. Ze bleek ook – verrassing! – zwanger te zijn. Hankie Melcher wilde graag met haar trouwen. George was eerst verbaasd, en toen niet meer. De wereld zat vol met idioten die over zichzelf struikelden om je te laten zien hoe slim ze waren.

George vatte sympathie voor Blaze op omdat Blaze geen idioot met pretenties was. Hij was geen snelle jongen, geen patser, hing niet de grote gangster uit. Hij gebruikte geen drugs, hield zelfs niet van biljarten. Blaze was een boerenkinkel. Hij was een stuk gereedschap, en in de jaren dat ze bij elkaar waren gebruikte George hem als zodanig. Maar nooit op een slechte manier. Als een goede timmerman hield George van goed gereedschap, dingen die telkens weer deden wat ze moesten doen. Hij kon Blaze zijn rug toekeren. Hij kon slapen in een kamer waar Blaze wakker was, in de wetenschap dat als hij wakker werd de buit nog onder het bed zou liggen.

Blaze bracht ook Georges hunkerende en woedende persoonlijkheid tot bedaren. Dat was geen geringe zaak. Er kwam een dag waarop George begreep dat als hij zei: 'Blaze, je moet van het dak van dat gebouw stappen, want zo doen we dat'... nou, dat Blaze dat dan zou doen. In zekere zin was Blaze de Cadillac die George nooit zou hebben – hij had grote veren als er veel kuilen in de weg zaten.

Toen ze in Hardy's waren, ging Blaze regelrecht naar de afdeling herenkleding, zoals hem was opgedragen. Hij had niet zijn eigen portefeuille bij zich, maar een goedkoop plastic ding met vijftien dollar en papieren op naam van David Billings uit Reading.

Toen hij op de afdeling kwam, stak hij zijn hand in zijn achterzak – alsof hij wilde nagaan of zijn portefeuille er nog was – en trok hem er voor driekwart uit. Toen hij zich bukte om naar overhemden op een lage plank te kijken, viel de portefeuille op de vloer.

Dat was het gevoeligste onderdeel van de operatie. Blaze draaide zich half om en keek zo onopvallend mogelijk naar de portefeuille. Op het eerste gezicht leek het of hij helemaal opging in zijn bestudering van Van Heusen-hemden. George had het hem zorgvuldig uitgelegd. Als een eerlijk persoon de portefeuille zag, ging de hele zaak niet door en probeerden ze het in de Kmart. Soms moest je het wel vijf keer proberen voordat het lukte.

'Goh,' zei Blaze. 'Ik wist niet dat zo veel mensen eerlijk waren.'

'Dat zijn ze ook niet,' zei George met een kille glimlach. 'Maar mensen zijn bang. En hou die verrekte portefeuille goed in de gaten. Als iemand er met dat ding vandoor gaat, ben jij vijftien dollar kwijt en ik identiteitspapieren die nog veel meer waard zijn.'

Die dag hadden ze bij Hardy's beginnersgeluk. Een man in een shirt met een alligator op zijn tiet liep door het gangpad, zag de portefeuille en keek toen naar weerskanten van de gang om te zien of er iemand aan kwam. Er kwam niemand aan. Blaze pakte een ander hemd op en hield het voor zich in de spiegel. Zijn hart pompte zo hard als het kon.

Wacht tot hij hem in zijn zak stopt, zei George. *En maak dan kabaal.*

De man in het alligatorshirt schoof de portefeuille tegen het rek met truien waar hij naar keek. Toen stak hij zijn hand in zijn zak, haalde zijn autosleutels eruit en liet ze op de vloer vallen. Oeps. Hij bukte zich om ze op te rapen en pakte tegelijk de portefeuille op. Hij schoof ze allebei in zijn broekzak en slenterde weg.

Blaze liet een stierengeloei horen: 'Dief! Diéf! Ja, JÍJ!'

Klanten draaide zich om en keken nieuwsgierig. Verkopers keken om zich heen. De afdelingschef zag de bron van de moeilijkheden en liep vlug naar hen toe. Onderweg bleef hij even bij een kassa staan om op een knop met *Speciaal* te drukken.

De man met de alligator op zijn tiet werd bleek... keek om zich heen... zette het op een lopen. Hij had vier stappen afgelegd of Blaze greep hem al in zijn kraag.

Pak hem hard aan, maar doe hem geen pijn, had George gezegd. *Blijf schreeuwen. En wat je ook doet, geef hem niet de kans om die portefeuille weg te gooien. Als het lijkt of hij hem weg wil doen, geef hem dan een knietje in zijn instrumentarium.*

Blaze greep de man bij zijn schouders vast en schudde hem op en neer zoals je met een medicijnflesje doet. De man in het alligatorshirt stootte barbaarse kreten uit. Het kleingeld vloog uit zijn zakken. Hij stak zijn hand in de zak met de portefeuille, zoals George had gezegd dat hij misschien zou doen, en Blaze gaf hem een stoot tegen zijn ballen – niet te hard. De man in het alligatorshirt gaf een schreeuw.

'Ik zal je leren mijn portefeuille te stelen!' schreeuwde Blaze in het gezicht van de man. Hij liep nu helemaal warm. 'Ik vermóórd je!'

'Haal hem van me af!' schreeuwde de man. 'Haal hem wég!'

Een van de verkopers bemoeide zich ermee. 'Hé, nu is het genoeg.'

George, die bij de vrijetijdskleding had gestaan, maakte de knoopjes van zijn buitenste overhemd los, trok het uit zonder zelfs maar te proberen dat in het verborgene te doen en stopte het onder een stapel T-shirts. Er keek toch niemand naar hem. Ze keken naar Blaze, die een harde ruk gaf en het shirt met de alligator op de tiet doormidden scheurde.

'Ophouden!' schreeuwde de verkoper. 'Rustig!'

'Die schoft heeft mijn portefeuille!' riep Blaze.

Er stond nu een groot aantal nieuwsgierigen omheen. Ze wilden zien of Blaze de man die hij te pakken had zou vermoorden voordat de verkoper of een winkeldetective of iemand anders kon ingrijpen.

George drukte op de NO SALE-toets van een van de twee kassa's van de afdeling herenkleding en pakte het geld eruit. Zijn broek was te groot en aan de voorkant was een zak genaaid – zoiets als een verborgen heuptasje. Daar stopte hij de bankbiljetten in en dat deed hij op zijn gemak. Eerst tientjes en twintigjes – er waren zelfs een paar vijftigjes, ja, dit was beginnersgeluk – en toen vijfjes en eentjes.

'Ophouden!' schreeuwde de afdelingschef terwijl hij zich een weg door de menigte baande. Hardy's had een winkeldetective en die kwam dicht achter de afdelingschef aan. 'Zo is het genoeg! Stoppen!'

De winkeldetective drong tussen Blaze en de man in het gescheurde alligatorshirt in.

Hou op met vechten als de winkelsmeris er is, had George gezegd, *maar blijf wel doen alsof je die kerel wil vermoorden.*

'Kijk in zijn zak!' schreeuwde Blaze. 'Die klootzak heeft me bestolen!'

'Ik raapte een portefeuille van de vloer op,' gaf de alligatorman toe, 'en ik keek net of iemand hem had verloren toen deze... deze schúrk...'

Blaze deed weer een uitval naar hem. De alligatorman deinsde terug. De winkelsmeris duwde Blaze terug. Dat vond Blaze niet erg. Hij had de grootste lol.

'Kalm aan, grote man. Rustig maar.'

Intussen vroeg de afdelingschef de alligatorman naar zijn naam.

'Peter Hogan.'

'Maak uw zakken leeg, meneer Hogan.'

'Geen denken aan!'

De winkelsmeris zei: 'Maak ze leeg of ik bel de politie.'

George slenterde naar de troltrap. Hij keek zo alert en levendig als de beste Hardy's-medewerker die ooit een prikklok had ingedrukt.

Peter Hogan vroeg zich nog even af of hij op zijn rechten moest staan en maakte toen zijn zakken leeg. Toen de omstanders de goedkope bruine portefeuille zagen, deden ze van *ahhhh*.

'Dat is hem,' zei Blaze. 'Dic is van mij. Hij heeft hem zeker uit mijn achterzak gehaald toen ik naar die hemden keek.'

'Zitten er identiteitspapieren in?' vroeg de winkelsmeris, terwijl hij de portefeuille openmaakte.

Gedurende een afschuwelijk moment was Blazes geest helemaal leeg. Toen was het net of George vlak naast hem stond. *David Billings, Blaze.*

'Ja. Dave Billings,' zei Blaze. 'Dat ben ik.'

'Hoeveel geld zat erin?'

'Niet veel. Vijftien dollar of zo.'

De winkelsmeris keek de afdelingschef aan en knikte. De menigte deed weer van *ahhhh*. De winkelsmeris gaf de portefeuille aan Blaze, die hem in zijn zak stak.

'U komt met mij mee,' zei de winkelsmeris. Hij pakte Hogans arm vast.

De afdelingschef zei: 'Dit is afgelopen, mensen, gaat u maar verder. Hardy's heeft deze week veel koopjes, dus maak daar gebruik van.' Blaze vond dat hij zo goed klonk als een radiopresentator. Geen wonder dat hij zo'n verantwoordelijke baan had.

Tegen Blaze zei de afdelingschef: 'Wilt u met me mee komen, meneer?'

'Ja.' Blaze keek Hogan dreigend aan. 'Laat me alleen even het hemd pakken dat ik wilde hebben.'

'Ik denk dat u dat hemd vandaag van Hardy's cadeau krijgt. Maar we willen wel graag dat u even naar de tweede verdieping gaat. Vraagt u daar naar meneer Flaherty. Kamer 7.'

Blaze knikte en draaide zich weer om naar de hemden. De afdelingschef ging weg. Niet ver bij Blaze vandaan stond een van de verkopers op het punt de kassa te openen die door George was geplunderd.

'Hé, jij!' zei Blaze, en hij wenkte hem.

De verkoper kwam naar hem toe... maar niet te dichtbij. 'Kan ik u helpen, meneer?'

'Hebben jullie hier een cafetaria?'

De verkoper keek opgelucht. 'Begane grond.'

'Top,' zei Blaze. Hij maakte een pistool van zijn rechterduim en wijsvinger, knipoogde naar de verkoper en slenterde naar de roltrap. De verkoper keek hem na. Toen hij bij zijn kassa terug was, waarin de vakjes voor bankbiljetten nu leeg waren, was Blaze al op straat. George zat in een roestige oude Ford te wachten. En daar gingen ze.

Ze hadden driehonderd veertig dollar gescoord. George verdeelde het in tweeën. Blaze ging helemaal uit zijn bol. Het was de gemakkelijkste klus die hij ooit had gedaan. George was een meesterbrein. Ze zouden die truc in de hele stad uithalen.

George reageerde op dit alles met de bescheidenheid van een derderangs goochelaar die net zijn best heeft gedaan op een kinderfeestje. Hij vertelde Blaze niet dat de truc dateerde uit zijn schooltijd, toen twee jongens elkaar in de haren vlogen in een slagerij, waarna nummer drie de kassa leeghaalde terwijl de eigenaar die twee uit elkaar probeerde te halen. Hij vertelde Blaze ook niet dat ze bij hun derde poging voor de bijl zouden gaan, zo niet al bij de tweede poging. Hij knikte alleen maar, haalde zijn schouders op en genoot van het enthousiasme van zijn grote vriend. Enthousiasme? Blaze was door het dolle heen.

Ze reden Boston in, stopten bij een drankwinkel en kochten twee flessen Old Granddad-whisky. Toen gingen ze naar een dubbele voorstelling in de Constitution-bioscoop in Washington Street en keken naar autoachtervolgingen en mannen met automatische wapens. Toen ze om tien uur die avond weggingen, waren ze allebei straalbezopen. Alle vier de wieldoppen van de Ford waren gestolen. George was kwaad, al waren die wieldoppen net zo waardeloos geweest als de rest van de auto. Toen hij zag dat iemand ook zijn bumpersticker met STEM OP DE DEMOCRATEN had weggekrast, moest hij lachen. Hij ging op de stoeprand zitten en lachte tot de tranen over zijn vaalgele wangen rolden.

'Verwijderd door een Reagan-fan,' zei hij. 'Godskelere!'

'Misschien was degene die je fumperlikker jatte niet dezelfde als die je wieldoppen heeft gepikt,' zei Blaze, die naast George ging zitten. Zijn hoofd duizelde, maar het was een goede duizeling. Een leuke duizeling.

'*Fumperlikker!*' riep George uit. Hij klapte voorover alsof hij maagkramp had, maar hij gierde van het lachen. Hij trappelde met zijn voeten op het wegdek. '*Ik heb altijd al geweten dat er een woord voor Barry Goldwater was! De fucking fumperlikker!'* Toen hield hij op met lachen. Hij keek Blaze met zweverige, plechtige ogen aan en zei: 'Blazer, ik heb zojuist in mijn broek gepist.'

Blaze lachte. Hij lachte tot hij ruggelings op het trottoir viel. Hij had nog nooit zo hard gelachen, zelfs niet met John Cheltzman.

Twee jaar later werd George gearresteerd voor chequevervalsing. Blaze had weer geluk. Hij herstelde net van een griep, en George was in zijn eentje toen de politie hem buiten een bar in Danvers oppakte. Hij kreeg drie jaar – een fikse straf voor iemand die nooit eerder voor vervalsing was veroordeeld – maar George was een beruchte oplichter en de rechter was een beruchte ijzervreter. Misschien zelfs een fumperlikker. Uiteindelijk moest hij twintig maanden zitten, na vermindering wegens goed gedrag.

Voordat George werd veroordeeld, nam hij Blaze apart. 'Ik ga de bak in, grote jongen. Minstens een jaar. Waarschijnlijk langer.'

'Maar je advocaat...'

'Die oelewapper zou de paus nog niet eens kunnen verdedigen als die van verkrachting werd beschuldigd. Hoor eens: je moet bij Moochie's vandaan blijven.'

'Maar Hank zei dat ik daar kon komen, dan kan hij...'

'En blijf ook bij Hankie vandaan. Neem een gewone baan tot ik vrij kom. Zo doen we dat. Probeer niet in je eentje trucs uit te halen. Daar ben je te dom voor. Dat weet je toch?'

'Ja,' zei Blaze, en hij grijnsde. Maar hij kon wel huilen.

George zag het en stompte tegen Blazes arm. 'Je redt je wel,' zei hij.

Toen Blaze wegging, riep George hem na. Blaze draaide zich om. George maakte een geërgerd gebaar bij zijn voorhoofd. Blaze knikte en schoof de klep van zijn pet naar de kant die geluk bracht. Hij grijnsde. Maar nog steeds kon hij wel huilen.

Hij pakte zijn oude baan weer op, maar die was te saai na zijn leven met George. Hij nam ontslag en ging op zoek naar iets beters. Een tijdlang was hij uitsmijter in de Combat Zone, maar daar was hij niet goed in. Hij was te zachtmoedig.

Hij ging naar Maine terug, vond een baan als houthakker en wachtte tot George vrij kwam. Hij mocht graag houthakken en hij mocht ook graag met een vrachtwagen vol kerstbomen naar het zuiden rijden. Hij hield van de frisse lucht en uitgestrekte landerijen zonder hoge gebouwen. De stad was soms ook wel goed, maar in de bossen was het rustig. Er waren vogels, en soms zag je herten in vijvers waden en dan hield je opeens zo veel van die dieren. Hij miste de metro en de dringende mensenmassa's absoluut niet. Maar toen George hem een kort briefje stuurde – *Kom vrijdag vrij, hoop je te zien* – nam Blaze ontslag en ging hij naar Boston terug.

George had in de Walpole-gevangenis allerlei nieuwe trucs geleerd. Ze probeerden ze uit als oude dames die testritten met nieuwe auto's maken. De succesvolste was de homotruc. Dat liep drie jaar als een trein, totdat Blaze werd opgepakt voor wat George de 'Jezustruc' noemde.

George had nog iets anders opgepikt in de gevangenis: het idee dat ze één grote klapper zouden maken om er daarna uit te stappen. Want, zei hij tegen Blaze, hij kon zich niet voorstellen dat hij de beste jaren van zijn leven achter homo's aan zou zitten in bars waar iedereen gekleed was als *The Rocky Horror Picture Show*. Of met nep-encyclopedieën langs de deuren gaan. Of meer van die trucs uithalen. Nee, één grote klapper en dan stoppen. Het werd zijn mantra.

Een leraar, John Burgess, die voor doodslag zat, had kidnapping aangeraden.

'Je bent gek!' had George verschrikt uitgeroepen. Het was tien uur en ze waren op de binnenplaats. Ze aten bananen en keken naar een stel gespierde kerels die elkaar een bal toewierpen.

'Kidnapping heeft een slechte naam omdat het de favoriete misdaad van idioten is,' zei Burgess. Hij was een tengere, kalende man. 'Een baby kidnappen: dat is de truc.'

'Ja, als Hauptmann,' zei George, en hij schudde heen en weer alsof hij geëlektrocuteerd werd.

'Hauptmann was een idioot. Maar, Rasp, als je een babyontvoering goed aanpakt, kan het bijna niet misgaan. Wat kan dat kind nou zeggen als ze hem vragen wie het heeft gedaan? Ta-ta ta-ta?' Hij lachte.

'Ja, maar je krijgt het heel warm onder de voeten,' zei George.

'Natuurlijk krijg je het warm onder de voeten.' Burgess glimlachte en trok aan zijn oor. Dat kon hij heel goed: aan zijn oor trekken. 'Reken maar. Babyontvoeringen en politiemoorden krijgen altijd veel aandacht. Weet je wat Harry Truman daarover zei?'

'Nee.'

'Hij zei dat als je niet tegen de warmte kunt je uit de keuken moet wegblijven.'

'Je kunt het losgeld niet innen,' zei George. 'En als dat wel lukt, is het geld gemerkt. Dat spreekt vanzelf.'

Burgess stak zijn vinger op als een professor. Toen trok hij weer aan zijn oor, en dat bedierf het effect enigszins. 'Nu ga je ervan uit dat de politie erbij wordt gehaald. Als je de ouders bang genoeg maakt, regelen ze het zonder politie.' Hij zweeg... 'Bedoel je dat je niemand kent?'

'Misschien wel. Misschien niet.'

'Er zijn mensen die gemerkt geld opkopen. Voor hen is het gewoon een investering, net als goud of obligaties.'

'Maar hoe wou je het geld innen?'

Burgess haalde zijn schouders op. Hij trok aan zijn oor. 'Gemakkelijk. Ze moeten het uit een vliegtuig laten vallen.' Toen stond hij op en liep weg.

Blaze werd voor de Jezustruc tot vier jaar veroordeeld. Als hij zich een beetje gedeisd hield, zei George, was het een makkie. Twee jaar op zijn hoogst, zei hij, en het werden er inderdaad twee. Die jaren in de gevangenis waren niet veel anders dan de tijd die hij had uitgezeten nadat hij Coslaw in elkaar had geslagen; alleen waren de gedetineerden nu ouder. Hij kwam nooit in een isoleercel terecht. Als hij het op lange avonden niet meer uithield, of in een periode waarin ze niet naar buiten mochten, schreef hij brieven aan George. Zijn spelling was abominabel en het waren lange brieven. George antwoordde niet vaak, maar geleidelijk putte Blaze troost uit het schrijven van die brieven, hoeveel moeite het hem ook kostte. Hij stelde zich voor dat als hij schreef George achter hem stond en over zijn schouder meelas.

'Gevanniswazerij,' zei George bijvoorbeeld. 'Hoe verzin je het?'

'Is dat fout, George?'

'G-e-v-a-n-g-e-n-i-s, gevangenis. W-a-s-s-e-r-ij, wasserij. Gevangeniswasserij.'

'O, ja. Goed.'

Zijn spelling en zelfs zijn interpunctie gingen vooruit, al gebruikte hij nooit een woordenboek. Een andere keer: 'Blaze, je gebruikt je sigarettenrantsoen niet.' Dat was in de gouden tijd dat tabaksbedrijven proefpakketjes gaven.

'Ik rook bijna niet, George. Dat weet je. Ze stapelen zich maar op.'

'Luister, Blazer. Je haalt ze vrijdag op en dan verkoop je ze op de donderdag daarna, als ze allemaal snakken naar een saffie. Zo doe je dat.'

Blaze deed het zo. Het verbaasde hem hoeveel mensen wilden betalen voor een rokertje waar je niet eens stoned van werd.

Een andere keer: 'Je klinkt niet goed, George,' zei Blaze.

'Allicht niet. Ik heb net vier kiezen laten trekken. Dat doet verrekte pijn.'

De volgende keer dat Blaze mocht telefoneren, belde hij George. Hij deed dat niet op Georges kosten, maar stopte geld in de gleuf dat hij had verdiend door sigaretten op de zwarte markt te verkopen. Hij vroeg George hoe het met zijn kiezen ging.

'Welke kiezen?' mopperde George. 'Die klotetandarts heeft ze waarschijnlijk al om zijn nek hangen, als een Ubangi.' Hij zweeg even. 'Hoe weet je dat ik ze heb laten trekken? Heeft iemand je dat verteld?'

Blaze had plotseling het gevoel dat hij bijna betrapt was op iets beschamends, zoiets als je afrukken in de kerk. 'Ja,' zei hij. 'Dat heeft iemand me verteld.'

Toen Blaze vrij kwam, gingen ze naar New York, maar daar beviel het hun geen van beiden. George werd gerold en hij vatte dat op als een persoonlijke belediging. Ze maakten een reisje naar Florida en brachten een ellendige maand in Tampa door, blut en niet in staat om aan geld te komen. Ze gingen weer naar het noorden, niet naar Boston, maar naar Portland. George zei dat hij de zomer in Maine wilde doorbrengen. Hij wilde doen alsof hij een rijke republikeinse lullo was.

Niet lang nadat ze daar waren aangekomen, las George een krantenbericht over de Gerards: hoe rijk ze waren, dat de jongste Gerard net met een mooie buitenlandse meid getrouwd was. Burgess' kidnapidee kwam weer bij hem op – die ene grote klapper. Maar er was geen baby, toen nog niet, en dus gingen ze naar Boston terug.

De volgende twee jaar werd het een vast patroon: de winter in Boston, de zomer in Portland. Begin juni reden ze in een oud vehikel naar het noorden, met wat er van de winteropbrengst over was in de reserveband: het ene jaar zevenhonderd dollar, het volgende jaar tweeduizend dollar. In Portland haalden ze een truc uit als zich een mogelijkheid voordeed. Verder ging Blaze vissen en soms zetten ze strikken in de bossen. Het waren mooie zomers voor hem. George lag in de zon en probeerde bruin te worden (hopeloos; hij verbrandde alleen maar), las de kranten, sloeg vliegen weg en hoopte dat Ronald Reagan (die hij de Oude Witte Elvispapa noemde) dood neerviel.

En toen, op de vierde juli van hun tweede zomer in Maine, las hij dat Joe Gerard III en zijn Narmenische vrouw een kind hadden gekregen.

Blaze zat op de veranda van het huisje patience te spelen en naar de radio te luisteren. George zette de radio uit. 'Hé, Blazer,' zei hij. 'Ik heb een idee.'

Drie maanden later was hij dood.

Ze gingen regelmatig dobbelen en er hadden zich nooit moeilijkheden voorgedaan. Het was een spel zonder poespas. Blaze speelde niet, maar hij hielp George vaak als die aan het bluffen was. George had veel geluk.

Op die avond in oktober won George zes keer achter elkaar. De man die aan de andere kant van de deken geknield zat, verloor elke keer van hem, in totaal al veertig dollar. Ze speelden in een pakhuis bij de haven, en daar hingen allerlei geuren; oude vis, gistend graan, zout, benzine. Als het daar stil was, hoorde je het *tak-tak-tak* van meeuwen die over het dak liepen. De man die veertig dollar had verloren, heette Ryder. Hij beweerde dat hij voor de helft Penobscot-indiaan was en daar zag hij ook naar uit.

Toen George de dobbelstenen voor de zevende keer oppakte, gooide Ryder twintig dollar op de wedlijn.

'Kom, kom, dobbelsteentjes,' zei George paaiend. Zijn smalle gezicht straalde. Zijn pet zat naar links gedraaid. 'Kom dan, kom kom kom nú!' De dobbelstenen vlogen over de deken en het was elf.

'Zeven achter elkaar!' kraaide George. 'Pak dat geld op, Blazerino, want papa gaat voor nummer acht!'

'Jij speelde vals,' zei Ryder. Zijn stem klonk mild, alsof hij zomaar een opmerking maakte.

George, die de dobbelstenen wilde oppakken, verstijfde. 'Wat zei je?'

'Je hebt die dobbelstenen verwisseld.'

'Kom nou, Ride,' zei iemand. 'Hij heeft niet...'

'Ik krijg mijn geld,' zei Ryder. Hij stak zijn hand uit over de deken.

'Als je niet ophoudt, krijg je een gebroken arm,' zei George. 'Reken daar maar op, beste man.'

'Ik krijg mijn geld terug,' zei Ryder, zijn hand nog uitgestoken.

Dit was weer een van die stille momenten, en Blaze hoorde de meeuwen op het dak: *tak-tak-tak*.

'Rot op,' zei George, en hij spuwde op de uitgestoken hand.

En toen ging het heel vlug, zoals die dingen altijd vlug gaan – zo vlug dat je geest ervan duizelt en het weigert te accepteren. Ryder stak zijn hand, nat van het spuug, in de zak van zijn spijkerbroek en toen die hand weer tevoorschijn kwam, hield hij een stiletto vast. Ryder drukte op de chromen knop in het imitatie-ivoren heft en de mannen rond de deken deinsden terug.

'Blaze!' schreeuwde George.

Blaze dook over de deken op Ryder af, die op zijn knieën naar voren schommelde en het mes in Georges maag stak. George gaf een schreeuw. Blaze greep Ryder vast en gooide hem met zijn hoofd tegen de vloer. Dat ging gepaard met een krakend geluid als van een brekende tak.

George stond op. Hij keek naar het heft van het mes dat uit zijn shirt stak. Hij greep het vast, gaf er een ruk aan en trok een grimas. 'Verdomme,' zei hij. 'O, verdomme.' Hij plofte neer.

Blaze hoorde een deur dichtslaan. En voeten die over planken renden.

'Haal me hier weg,' zei George. Zijn gele shirt werd rood

rondom het heft. 'Pak het geld ook – *o, jezus, wat doet dit een pijn!*'

Blaze pakte de verspreid liggende bankbiljetten bij elkaar. Met vingers waar helemaal geen gevoel meer in zat stopte hij ze in zijn zak. George hijgde. Hij klonk als een hond op een snikhete dag.

'George, laat me het eruit trekken...'

'Nee, ben je gek? Het houdt mijn darmen erin. Draag me, Blaze. *O, jezus nog aan toe!*'

Blaze nam George in zijn armen en George gaf weer een schreeuw. Het bloed droop op de deken en op Ryders glanzende zwarte haar. Onder het shirt voelde Georges buik zo hard als een plank aan.

'Nee,' zei George. 'Je vergat het brood. Je hebt het brood niet meegenomen.' Het brood? dacht Blaze. Misschien bedoelde George het geld. Hij wilde net zeggen dat hij het had, toen George zei: 'En de salami.' Hij haalde nu heel snel adem. 'Ik heb dat boek, weet je.'

'George!'

'Dat boek met die foto van...' Maar toen begon George in zijn eigen bloed te stikken. Blaze draaide hem om en sloeg hem op zijn rug. Het was het enige wat hij kon bedenken. Maar toen hij George opnieuw omdraaide, was George dood.

Blaze legde hem op de planken buiten het pakhuis. Hij deinsde terug. Toen sloop hij weer naar voren en sloot Georges ogen. Hij deinsde voor de tweede keer terug, sloop weer naar voren en knielde neer. 'George?'

Geen antwoord.

'Ben je dood, George?'

Geen antwoord.

Blaze rende het hele eind naar de auto en ging achter het stuur zitten. Hij reed met gierende banden weg en maakte een rubberspoor van zeven meter.

'Rustig aan,' zei George vanaf de achterbank.

'George?'

'Rustig áán, verdomme!'

Blaze ging langzamer rijden. 'George! Kom voorin zitten! Klim over de stoel! Wacht, ik stop even.'

'Nee,' zei George. 'Ik zit liever hier achter.'

'George?'

'Wat?'

'Wat gaan we nu doen?'

'Die baby ontvoeren,' zei George. 'Precies zoals we van plan waren.'

HOOFDSTUK 23

Toen Blaze de kleine grot uitkroop en overeind ging staan, wist hij niet hoeveel mannen daar waren. Tientallen, nam hij aan. Het deed er niet toe. Georges revolver viel uit zijn broeksband en dat deed er ook niet toe. Hij trapte hem diep in de sneeuw weg toen hij op de eerste man af vloog die hij zag. De man lag op korte afstand in de sneeuw. Hij steunde op zijn ellebogen en had een pistool in zijn twee handen.

'Handen omhoog, Blaisdell! Staan blijven!' schreeuwde Granger.

Blaze sprong op hem af.

Granger had tijd om twee keer te schieten. Het eerste schot schampte langs Blazes onderarm. Het tweede raakte alleen de sneeuwstorm. Toen dreunde Blaze met al zijn honderdtwintig kilo tegen de man die Joe kwaad had gedaan, en Grangers wapen vloog door de lucht. Granger gaf een schreeuw toen de botten van zijn gebroken been over elkaar knarsten.

'Je raakte het kind!' schreeuwde Blaze in Grangers doodsbange gezicht. Zijn vingers vonden Grangers keel. 'Je raakte het kind, stomme klootzak, je raakte het kind, je raakte het kind!'

Grangers hoofd ging nu heen en weer en op en neer, alsof hij wilde zeggen dat hij het begreep, dat de boodschap tot hem doordrong. Zijn gezicht liep paars aan. Zijn ogen puilden uit hun kassen.

Ze komen eraan.

Blaze liet de keel van de man los en keek om zich heen. Niemand te zien. Het was stil in het bos, afgezien van de wind en het zwakke ruisende geluid waarmee de sneeuw naar beneden kwam.

Maar er was een ander geluid. Dat was Joe.

Blaze rende de helling weer op naar de grot. Joe rolde rond, jengelend en graaiend. Het rondvliegend stukje rots had meer schade aangericht dan de val uit de wieg; zijn wang zat onder het bloed.

'Verdómme!' riep Blaze uit.

Hij pakte Joe op, veegde zijn wang af, schoof hem weer tussen de dekens en zette zijn pet weer over het hoofd van de baby. Joe huilde en krijste.

'We moeten nu vlug weg, George,' zei Blaze. 'Dat wordt rennen. Ja?'

Geen antwoord.

Met de baby tegen zijn borst kroop Blaze achteruit naar buiten. Tegen de wind in vluchtte hij in de richting van de onverharde weg.

'Waar heeft Corliss hem achtergelaten?' hijgde Sterling naar Franklin. De mannen waren aan de rand van het bos blijven staan en hadden moeite met ademhalen.

Franklin wees. 'Daar beneden. Ik kan het vinden.'

Sterling keek Bradley aan. 'Roep je mensen op. En de sheriff van Cumberland. Ik wil dat die onverharde weg aan beide kanten wordt afgezet. Wat ligt erachter als hij door het net glipt?'

Bradley liet een schamper lachje horen. 'Alleen de rivier de Royal. Daar wil ik hem wel eens doorheen zien waden.'

'Is die rivier bevroren?'

'Ja, maar niet genoeg om erop te lopen.'

'Goed. Laten we verdergaan. Franklin, ga voorop. En wees

op je hoede. Die kerel is erg gevaarlijk.'

Ze gingen de eerste helling af. Vijftig meter het bos in zag Sterling een blauwgrijze figuur tegen een boom zitten.

Franklin was er het eerst. 'Corliss,' zei hij.

'Dood?' vroeg Sterling toen hij bij hem aangekomen was.

'Ja.' Franklin wees naar sporen die niet meer dan vage kuilen waren.

'Laten we gaan,' zei Sterling. Nu ging hij voorop.

Vijf minuten later vonden ze Granger. De sporen op zijn keel waren minstens drie centimeter diep.

'Het moet wel een bruut zijn,' zei iemand.

Sterling wees in de sneeuw. 'Dat is een grot daar. Daar ben ik bijna zeker van. Misschien heeft hij het kind achtergelaten.'

Twee agenten klauterden naar de donkere driehoek. Een van hen bleef staan, bukte zich en pakte iets uit de sneeuw. 'Een revolver!' riep hij.

Alsof wij allemaal blind zijn, dacht Sterling. 'Laat dat verrekte ding nou maar. Kijk of het kind er is! En wees voorzichtig!'

Een van hen knielde neer, scheen met zijn zaklantaarn naar binnen en kroop achter de lichtstraal aan. De ander boog zich op handen en knieën naar voren, luisterde en draaide zich toen naar Sterling en Franklin om. 'Hij is er niet!'

Al voordat de agent die de grot in was gegaan weer naar buiten kwam, zagen ze sporen die van de grot in de richting van de onverharde weg leidden. Het waren weinig meer dan vage aanduidingen in de snel vallende sneeuw.

'Hij kan niet meer dan tien minuten voorsprong hebben,' zei Sterling tegen Franklin. Toen verhief hij zijn stem. 'Verspreiden! We drijven hem naar die weg!'

Ze gingen snel op weg, Sterling in Blazes voetsporen.

Blaze rende.

Hij sprong en strompelde, denderde dwars door struikgewas

heen in plaats van te proberen eromheen te gaan, diep over Joe heen gebogen om hem tegen stekende takken te beschermen. De lucht scheurde zijn longen in en uit. Hij hoorde vage kreten ergens achter hem. Die stemmen brachten Blaze in paniek.

Joe krijste, spartelde en hoestte, maar Blaze hield hem stevig vast. Nog een klein eindje, een beetje verder, en ze zouden op de weg zijn. En daar zouden auto's zijn. Politiewagens, maar dat maakte hem niet uit. Als er maar een sleutel in het contact zat. Hij zou zo ver en zo snel rijden als hij kon, en de politiewagen dan achterlaten en op iets anders overstappen. Een vrachtwagen zou wel geschikt zijn. Die gedachten kwamen en gingen als grote gekleurde cartoons door zijn hoofd.

Hij strompelde door een drassig gedeelte, waar het dunne ijs rond de met sneeuw bedekte heuveltjes te dun was om erop te staan, zodat hij algauw tot aan zijn enkels in het ijskoude water stond. Hij liep door en stuitte op een manshoge muur van braamstruiken. Hij denderde er dwars doorheen, ging alleen achterstevoren lopen om Joe te beschermen. Een van de struiken kreeg de pet te pakken die Joe op zijn hoofd had en zwiepte hem een heel eind weg. Geen tijd om hem op te halen.

Joe keek om zich heen, zijn ogen wijd open van angst. Zonder de grote pet die de lucht voor zijn gezicht verwarmde had hij nog meer moeite met ademhalen. Nu klonken de kreten ijl. Achter hen riep de vage blauwe stem van de politie iets anders. Het deed er niet toe. Het enige wat telde, was dat hij bij de weg kwam.

Het terrein ging hier omhoog, zodat het een beetje gemakkelijker was om vooruit te komen. Blaze vergrootte zijn passen, rende voor zijn leven. En voor Joe's leven.

Sterling liep ook uit alle macht, en hij was nu dertig meter op de anderen uitgelopen. Hij liep op Blaze in. Waarom ook niet? Die grote kerel maakte het pad voor hem vrij. De walkietalkie aan zijn riem knetterde. Sterling trok hem maar verspilde geen adem, drukte alleen twee keer op de knop.

'Met Bradley, ben je daar?'

'Ja.' Dat was alles. Sterling had de rest van zijn adem nodig om te rennen. De meest samenhangende gedachte in zijn hoofd, de gedachte die als een rood vlies over alle andere gedachten heen lag, was de wetenschap dat die moorddadige rotzak Granger had vermoord. Hij had een FBI-agent vermoord.

'De sheriff heeft wagens op die bosweg staan, baas. De staatspolitie stuurt zo snel mogelijk versterking. Over?'

'Goed. Over en sluiten.'

Hij rende door. Vijf minuten later zag hij een rode pet in de sneeuw liggen. Sterling stopte hem in zijn jaszak en rende weer door.

Blaze strompelde de laatste vijftig meter omhoog naar de onverharde weg en was bijna buiten adem. Joe huilde niet meer; hij had geen lucht meer over om aan huilen te verspillen. De sneeuw verzwaarde zijn oogleden en wimpers.

Blaze ging twee keer op zijn knieën, en beide keren hield hij zijn handen tegen zijn zij om de baby te beschermen. Eindelijk was hij boven. En bingo. Er stonden minstens vijf lege politiewagens op en langs de weg geparkeerd.

Beneden hem kwam Albert Sterling het bos uit en keek omhoog naar de helling die Blaze al had beklommen. En verdraaid, daar was hij. Daar kreeg hij die grote schoft eindelijk te zien.

'Stop, Blaisdell, FBI! Stop en handen omhoog!'

Blaze keek over zijn schouder. De politieman daar beneden leek erg klein. Blaze draaide zich om en rende de weg op. Hij bleef bij de eerste politiewagen staan en keek naar binnen. Opnieuw bingo. De sleutel in het contact. Hij wilde Joe net naast het bonnenboekje van de agent leggen toen hij een motor hoorde. Hij draaide zich om en zag een witte politiewagen over de weg naar hem toe slippen. Hij keek de andere kant op en zag er ook een.

'George!' schreeuwde hij. 'O, George!'

Hij drukte Joe weer tegen zich aan. De baby haalde nu erg snel en ondiep adem, zoals George had gedaan toen hij door Ryder was neergestoken. Blaze gooide het portier van de politiewagen dicht en rende om de motorkap heen.

Een sheriff van district Cumberland boog zich uit de auto die uit het noorden kwam. Hij had een megafoon in zijn hand. *'Stop, Blaisdell! Het is uit! Blijf waar je bent!'*

Blaze rende over de weg en iemand schoot op hem. Links van hem kwam een wolkje sneeuw omhoog. Joe begon weer piepend te jengelen.

Blaze ging aan de andere kant van de weg naar beneden, met gigantische sprongen. Een kogel die rakelings langs zijn hoofd ging, sloeg splinters en schors van een berk. Beneden aangekomen, struikelde hij over een houtblok dat onder de verse sneeuw verborgen lag. Hij viel in de sneeuw, de baby onder hem. Hij krabbelde overeind en veegde Joe's gezicht af. Het was bepoederd met sneeuw. 'Joe! Gaat het?'

Joe haalde schor en krampachtig adem. Het leek wel of elke ademtocht een eeuwigheid op zich liet wachten.

Blaze rende.

Sterling kwam bij de weg en rende eroverheen. Een van de wagens van district Cumberland was bij het stoppen naar de andere kant gegleden. De sheriffs waren al uitgestapt en richtten hun pistolen naar beneden.

Sterlings wangen waren uitgerekt en zijn tandvlees was koud – dat betekende dat hij grijnsde, nam hij aan. 'We hébben de schoft.'

Ze renden de helling af.

Blaze liep zigzaggend door een bosje dunne essen en populieren. Aan de andere kant daarvan lag het terrein helemaal open. De bomen en struiken waren weg. Er lag een stille witte vlakte voor hem, en dat was de rivier. Aan de overkant marcheerden grijsgroene massa's dennen en sparren naar een besneeuwde horizon.

Blaze liep het ijs op. Na negen stappen bezweek het ijs en kwam hij tot zijn dijen in ijskoud water te staan. In ademnood strompelde hij naar de oever terug en beklom hem.

Sterling en de twee sheriffs kwamen uit het laatste bosje gestormd. 'FBI,' zei Sterling. 'Baby in de sneeuw leggen. Eindje achteruit gaan.'

Blaze ging naar rechts en zette het op een lopen. Zijn adem vloog nu hard en heet door zijn keel. Hij zocht een vogel, een vogel boven de rivier, en zag er geen. Wat hij zag, was George. George stond een kleine honderd meter bij hem vandaan. Hij werd grotendeels aan het oog onttrokken door de voortjagende sneeuw, maar Blaze zag zijn pet die naar links gedraaid was – de kant die geluk bracht.

'Kom op, Blaze! Kom op, slome duikelaar! Geef ze het nakijken! Laat ze zien hoe we dat doen, verdomme!'

Blaze rende sneller. De eerste kogel trof hem in zijn rechterkuit. Ze schoten laag om de baby niet te raken. De kogel vertraagde hem niet; hij voelde hem niet eens. De tweede kogel trof de achterkant van zijn knie. Zijn knieschijf vloog in een wolk van bloed en botfragmenten uit elkaar. Blaze voelde het niet. Hij rende door. Sterling zou later zeggen dat hij dat nooit voor mogelijk zou hebben gehouden, maar die schoft rende gewoon door. Als een eland die een schot in zijn pens had gekregen.

'Help me, George! Het gaat niet goed met me!'

George was weg, maar Blaze hoorde zijn hese, raspende stem – de wind voerde die stem naar hem toe. 'Ja, maar je bent er bijna. Doorlopen, jongen.'

Blaze haalde eruit wat erin zat. Hij liep op hen uit. Hij kreeg weer vaart. Hij en Joe zouden toch nog weg komen. Het had niet veel gescheeld, maar het kwam allemaal nog goed. Hij keek naar de rivier, tuurde in die richting, probeerde George te zien. Of een vogel. Eén vogel maar.

De derde kogel trof hem in zijn rechterbil, ging schuin omhoog en verbrijzelde zijn heup. De kogel viel ook in fragmenten uiteen. Het grootste stuk ging naar links en scheurde zijn dikke darm open. Blaze wankelde, viel bijna, maar rende weer door.

Sterling zat op één knie, met zijn pistool in beide handen. Hij mikte snel, bijna achteloos. Je mocht niet te veel nadenken. Je moest op je oog-handcoördinatie vertrouwen. 'Jezus, doe Uw wil,' zei hij.

De vierde kogel – Sterlings eerste – trof Blaze onder in zijn rug en ging door zijn wervelkolom heen. Het voelde aan alsof hij gestompt werd door een grote hand in een bokshandschoen, net boven de nieren. Hij zakte in elkaar en Joe vloog uit zijn armen.

'Joe!' riep hij, en hij trok zich op zijn ellebogen naar voren. Joe's ogen waren open; hij keek naar hem.

'Hij gaat naar het kind toe!' riep een van de sheriffs.

Blaze reikte met zijn grote hand naar Joe. Joe's eigen hand, op zoek naar iets, vond hem. De kleine vingertjes sloegen zich om Blazes duim.

Sterling stond hijgend achter Blaze. Hij sprak zacht, want hij wilde niet dat de sheriffs hem hoorden. 'Dit is voor Bruce, jongen.'

'George?' zei Blaze, en toen haalde Sterling de trekker over.

HOOFDSTUK 24

Fragment van een persconferentie, gegeven op 10 februari:

Vraag: Hoe gaat het met Joe, meneer Gerard?

Gerard: De artsen zeggen dat het goed met hem komt. Goddank. Het scheelde niet veel, maar de longontsteking is nu weg. Hij is een vechter. Geen twijfel mogelijk.

Vraag: Hebt u commentaar op de manier waarop de FBI de zaak heeft aangepakt?

Gerard: Nou en of. Ze hebben prima werk geleverd.

Vraag: Wat gaan u en uw vrouw nu doen?'

Gerard: We gaan naar Disneyland!

(Hilariteit)

Vraag: Serieus.

Gerard: Ik was bijna serieus! Zodra de artsen Joey het groene licht geven, gaan we op vakantie. Ergens waar het warm is, met stranden. En als we dan thuis zijn, gaan we aan het werk om deze nachtmerrie te vergeten.

Blaze werd begraven in South Cumberland, zo'n vijftien kilometer bij Hetton House vandaan en ongeveer even ver verwijderd van de plaats waar zijn vader hem van de trap gooide. Zoals de meeste armlastigen in Maine werd hij op kosten van de gemeente begraven. Er stond die dag geen zon en er waren geen rouwenden. Behalve de vogels. Vooral kraaien. Bij begraafplaatsen buiten de grote stad zijn altijd kraaien. Ze kwamen, streken op de takken neer en vlogen weg naar waar het maar is dat vogels heen gaan.

Joe Gerard IV lag achter glas in een ziekenhuisbedje. Hij was weer beter. Zijn moeder en vader zouden hem diezelfde dag mee naar huis nemen, maar dat wist hij niet.

Hij had een nieuwe tand, en dat wist hij wel; het deed pijn. Hij lag op zijn rug en keek naar de vogels boven zijn bedje. Ze hingen aan draden en bewogen telkens wanneer een zuchtje lucht ze in beweging bracht. Ze bewogen nu niet, en Joe huilde.

Een gezicht boog zich over hem heen en een stem begon te kirren. Het was het verkeerde gezicht en hij huilde nog harder.

Het gezicht tuitte de lippen en blies naar de vogels. De vogels vlogen. Joe hield op met huilen. Hij keek naar de vogels. De vogels maakten hem aan het lachen. Hij dacht niet meer aan verkeerde gezichten en hij dacht niet meer aan de pijn van zijn nieuwe tand. Hij keek naar de vliegende vogels.

(1973)

HERINNERING

Stephen Kings korte verhaal 'Herinnering' verscheen in volume 7, nummer 4 van *Tin House*, het zomernummer van 2006. Het is het zaadje waaruit een veel langer verhaal is gegroeid, *Duma Key*, dat in 2008 zal verschijnen.

HERINNERING

STEPHEN KING

Herinneringen zijn dwarse dingen. Als je er niet meer op jaagt en ze de rug toekeert, komen ze vaak vanzelf terug. Dat zegt Kamen. Ik zeg tegen hem dat ik nooit op de herinnering aan mijn ongeluk heb gejaagd. Sommige dingen, zeg ik, kun je beter vergeten.

Misschien wel, maar dat maakt geen verschil. Dat zegt Kamen.

Ik heet Edgar Freemantle. Vroeger was ik een belangrijke man in de bouwwereld. Dat was in Minnesota, in mijn andere leven. Ik was in dat leven een echt Amerikaans succes. Ik werkte me uit alle macht omhoog en kreeg het helemaal voor elkaar. Toen de dubbelstad Minneapolis-St. Paul tot bloei kwam, kwam The Freemantle Company ook tot bloei. Toen de tijden wat moeilijker werden, heb ik de dingen nooit geforceerd. Ik ging op mijn intuïtie af, en meestal ging dat goed. Op mijn vijftigste waren Pam en ik zo'n veertig miljoen dollar waard. En tussen ons ging het ook nog goed. Ik keek wel eens naar andere vrouwen, maar ging nooit in de fout. Aan het eind van onze eigen Gouden Tijd zat een van onze dochters op Brown en was de ander docente in het kader van een buitenlands uitwisselingsproject. Vlak voordat het misging, waren mijn vrouw en ik van plan haar te gaan opzoeken.

Ik kreeg een ongeluk op een bouwplaats. Dat is er gebeurd. Ik zat in mijn pick-uptruck. De rechterkant van mijn schedel was verbrijzeld. Mijn ribben waren gebroken. Mijn rechterheup was kapot. En hoewel ik zestig procent van het zicht in mijn rechteroog behield (of nog meer, op een goede dag), raakte ik bijna mijn hele rechterarm kwijt.

Eigenlijk had ik mijn leven moeten verliezen, maar dat gebeurde niet. En toen had ik eigenlijk een plant moeten worden, iemand die een eeuwigheid in coma lag, maar dat gebeurde ook niet. Ik was wel erg in de war toen ik bijkwam, maar het ergste daarvan ging weg. Tegen die tijd was mijn vrouw ook weg. Ze is hertrouwd met een eigenaar van bowlingbanen. Mijn oudste dochter mag hem graag. Mijn jongste dochter vindt hem een lul. Mijn vrouw zegt dat ze wel bijdraait.

Misschien *sí*, misschien *no*. Dat zegt Kamen.

Als ik zeg dat ik in de war was, bedoel ik dat ik eerst niet wist wie mensen waren, of wat er gebeurd was, of waarom ik zo'n vreselijke pijn leed. Ik kan me de aard en hevigheid van die pijn nu niet meer herinneren. Ik weet dat het een folterende pijn was, maar in feite is dat een academische kwestie. Als de foto van een berg in de *National Geographic*. In die tijd was het geen academische kwestie. In die tijd leek het meer op het beklimmen van een berg.

Misschien was de hoofdpijn het ergst. Die wilde niet ophouden. Achter mijn voorhoofd was het altijd middernacht in de grootste klokkenmakerij ter wereld. Omdat mijn rechteroog kapot was, zag ik de wereld door een vlies van bloed, en ik wist nauwelijks wat de wereld was. Er waren weinig dingen die een naam hadden. Ik herinner me dat Pam een keer in de kamer was – ik lag nog in het ziekenhuis, dat was voor het herstellingsoord. Ze stond bij mijn bed. Ik wist wie ze was, maar ik was woedend op haar omdat ze stond terwijl daar in de hoek dat ding was waar je op kon zitten.

'Breng de vriend hier,' zei ik. 'Ga in de vriend zitten.'

'Wat bedoel je, Edgar?' vroeg ze.

'De vríénd, de máát!' schreeuwde ik. 'Breng me die klotevriend, stom kleng!' Mijn hoofd deed gillende pijn en ze huilde. Ik had de pest aan haar omdat ze huilde. Ze had niet het recht om te huilen, want zij was niet degene die in de kooi zat, die alles door een rood waas zag. Zij was niet de aap in de kooi. En toen begreep ik het. 'Breng de smoel en in godsnaam ga síkken!' Dichter konden mijn geklutste hersenen niet bij 'stoel' komen.

Ik was voortdurend kwaad. Er waren twee oudere verpleegsters die ik Droogneuk Een en Droogneuk Twee noemde, alsof het personages uit een verhaal van Dr. Seuss waren. Er was een ziekenverzorgster die ik Luierruitje noemde – ik heb geen idee waarom, maar die bijnaam had ook een soort seksuele bijbetekenis. In elk geval voor mij. Toen ik sterker werd, probeerde ik mensen te slaan. Twee keer probeerde ik Pam te steken, en de eerste keer lukte het me, al was het maar met een plastic mes. Evengoed kwam het haar op hechtingen in haar onderarm te staan. Mij moesten ze die dag vastbinden.

Weet je wat ik me het duidelijkst van dat deel van mijn andere leven herinner? Een warme middag aan het eind van mijn verblijf in het dure herstellingsoord; de airconditioning defect, ik vastgebonden in mijn bed, een soapserie op de televisie, duizend bellen die in mijn hoofd rinkelen, pijn die als een gloeiende pook in mijn rechterzij brandt, jeuk in mijn verdwenen rechterarm, trillingen in mijn verdwenen rechtervingers, de morfinepomp naast het bed die dat holle BONG-geluid maakt dat betekent dat je een tijdje niets meer kunt krijgen, en dan zweeft er een zuster uit het rood naar voren, een wezen dat naar de aap in de kooi komt kijken, en die zuster zegt: 'Bent u klaar voor een bezoek van uw vrouw?' En ik zeg: 'Alleen als ze een pistool heeft meegebracht om me overhoop te schieten.'

Je gelooft niet dat zulke pijn ooit weggaat, maar dat gebeurt wel. Ze brachten me naar huis, het rood trok uit mijn gezichtsveld weg, en Kamen kwam. Kamen, een psycholoog die zich in hypnotherapie had gespecialiseerd. Hij leerde me wat trucjes om de fantoompijn en -jeuk in mijn verdwenen arm te bedwingen. En hij bracht me Reba.

'Dit is geen officieel goedgekeurde psychologische therapie voor woedebeheersing,' zei Kamen, al verzon hij dat misschien om Reba aantrekkelijker voor me te maken. Hij zei tegen me dat ik haar een gehate naam moest geven, en dus noemde ik haar naar een tante die toen ik klein was in mijn vingers kneep als ik niet al mijn groente opat. En toen, minder dan twee dagen nadat ik aan haar had gedacht, vergat ik haar naam. Ik kon alleen maar jongensnamen bedenken, en die maakten me elk nog woedender dan ik al was: Randall, Russell, Rudolph, ja zelfs die verrekte River Phoenix.

Pam kwam met mijn lunch binnen en ik zag dat ze zich schrap zette voor een uitbarsting. Maar al was ik de naam van die pluizige blonde lappenpop vergeten, ik wist nog hoe ik er in deze situatie gebruik van kon maken.

'Pam,' zei ik, 'ik heb vijf minuten nodig om me te beheersen. Ik kan dit.'

'Weet je zeker...'

'Ja, haal dat bliendad hier weg en plak het aan je lipstick. Ik kan dit.'

Ik wist niet of ik het kon of niet, maar dat moest ik zeggen: *ik kan dit*. Ik kon me de naam van die verrekte pop niet herinneren, maar ik herinnerde me: *ik kan dit*. Dat kan ik met zekerheid zeggen over dat herstellende deel van mijn andere leven: ik zei steeds weer *ik kan dit*, al wist ik dat ik verkloot was, dubbel verkloot. Ik was hopeloos verkloot.

'Ik kan dit,' zei ik, en ze trok zich zonder een woord te zeggen terug, het dienblad nog in haar handen, het kopje kletterend tegen het bord.

Toen ze weg was, hield ik de pop voor mijn gezicht en keek in die stomme blauwe ogen terwijl mijn duimen in dat stomme meegevende lijf verdwenen. 'Hoe heet je, jij kreng met je vleermuiskop?' schreeuwde ik tegen de pop. Het kwam geen moment bij me op dat Pam meeluisterde door de keukenintercom, zij en de hoofdzuster. Maar ook als de intercom kapot was geweest, hadden ze me door de deur kunnen horen. Ik was die dag goed bij stem.

Ik schudde de pop heen en weer. De kop zwaaide wild en het stomme haar vloog alle kanten op. Die blauwe cartoonogen leken te zeggen: *Au, jij nare man!*

'Hoe heet je, kreng? Hoe heet je, trut? Hoe heet je, goedkoop plastic stuk verdriet? Noem me je naam of ik vermoord je! *Noem me je naam of ik snijd je ogen uit en hak je neus af en trek je...*'

Op dat moment maakte mijn geest kortsluiting, iets wat nu, vier jaar later, nog steeds wel eens gebeurt, zij het niet meer zo vaak. Een ogenblik zat ik in mijn pick-uptruck en rammelde mijn klembord voor de passagiersstoel tegen mijn oude stalen lunchtrommel (misschien was ik wel de enige werkende miljonair in Amerika die een lunchtrommel bij zich had, maar het kunnen er ook best tientallen zijn geweest). Mijn PowerBook lag op de zitting naast me. En in de radio riep een vrouw met evangelisch vuur: *'Hij was* ROOD*!'* Niet meer dan drie woorden, maar drie waren genoeg. Het was het lied over die arme vrouw die haar mooie dochter tot prostituee maakt. Het was 'Fancy' van Reba McIntire.

Ik drukte de pop tegen me aan. 'Jij bent Reba. Reba-Reba-Reba. Dat zal ik nooit meer vergeten.' Ik vergat het wel, maar de volgende keer maakte ik me niet kwaad. Nee. Ik hield haar tegen me aan als een kleine geliefde, deed mijn ogen dicht en stelde me de pick-uptruck voor die totaal vernield was door het ongeluk. Ik stelde me mijn stalen lunchtrommeltje voor dat tegen de stalen klem van mijn klembord ratelde, en de vrouwenstem kwam weer uit de radio, die uitbundige stem met evangelisch vuur: *'Hij was* ROOD*!'*

Kamen noemde het een doorbraak. Mijn vrouw was blijkbaar heel wat minder enthousiast, en de kus die ze op mijn wang drukte was van de plichtsgetrouwe soort. Zo'n twee maanden later zei ze tegen me dat ze wilde scheiden.

Inmiddels was de pijn veel minder erg geworden, of misschien had mijn geest bepaalde cruciale aanpassingen ingevoerd. De hoofdpijn kwam nog wel opzetten, maar minder vaak en zelden met het geweld van die eerste tijd. Ik was altijd helemaal klaar voor de Vicodin om vijf uur en de OxyContin om acht uur. Ik kwam bijna niet vooruit op mijn knalrode Canadese krukken tot ik die pillen had, maar mijn heup was weer in elkaar gezet en hij begon te genezen.

Kathi Green, de Koningin van de Revalidatie, kwam op maandag, woensdag en vrijdag naar huize Freemantle. Voor onze sessies mocht ik een extra Vicodin, en het geschreeuw dat ik uitstootte als we klaar waren met de beenoefeningen aan het eind van de sessie zijn voorgoed in het huis blijven hangen. De recreatiekamer in ons souterrain was verbouwd tot therapieruimte, compleet met een hot tub waar ik op eigen kracht in en uit kon komen. Na twee maanden fysiotherapie – het zal een kleine zes maanden na het ongeluk zijn geweest – kon ik daar 's avonds op eigen kracht naartoe. Als ik een paar uur trainde voor ik naar bed ging, zei Kathi, kwamen er endorfinen vrij en dan kon ik beter slapen. Ik weet niet hoe het met die endorfinen zat, maar ik kreeg inderdaad wat meer slaap.

Tijdens een van die avondtrainingen kwam de vrouw die een kwart eeuw mijn echtgenoot was naar beneden en zei ze dat ze wilde scheiden.

Ik hield op met wat ik aan het doen was – sit-ups – en keek

haar aan. Ik zat op een vloermat. Zij stond beneden aan de trap, op behoedzame afstand. Ik had haar kunnen vragen of ze het echt meende, maar dat hoefde ik niet te doen, want het licht daar beneden was erg fel – die verrekte tl-buizen. Het lijkt me ook niet iets wat vrouwen voor de grap zeggen als hun man zes maanden eerder bijna door een ongeluk om het leven is gekomen. Ik had haar kunnen vragen waarom, maar dat wist ik wel. Ik kon het witte littekentje op haar arm zien, waar ik haar met het plastic mes van mijn dienblad in het ziekenhuis had gestoken, en dat was echt nog maar het minste. Ik bedacht dat ik nog niet zo lang geleden tegen haar had gezegd dat ze het bliendad aan haar lipstick moest plakken. Ik wilde haar vragen erover na te denken, maar toen kwam de woede terug. Wat Kamen in die tijd *ongepaste woede* noemde, kwam nogal vaak opzetten. En wat ik op dat moment voelde, was absoluut niet gepast.

Mijn shirt was uit. Mijn rechterarm eindigde tien centimeter onder de schouder. Ik vertrok mijn mond naar haar – dat was het beste wat ik kon doen met de gezichtsspieren die ik nog had. 'Dit is mijn manier,' zei ik, 'om mijn middelvinger op te steken. Ga maar weg, als je dat wilt. Ga maar weg, laf kleng.'

De eerste tranen rolden al over haar gezicht, maar ze deed haar best om te glimlachen. 'Kreng, Edgar,' zei ze. 'Je bedoelt kreng.'

'Het woord is wat ik zeg dat het is,' zei ik, en ik ging verder met mijn sit-ups. Die zijn veel en veel moeilijker als je een arm mist; je lichaam trekt en draait naar die kant. 'Ik zou jóú niet in de steek hebben gelaten. Dat bedoel ik maar. Ik zou jóú niet hebben verlaten. Ik zou zijn doorgestrompeld door modder, bloed, pis en gemorst bier.'

'Het is anders,' zei ze. Ze veegde niet over haar gezicht. 'Het is anders en dat weet je. Als ik een aanval van razernij kreeg, zou ik jou niet in tweeën kunnen breken.'

'Ik zou er ook een hele dobber aan hebben om jou met één

amp in tweeën te breken,' zei ik. Ik deed mijn sit-ups nu sneller.

'Je stak me met een mes.' Alsof het daarom ging.

'Een plastic bes was het, en ik was halfgek, en het worden je laatste woorden op je bedsterf: "Eddie slak me met een plastic bes, vaarwel, wrede wereld."'

'Je wurgde me,' zei ze met een stem die ik nauwelijks kon horen.

Ik hield op met de sit-ups en staarde haar aan. 'Ik jou wurgen? Ik heb je nooit gewurgd!'

'Ik weet niet of je het je kunt herinneren, maar je deed het wel.'

'Hou je kop,' zei ik. 'Als je een scheiding wilt, kun je een scheiding krijgen. Maar doe de alligator dan ergens anders. Ga weg.'

Ze ging de trap op en deed de deur dicht zonder achterom te kijken. En pas toen ze weg was, besefte ik wat ik had willen zeggen: krokodillentranen. Huil je krokodillentranen maar ergens anders.

Nou ja. Het kwam er dicht genoeg bij voor rock & roll. Dat zegt Kamen altijd. En uiteindelijk was ik degene die wegging.

Afgezien van mijn ex Pamela Gustafson heb ik in mijn andere leven geen partner gehad. Ik had wel een boekhouder die ik vertrouwde, Tom Riley, en hij hielp me de weinige dingen die ik nodig had uit het huis in Mendota Heights naar ons kleinere huis aan Lake Phalen te brengen, een afstand van dertig kilometer. Tom, die twee keer gescheiden was, mopperde het hele eind op me. 'In zo'n situatie geef je het huis niet op,' zei hij. 'Pas wanneer de rechter je eruit schopt. Het is net zoiets als een uitwedstrijd in plaats van een thuiswedstrijd spelen.'

Kathi Green, de Koningin van de Revalidatie, had maar één scheiding achter de rug, maar zij en Tom zaten op dezelfde golflengte. Ze vond het idioot van me dat ik wegging. Ze zat met gekruiste benen in haar tricot op de veranda aan het meer en keek me, terwijl ze mijn voeten vasthield, met grimmige verontwaardiging aan.

'Wat, omdat je haar met een plastic ziekenhuismes stak toen je je eigen naam bijna niet meer wist? Dat komt na zo'n trauma héél veel voor: stemmingswisselingen en verlies van kortetermijngeheugen. Allemachtig, je hebt drie subdurale hematooms overleefd!'

'Weet je zeker dat het niet "hematomen" is?' vroeg ik haar.

'Al sla je me dood,' zei ze. 'En als je een goede advocaat neemt, kun je haar laten boeten voor haar slappe gedrag.' Er was wat haar uit haar paardenstaart ontsnapt en ze blies het van haar voorhoofd weg. 'Ze móét ervoor boeten. Luister naar me, Edgar: *niets van dit alles is jouw schuld*.'

'Ze zegt dat ik heb geprobeerd haar te wurgen.'

'Gesteld dat het zo is, dan moet het heel schokkend zijn geweest om gewurgd te worden door een eenarmige invalide. Kom op, Eddie, laat haar boeten. Ik weet dat ik mijn boekje nu te buiten ga, maar dat kan me niet schelen. Ze zou dit niet moeten doen. Laat haar boeten.'

Niet lang nadat ik mijn intrek in het huis aan Lake Phalen had genomen, kwamen de meisjes me opzoeken – de jonge vrouwen. Ze brachten een picknickmand mee en we zaten op de naar dennenhout ruikende veranda aan het meer, keken uit over het water en aten van de sandwiches. Het was inmiddels al september en het meeste drijvende speelgoed was al opgeborgen tot volgend jaar. Er zat ook een fles wijn in de mand, maar ik dronk daar niet veel van. Omdat ik zo veel pijnstillers slikte, kreeg de alcohol me gauw te pakken; één enkel glas kon een lallende dronkenman van me maken. De meisjes – de *jonge vrouwen* – dronken samen de rest op, en ze werden er wat losser van. Melissa, voor de tweede keer uit Frankrijk overgekomen sinds mijn onfortuinlijke verschil van mening met die kraan, en daar helemaal niet blij mee, vroeg me of alle volwassenen van in de vijftig die vervelende regressieve intermezzo's hadden, was dat ook haar voorland? Ilse, de jongste, huilde, leunde tegen me aan en vroeg waarom het niet kon zijn als vroeger, waarom konden wij – ze bedoelde haar moeder en mij – niet zijn zoals we waren?

Lissa's slechte humeur en Ilses tranen waren niet bepaald prettig, maar ze waren tenminste wel eerlijk, en ik kende beide reacties uit de jaren dat de meisjes waren opgegroeid in het huis waar ik met hen woonde. Die reacties waren voor mij net zo vertrouwd als de moedervlek op Ilses kin of de vage verticale fronslijn tussen Lissa's ogen, die mettertijd net zo'n diepe groef zou worden als bij haar moeder.

Lissa wilde weten wat ik ging doen. Ik zei dat ik dat niet wist, en in zekere zin was dat waar. Ik dacht er al lang niet meer over om een eind aan mijn leven te maken, maar ik wist dat als ik het deed het absoluut op een ongeluk moest lijken. Ik wilde niet dat deze twee, die net hun eigen bestaan aan het opbouwen waren, met schuldgevoelens over de zelfmoord van hun vader door het leven moesten gaan. En ik wilde ook geen schuldgevoel achterlaten bij de vrouw met wie ik ooit een milkshake in bed had gedeeld, wij beiden naakt en lachend en luisterend naar de Plastic Ono Band op de stereo.

Nadat ze de kans hadden gehad om zich af te reageren – na een *volledige en complete uitwisseling van gevoelens*, zou Kamen zeggen – kwamen de gemoederen tot bedaren. Ik weet nog dat de rest van de middag best gezellig was. We keken naar oude fotoalbums die Ilse in een la had gevonden en haalden oude herinneringen op. Ik denk dat we zelfs een paar keer lachten, maar ik kan niet op alle herinneringen aan mijn andere leven vertrouwen. Kamen zegt dat we allemaal vals spelen als het op het verleden aankomt.

Misschien *sí*, misschien *no*.

Over Kamen gesproken: hij was mijn volgende bezoeker in huize Phalen. Dat zal drie dagen later zijn geweest. Of misschien zes. Zoals veel andere aspecten van mijn geheugen in die maanden na het ongeluk was mijn besef van de tijd min of meer op tilt geraakt. Ik had hem niet uitgenodigd; ik had het aan mijn revalidatiekoningin te danken.

Hoewel hij niet ouder dan veertig kan zijn geweest, liep Xander Kamen als een veel oudere man en piepte hij zelfs een beetje als hij ging zitten. Hij keek door dikke brillenglazen en over een enorme peer van een buik de wereld in. Hij was erg lang en erg zwart, met trekken die zo grof waren dat ze onecht leken. Die grote starende oogballen, dat boegbeeld van een neus en die totemlippen boezemden ontzag in. Kamen zag eruit als een lagere god in een pak van Men's Warehouse. Hij zag er ook uit als een goede kandidaat voor een hartaanval of beroerte voor zijn vijftigste verjaardag.

Hij wilde geen koffie of cola en zei dat hij niet kon blijven, maar alsof hij dat meteen wilde tegenspreken, legde hij zijn koffertje naast zich op de bank. Hij liet zich met zijn hele lichaam naast de armleuning van de bank zakken (steeds dieper – ik vreesde voor de springveren van het ding), keek me aan en piepte welwillend.

'Wat voert je hierheen?' vroeg ik hem.

'O, Kathi zegt dat je van plan bent je van kant te maken,' zei hij. Die toon zou hij ook hebben gebruikt om te zeggen *Kathi zegt dat je een tuinfeest geeft en dat je lekkere zoutjes hebt ingeslagen.* 'Zit daar enige waarheid in?'

Ik deed mijn mond open en weer dicht. Ooit, toen ik tien was en opgroeide in Eau Claire, haalde ik een stripalbum uit zo'n draaimolen in een winkel, stak hem in mijn spijkerbroek en liet mijn T-shirt eroverheen vallen. Toen ik de deur uit slenterde en me heel slim voelde, greep een verkoopster mijn arm vast. Met haar andere hand tilde ze mijn shirt op, zodat mijn onrechtmatig verkregen schat in zicht kwam. 'Hoe is dát daar gekomen?' vroeg ze me. In de veertig jaar daarna had ik nooit meer zo verlegen gezeten om een antwoord op een simpele vraag.

Ten slotte – lang nadat zo'n reactie enig gewicht kon hebben – zei ik: 'Dat is belachelijk. Ik weet niet hoe ze daarbij komt.'

'Nee?'

'Nee. Wil je echt geen cola?'

'Dank je, deze keer niet.'

Ik stond op en pakte een cola uit de koelkast in de keuken. Ik stak het flesje stevig tussen de stomp van mijn arm en mijn borst – mogelijk maar pijnlijk, ik weet niet wat je in films hebt gezien, maar gebroken ribben blijven nog lang pijn doen – en draaide met mijn linkerhand de dop los. Ik ben linkshandig. Daar heb je weer geluk mee, *muchacho*, zoals Kamen zegt.

'Het verbaast me trouwens dat je haar serieus neemt,' zei ik toen ik weer binnenkwam. 'Kathi is een fantastische fysiotherapeute, maar een psycholoog is ze niet.' Ik wachtte even voor ik ging zitten. 'En jij trouwens ook niet. Formeel niet.'

Kamen hield een hand achter zijn oor, dat ongeveer zo groot leek als een bureaula. 'Hoor ik daar... een ratelend geluid? Ik geloof van wel!'

'Waar heb je het over?'

'Over dat charmante middeleeuwse geluid dat iemands persoonlijke slotbrug maakt als hij wordt opgehaald.' Hij wilde ironisch knipogen, maar met zo'n groot gezicht was ironie onmogelijk, iets anders dan 'grotesk' zat er niet in. Evengoed begreep ik wat hij bedoelde. 'Wat Kathi Green betreft, heb je gelijk, wat weet zij ervan? Zij werkt alleen maar met mensen die aan beide benen verlamd zijn, of verlamd tot de nek, of mensen die door een ongeluk een ledemaat missen, zoals jij, en mensen die van traumatisch hoofdletsel herstellen – ook zoals jij. Kathi Green doet dat werk al vijftien jaar en heeft duizend verminkte patiënten zien beseffen dat niet één seconde van de tijd ooit kan worden teruggehaald. Hoe zou zij in gódsnaam de symptomen van presuïcidale depressie kunnen herkennen?'

Ik ging in de bultige stoel tegenover de bank zitten, helde daarbij naar links over om mijn slechte heup te ontzien, en keek hem dof aan. Hij vormde een probleem. Hoe zorgvuldig ik mijn zelfmoord ook maskeerde, hij vormde een probleem. En Kathi Green des te meer.

Hij boog zich naar voren, al kwam hij met zijn omvang niet verder dan een paar centimeter. 'Je moet wachten,' zei hij.

Ik keek hem met grote ogen aan. Dat was het laatste wat ik had verwacht.

Hij knikte. 'Je bent verbaasd. Ja. Ik ben geen christen, laat staan katholiek, en ik sta dan ook volkomen onbevangen tegenover zelfmoord. Aan de andere kant geloof ik in verantwoordelijkheden, en ik zal je dit vertellen: als je nu zelfmoord pleegt... of zelfs over zes maanden... zullen je vrouw en dochters het weten. Hoe handig je het ook doet, ze zullen het weten.'

'Ik ben niet...'

'En de maatschappij waar je je levensverzekering hebt – ongetwijfeld een heel groot bedrag – zal het ook weten. Misschien kunnen ze het niet bewijzen, maar ze zullen heel, heel erg hun best doen. De geruchten die ze in omloop brengen, zullen je kinderen treffen, hoe goed gepantserd ze in jouw ogen ook tegen zulke dingen zijn.'

Melissa was goed gepantserd. Ilse daarentegen was een ander verhaal.

'En uiteindelijk kunnen ze het misschien bewijzen.' Hij haalde zijn enorme schouders op. 'Je weet dat er dan een flinke bres in je nalatenschap wordt geslagen. Ik wil er niet eens naar raden hoeveel dat zou zijn, maar het zou wel eens een groot deel kunnen zijn van wat je in je leven hebt opgebouwd.'

Ik dacht niet eens aan het geld. Ik dacht aan rondsnuffelende verzekeringsdetectives die zich verdiepten in wat ik in scène had gezet en hun best deden om te bewijzen dat het zelfmoord was geweest. En opeens schoot ik in de lach.

Kamen zat met zijn kolossale donkere handen op zijn deurstopknieën en keek me met dat kleine *ik-heb-alles-al-meegemaakt*-glimlachje aan. Alleen was op zijn gezicht nooit iets klein. Hij wachtte tot ik klaar was met lachen en vroeg me toen wat er zo grappig was.

'Je zegt tegen me dat ik te rijk ben om zelfmoord te plegen,' zei ik.

'Ik zeg tegen je dat je het tijd moet gunnen. Ik heb in jouw geval een sterk voorgevoel, net als toen ik je die pop gaf die je... Hoe noemde je haar ook weer?'

Eerst kon ik het me niet herinneren. Toen dacht ik, *Hij was ROOD!*, en zei ik tegen hem hoe ik mijn pluizig-blonde woedepop had genoemd.

Hij knikte. 'Ja. Hetzelfde soort intuïtie waardoor ik je Reba gaf. Ik heb het gevoel dat in jouw geval de tijd het leed zal verzachten. De tijd en de herinnering.'

Ik vertelde hem niet dat ik al alle herinneringen had die ik wilde hebben. Hij kende mijn standpunt in dat opzicht. 'Over hoeveel tijd hebben we het, Kamen?'

Hij zuchtte zoals iemand doet die iets gaat zeggen waar hij misschien spijt van krijgt. 'Minstens een jaar.' Hij keek me aandachtig aan. 'Dat lijkt je een lange tijd. Zoals je er nu aan toe bent.'

'Ja,' zei ik. 'De tijd is nu anders voor mij.'

'Natuurlijk,' zei hij. 'Pijn-tijd is anders. Alleen-tijd is anders. Voeg die dingen bij elkaar en je hebt iets wat heel anders is. Stel je dan voor dat je alcoholist bent en doe het zoals zij doen.'

'Eén dag tegelijk.'

Hij knikte. 'Eén dag tegelijk.'

'Kamen, je lult uit je nek.'

Hij keek me aan vanuit de diepte van die oude bank, zonder te glimlachen. Hij zou daar nooit zonder hulp uit kunnen komen.

'Misschien *sí*, misschien *no*,' zei hij. 'Intussen... Edgar, is er iets waar je plezier aan beleeft?'

'Ik weet het niet... Vroeger mocht ik graag tekenen.'

'Wanneer?'

Ik besefte dat ik op de middelbare school tekenen in mijn pakket had gehad om extra punten te halen, maar dat ik daarna alleen nog maar wat had gekrabbeld als ik aan het telefoneren was. Ik dacht erover om te liegen – ik schaamde me ervoor dat ik zo'n gefixeerd, saai type was – en vertelde hem toen de waarheid. Eenarmige mannen moeten zo veel mogelijk de waarheid spreken. Dat zegt Kamen niet; dat zeg ik.

'Begin daar weer aan,' zei Kamen. 'Je hebt omheiningen nodig.'

'Omheiningen,' zei ik met een vragend gezicht.

'Ja, Edgar.' Hij keek verbaasd en een beetje teleurgesteld, alsof ik een heel eenvoudig idee niet kon begrijpen. 'Omheiningen tegen de duisternis.'

Het zal ongeveer een week na Kamens bezoek zijn geweest dat Tom Riley bij me kwam. De bladeren veranderden al van kleur en ik herinner me dat een paar dagen voordat mijn voormalige boekhouder kwam, de verkopers Halloweenposters ophingen in de Wal-Mart waar ik schetsboeken en allerlei tekengerei kocht. Maar precies weet ik het niet meer.

Wat ik me vooral van dat bezoek herinner, is dat Tom zich blijkbaar helemaal niet op zijn gemak voelde. Ze hadden hem om een boodschap gestuurd waar hij geen zin in had.

Ik bood hem een cola aan en hij zei ja. Toen ik uit de keuken terugkwam, keek hij naar een pentekening die ik had gemaakt: drie palmen, afstekend tegen een enorme watervlakte, met nog net een stukje van een pannendak links op de voorgrond. 'Dat is vrij goed,' zei hij. 'Heb jij dit gemaakt?'

'Nee, de kaboutertjes,' zei ik. 'Die komen 's nachts. Ze lappen mijn schoenen en maken wel eens een tekening.'

Hij lachte te hard en legde de tekening neer. 'Het lijkt niet erg op Minnesota, schat,' zei hij met een Zweeds accent.

'Ik heb het uit een boek overgetekend,' zei ik. 'Wat kan ik voor je doen, Tom? Als het over de zaak gaat...'

'Nou, Pam heeft me gevraagd naar je toe te gaan.' Hij boog zijn hoofd. 'Ik wilde eigenlijk niet, maar ik vond dat ik niet kon weigeren.'

'Tom,' zei ik. 'Voor de dag ermee. Ik zal je niet bijten.'

'Ze heeft een advocaat genomen. Ze zet die scheiding door.'

'Daar heb ik nooit aan getwijfeld.' Dat was de waarheid. Ik kon me nog steeds niet herinneren dat ik haar had gewurgd, maar ik herinnerde me wel de blik in haar ogen toen ze me vertelde dat ik dat had gedaan. Ik herinnerde me dat ik zei dat ze een laf kleng was en dat het voor mij geen enkel probleem zou zijn geweest als ze op dat moment, daar onder aan de souterraintrap, ter plekke dood was neergevallen. Dat zou ik zelfs prima hebben gevonden. En afgezien van mijn gevoelens op dat moment: als Pam eenmaal een weg was ingeslagen, keerde ze zelden om.

'Ze wil weten of je Bozie gaat gebruiken.'

Daar moest ik om glimlachen. William Bozeman III stond aan het hoofd van het advocatenkantoor in Minneapolis dat voor de firma werkte, en als hij wist dat Tom en ik hem al twintig jaar Bozie noemden, zou hij waarschijnlijk een rolberoerte krijgen.

'Daar had ik nog niet over nagedacht. Wat is het aanbod, Tom? Wat wil ze precies?'

Hij dronk de helft van zijn cola, zette het glas toen op een boekenplank naast mijn klungelige tekening en keek naar zijn schoenen. 'Ze zei dat ze hoopt dat het geen hard gevecht wordt. Ze zei: "Ik wil niet rijk zijn en ik wil niet vechten. Ik wil alleen dat hij mij en de meisjes redelijk behandelt, zoals hij altijd heeft gedaan. Wil je dat tegen hem zeggen?" En hier ben ik dus.' Hij haalde zijn schouders op. Hij keek nog steeds naar zijn schoenen.

Ik stond op, ging naar het grote raam tussen de huiskamer en de veranda en keek uit over het meer. Toen ik me weer omdraaide, leek Tom Riley helemaal niet zichzelf. Eerst dacht ik dat hij misselijk was. Toen zag ik dat hij zijn best deed om niet te huilen.

'Tom, wat is er?' vroeg ik.

Hij schudde zijn hoofd, probeerde iets te zeggen en bracht alleen een waterig gekras voort. Hij schraapte zijn keel en probeerde het opnieuw. 'Baas, ik kan er niet aan wennen je met één arm te zien. Ik vind het zo erg.'

Het was ongekunsteld, spontaan en sympathiek. Met andere woorden, een schot recht in het hart. Ik denk dat er een moment was waarop we er beiden aan toe waren om in huilen uit te barsten, als een paar Gevoelige Jongens in de *Oprah Winfrey Show*. Het ontbrak ons alleen nog aan Dr. Phil die ons vaderlijk toeknikte.

'Ik vind het ook erg,' zei ik, 'maar ik red me er wel mee. Echt waar. En ik geef jou een aanbod voor haar mee. Als ze daar iets in ziet, kunnen we de details uitwerken. Geen advocaten nodig. Een doe-het-zelfscheiding.'

'Meen je dat echt, Eddie?'

'Ja. Jij kunt het allemaal becijferen, dan weten we wat het totaal is. Volledige openheid. En dan verdelen we de poet in vier delen. Zij krijgt er drie – vijfenzeventig procent – voor haarzelf en de meisjes. Ik neem de rest. De scheiding zelf... Hé, in Minnesota gaat dat gemakkelijk. Zij en ik gaan eerst ergens lunchen en dan naar een boekwinkel om *Echtscheiding voor dummies* te kopen.'

Hij keek verbaasd. 'Bestaat er zo'n boek?'

'Ik ben dat niet nagegaan, maar als het niet bestaat, eet ik je shirts op.'

'Het gezegde is "eet mijn shorts" op, geloof ik.'

'Zei ik dat niet?'

'Laat maar. Eddie, zo'n deal verwoest de hele boedel.'

'Daar geef ik geen shit om. Of geen shirt, als dat de uitdrukking is. Ik stel alleen maar voor dat we afstand doen van de egokwesties die meestal tot gevolg hebben dat advocaten er met een groot deel van het geld vandoor gaan. Als we ons redelijk opstellen, is er genoeg voor ons allemaal.'

Hij dronk wat van zijn cola zonder zijn blik van me weg te nemen. 'Soms vraag ik me af of jij nog dezelfde bent voor wie ik vroeger werkte,' zei hij.

'Die man is in zijn pick-uptruck gestorven,' zei ik.

Als je je mijn revalidatieoord voorstelt als een huisje aan het meer, schitterend gelegen aan het eind van een eenzame onverharde weg, ergens diep in de bossen, zit je ernaast. We hebben het over een voorstad van St. Paul. Ons huis aan het meer staat aan het eind van Aster Lane, een verharde weg die van East Hoyt Avenue naar het water leidt. Midden oktober volgde ik Kathi Greens raad op en ging ik wandelen. Het waren maar korte uitstapjes naar East Hoyt Avenue, maar ik kwam altijd terug met een heup die om genade schreeuwde en vaak ook met tranen in de ogen. Toch voelde ik me dan ook bijna altijd een zegevierende held – ik zou liegen als ik dat niet toegaf. Ik kwam van een van die wandelingen terug toen Gandalf, de vriendelijke jack russelterriër van mijn kleine buurmeisje, werd aangereden door mevrouw Fevereau.

Ik had de terugweg voor driekwart afgelegd toen die vrouw van Fevereau me in haar belachelijke mosterdgele Hummer voorbijreed. Zoals altijd had ze haar mobieltje in haar ene en een sigaret in haar andere hand. Zoals altijd reed ze te hard. Ik lette nauwelijks op haar, en in ieder geval zag ik niet dat Gandalf de straat oprende, met aandacht voor niets dan Monica Goldstein, die in haar padvindersuniform aan de overkant van de straat liep. Ik had alleen maar aandacht voor mijn gereconstrueerde heup. Zoals altijd tegen het eind van die korte wandelingen voelde dat zogeheten medische wonder aan alsof er tienduizend scherfjes glas in zaten. Ik weet nog wel dat ik, voordat ik de banden van de Hummer hoorde gieren, dacht dat de mevrouw Fevereaus van deze wereld nu in een ander universum leefden dan het mijne, een universum waarin alle gewaarwordingen op een laag pitje stonden.

Toen gierden de banden en klonk tegelijk de schreeuw van een klein meisje: '*GANDALF, NEE!*' Een ogenblik zag ik weer helder en onwezenlijk voor me hoe die kraan die me bijna had gedood het rechterraam van mijn pick-up opvulde. De wereld waarin ik altijd had geleefd was plotseling opgevreten door een veel feller geel dan dat van mevrouw Fevereaus Hummer. Er stonden zwarte letters in dat geel, en die werden steeds groter.

Toen schreeuwde Gandalf ook, en de flashback – Kamen zou misschien van een *hervonden herinnering* hebben gesproken – was weg. Tot aan die middag in oktober, vier jaar geleden, had ik niet geweten dat honden konden schreeuwen.

Ik rende, waggelend als een kreeft, en sloeg daarbij met mijn rode kruk op het trottoir. Op iemand die me zag zou ik belachelijk zijn overgekomen, maar er keek natuurlijk niemand naar mij. Monica Goldstein knielde midden op straat bij haar hond neer, die voor de hoge, vierkante grille van de Hummer lag. Haar gezicht stak wit af tegen haar woudgroene uniform waaraan een sjerp van insignes en medailles hing. Het eind van die sjerp lag te weken in de steeds grotere plas van Gandalfs bloed. Mevrouw Fevereau kwam half springend half vallend van de belachelijk hoge zitplaats in de Hummer. Ava Goldstein kwam uit haar huis naar buiten gerend en riep de naam van haar dochter. Mevrouw Goldsteins blouse hing half open en ze was op blote voeten.

'Raak hem niet aan, schat, raak hem niet aan,' zei mevrouw Fevereau. Ze had haar sigaret nog en nam er nerveuze trekjes van. 'Straks bijt hij.'

Monica negeerde haar. Ze streek over Gandalfs zij. De hond schreeuwde weer toen ze dat deed – het wás een schreeuw – en Monica drukte de muizen van haar handen tegen haar ogen. Ze schudde haar hoofd. Ik kon het haar niet kwalijk nemen.

Mevrouw Fevereau stak haar hand naar het meisje uit, maar veranderde toen van gedachten. Ze ging twee stappen terug, leunde tegen de hoge zijkant van haar belachelijke gele vervoermiddel en hief haar blik ten hemel.

Mevrouw Goldstein knielde bij haar dochter neer. 'Schatje, o schatje, alsjeblieft, niet...'

Gandalf brulde. Hij lag op straat, in een plas van zijn bloed, en brulde. En nu herinnerde ik me ook het geluid dat de kraan had gemaakt. Het was niet het *miep-miep-miep* dat je zou verwachten. Omdat het waarschuwingssignaal van het achteruitrijden defect was, hoorde ik alleen het roffelend staccato van de dieselmotor en het geluid van de rupsbanden die de aarde opvraten.

'Breng haar naar binnen, Ava,' zei ik. 'Breng haar in huis.'

Mevrouw Goldstein legde haar arm om de schouder van haar dochter en wilde haar laten opstaan. 'Kom, schatje. Kom naar binnen.'

'Niet zonder Gandalf!' riep Monica uit. Ze was elf, en voorlijk, maar op dat moment was ze weer drie. 'Niet zonder mijn hondje!' Haar sjerp, waarvan de laatste tien centimeter nu doorweekt was met bloed, sloeg tegen de zijkant van haar rok en er spatte een lange rij bloeddruppels over haar kuit.

'Ga naar binnen en bel de dierenarts,' zei ik tegen haar. 'Zeg dat Gandalf door een auto is aangereden. Zeg dat hij meteen moet komen. Ik blijf bij hem.'

Monica keek me aan met ogen die meer dan geschokt waren. Ze stonden krankzinnig. Het kostte me trouwens wel moeite om haar te blijven aankijken, want die blik had ik vaak genoeg in mijn eigen spiegel gezien. 'Belooft u dat? Zweert u het? Op uw moeders naam?'

'Ik zweer het op mijn moeders naam,' zei ik. 'Ga maar, Monica.'

Ze ging. Voordat ze het trapje van haar huis op ging, wierp ze nog een blik achterom en liet ze nog één jammerkeet horen. Om bij Gandalf neer te knielen moest ik me aan het spatbord van de Hummer vasthouden. Ik liet me zakken zoals ik altijd deed, pijnlijk en naar links overhellend, en voorkwam ik dat mijn rechterknie meer boog dan absoluut noodzakelijk was. Toch slaakte ik mijn eigen kreet van pijn, en ik vroeg me af of ik zonder hulp weer zou kunnen opstaan. Die hulp zou waarschijnlijk niet van mevrouw Fevereau komen. Die liep, haar benen stijf en ver uit elkaar, naar de linkerkant van de straat, boog zich daar diep voorover alsof ze een koninklijke persoon begroette, en braakte in de goot. Terwijl ze dat deed, hield ze de hand met de sigaret erin een eind opzij.

Ik richtte mijn aandacht op Gandalf. Hij was in zijn achterlijf getroffen. Zijn wervelkolom was verbrijzeld. Het bloed en de stront sijpelden traag tussen zijn gebroken achterpoten door. Zijn ogen keken me aan en ik zag daarin een afschuwelijke uiting van hoop. Zijn tong kwam naar buiten en likte over de binnenkant van mijn linkerpols. Zijn tong was zo droog als vloerbedekking, en ook koud. Gandalf zou sterven, maar misschien niet gauw genoeg. Straks kwam Monica weer naar buiten, en ik wilde niet dat hij dan nog in leven was en aan haar pols likte.

Ik begreep wat me te doen stond. Er was niemand die me het kon zien doen. Monica en haar moeder waren binnen. Mevrouw Fevereau stond nog met haar rug naar me toe. Als er in dit korte stukje straat anderen voor het raam stonden (of in hun voortuin), ontnam de Hummer hun het zicht op mij, zoals ik daar bij de hond zat, mijn gewonde rechterbeen vreemd uitgestrekt. Ik had enkele ogenblikken de tijd, niet meer dan dat, en als ik te lang nadacht, kon het niet meer.

En dus nam ik Gandalfs bovenlijf in mijn goede arm, en

meteen ben ik terug op de bouwplaats aan Sutton Avenue, waar The Freemantle Company een bankgebouw van veertig verdiepingen gaat bouwen. Ik zit in mijn pick-uptruck. Op de radio zingt Pat Green 'Wave on Wave'. Plotseling besef ik dat de kraan te veel lawaai maakt, al heb ik geen gepiep van achteruitrijden gehoord. Als ik naar rechts kijk, is de wereld in dat raam verdwenen. De wereld aan die kant is vervangen door geel. Er staan daar zwarte letters: LINK-BELT. Het merk. Ze worden groter. Ik gooi het stuur van de Ram naar links, helemaal tot het niet verder kan, in de wetenschap dat ik al te laat ben. Dan begint het krijsen van verkreukelend metaal. Het nummer op de radio verdrinkt erin en de cabine van de pick-up verschrompelt van rechts naar links, want de kraan dringt in mijn ruimte binnen, stéélt mijn ruimte, en de pick-up kantelt. Ik wil het portier aan mijn kant openmaken, maar dat heeft geen zin. Dat had ik meteen moeten doen, maar het was al heel gauw te laat. De wereld voor me verdwijnt, want de voorruit verandert in melk, dooraderd met een miljoen barsten. Dan is de bouwplaats terug, draaiend om een scharnier. De voorruit springt eruit, vlíégt eruit, in het midden verbogen als een speelkaart, en ik lig met de punten van beide ellebogen op de claxon. Dat is dan meteen het laatste wat mijn rechterarm doet. Ik kan de claxon bijna niet boven de motor van de kraan uit horen. LINK-BELT rukt nog steeds op, duwt tegen de passagiersdeur, verovert de ruimte aan die kant, vreet het dashboard op, maakt er scherpe plastic splinters van. De spullen uit het dashboardkastje zweven als confetti in het rond, de radio gaat uit, mijn lunchtrommeltje drukt met een hard geluid tegen mijn klembord, en daar komt LINK-BELT. LINK-BELT is bij mij aangekomen. Als ik mijn tong zou uitsteken, zou ik aan dat verrekte streepje kunnen likken. Ik schreeuw, want op dat moment begint de druk. Eerst wordt mijn rechterarm tegen mijn zij gedrukt, en dan splijt hij open. Het bloed valt als een emmer warm water over mijn schoot en ik hoor iets breken. Waarschijnlijk mijn ribben. Het klinkt als kippenbotjes onder de hak van een laars.

Ik hield Gandalf tegen me aan en dacht: *Breng de vriend, ga in de vriend zitten, ga in die verrekte* MAAT *zitten, stom kleng!*

Nu zit ik in de makker, zit ik in die verrekte mááť, die is thuis, maar alle klokken van de wereld galmen nog in mijn gebarsten hoofd en ik weet de naam niet meer van de pop die Kamen me heeft gegeven, ik weet alleen nog jongensnamen: Randall, Russell, Rudolph, zelfs die verrekte River Phoenix. Ik zeg tegen haar dat ze me met rust moet laten als ze binnenkomt met de lunch die ik niet wil, ik zeg dat ze me vijf minuten moet geven om mezelf te beheersen. *Ik kan dit*, zeg ik, want dat is de frase die Kamen me heeft gegeven, het is de uitweg, het is het *miep-miep-miep* dat zegt, pas op, Pamela, ik kom achteruit. Maar in plaats van weg te gaan pakt ze het servet van het dienblad om het zweet van mijn voorhoofd te vegen, en terwijl ze dat doet grijp ik haar bij de keel, want op dat moment heb ik het gevoel dat het haar schuld is dat ik de naam van mijn pop niet meer weet, álles is haar schuld, ook **LINKBELT**. Ik grijp haar met mijn goede linkerhand vast, daar heb je weer geluk mee, *muchacho*. Gedurende enkele seconden wil ik haar vermoorden, en wie weet, misschien doe ik dat ook bijna. Wat ik nog wel weet is dat ik liever terugdenk aan alle ongelukken in de wereld dan aan de blik in haar ogen op het moment dat ze zich tegen mijn greep verzet, als een vis die aan een speer is geregen. Dan denk ik *hij was* ROOD*!* en ik laat haar los.

Ik hield Gandalf tegen mijn borst zoals ik ooit mijn dochters tegen me aan hield toen ze klein waren, en ik dacht, *ik kan dit. Ik kan dit. Ik kan dit.* Ik voelde dat Gandalfs bloed als warm water mijn broek doorweekte en ik dacht: *toe dan, arme stumper, ga het hoekje om.*

Ik hield Gandalf vast en bedacht wat voor gevoel het was om levend verpletterd te worden, de lucht om je heen die door de cabine wordt opgevreten, de adem die uit je lichaam verdwijnt, het bloed dat uit je neus en mond spuit, en die knappende geluiden die je nog hoort voordat je het bewustzijn verliest – dat zijn de botten die breken in je eigen lichaam: je ribben, je arm, je heup, je been, je jukbeen, zelfs je schedel verdomme.

Ik hield Monica's hond tegen me aan en dacht met een ellendig triomfgevoel: *Hij was* ROOD*!*

Een ogenblik bevond ik me in een duisternis die doorschoten was met dat rood. Ik hield Gandalfs nek in de kromming van mijn linkerarm, die nu het werk voor twee deed en erg sterk was. Ik boog die arm zo hard als ik kon, boog hem zoals ik deed toen ik mijn oefeningen met het gewicht van vijf kilo deed. Toen deed ik mijn ogen open. Gandalf lag stil. Hij staarde langs mijn gezicht, naar de hemel daarachter.

'Edgar?' Dat was Hastings, een oude man die twee huizen bij de Goldsteins vandaan woonde. Hij keek ontzet. 'Je kunt hem nu loslaten. Die hond is dood.'

'Ja,' zei ik. Ik ontspande mijn greep op Gandalf. 'Wil je me helpen overeind te komen?'

'Ik weet niet of ik dat kan,' zei Hastings. 'De kans is groter dat ik ons allebei omlaag trek.'

'Ga dan bij de Goldsteins kijken,' zei ik.

'Het is haar hond,' zei hij. 'Ik wist het niet zeker. Ik hoopte...' Hij schudde zijn hoofd.

'Het is haar hond. En ik wil niet dat ze hem zo ziet.'

'Natuurlijk niet, maar...'

'Ik help hem wel,' zei mevrouw Fevereau. Ze zag er wat beter uit en ze had haar sigaret weggegooid. Ze pakte me onder mijn rechteroksel vast, maar aarzelde toen. 'Zal het u pijn doen?'

Dat zou het, maar minder dan wanneer ik daar bleef zitten. Terwijl Hastings over het pad van de Goldsteins liep, pakte ik de bumper van de Hummer vast. Samen slaagden we erin mijn lichaam overeind te krijgen.

'U hebt zeker niets om over de hond heen te leggen?' vroeg ik.

'Nou, ik heb een kleedje achterin liggen.' Ze begon naar de achterkant te lopen – een hele wandeling, gezien de grootte van de Hummer – en draaide zich om. 'Goddank, hij is doodgegaan voordat het meisje terug is.'

'Ja,' zei ik. 'Goddank.'

'Evengoed... Ze zal het nooit vergeten, hè?'

'Nou,' zei ik, 'dat vraagt u aan de verkeerde persoon, mevrouw Fevereau. Ik ben maar een gepensioneerde aannemer.' Maar toen ik het Kamen vroeg, was hij verrassend optimistisch. Hij zegt dat slechte herinneringen eerst slijten. En dan, zegt hij, scheuren ze open en kan het licht erdoorheen vallen. Ik zei tegen hem dat hij uit zijn nek lulde en hij lachte alleen maar.

Misschien *sí*, zei hij. Misschien *no*.